毕业式

王 甜 ◎著

四川出版集团 ❀ 四川文艺出版社

图书在版编目（CIP）数据

毕业式 / 王甜著. — 2版. — 成都：四川文艺出
版社，2019.4
ISBN 978-7-5411-5282-5

Ⅰ. ①毕… Ⅱ. ①王… Ⅲ. ①中篇小说—小说集—中
国—当代②短篇小说—小说集—中国—当代 Ⅳ.
①I247.7

中国版本图书馆CIP数据核字（2019）第037374号

BIYESHI

毕 业 式

王 甜 著

责任编辑　王　冉
责任校对　刘姣娇
封面设计　张　妮
版式设计　张　妮

出版发行　四川文艺出版社（成都市槐树街2号）
网　　址　www.scwys.com
电　　话　028-86259285（发行部）　028-86259303（编辑部）
传　　真　028-86259306

邮购地址　成都市槐树街2号四川文艺出版社邮购部　610031
印　　刷　三河市华东印刷有限公司
成品尺寸　148mm×210mm　　　开　本　32开
印　　张　9.5　　　　　　　　　字　数　230千
版　　次　2019年4月第二版　　　印　次　2020年4月第二次印刷
书　　号　ISBN 978-7-5411-5282-5
定　　价　42.00元

编委会名单

主任

朱丹枫 赵明仁

主编

阿来

执行主编

赵智

编委成员 （按姓氏笔画排列）

朱丹枫 吕汝伦 牟佳 阿来 陈小海 罗勇

赵明仁 赵智 张京 叶勇 胡焰

序

阿 来

我们说如今是文化繁荣的时代，通常是以生产的规模与数量而言。

这样的数量与规模，常常是由于定制性的生产。

我们甚至可以说，今天的文学已经进入了定制时代。

由出版商定制的长篇小说批量出版。电视剧脚本、网游脚本和卡通脚本大量生产。特别是属于非虚构的我们称之为纪实文学或报告文学的文体，目前大多由企业团体和政府部门所定制。正是由于这种定制，造成了今天的文学特殊的繁荣景观。

在为这种繁荣景观倍感鼓舞的同时，我们心中也怀有一种隐忧。原因在于，各种各样的文学定制，是在大面积收获数十百年文学探索与原创所积累下来的那些成果：思想的，技巧的。因为各种文学定制需要尽量面向大众的写作，有了这样一个特定的前提，定制的写作从艺术角度而言，通常会成为降低难度的写作。不是创造新的方式，而是消耗已有积累的写作。在这种文学生产形态中，最原创，最具探索性的写作常常被忽视。

原创文学与定制生产之间的关系，犹如自然科学中基础理论研究与应用技术的发明的关系。如果没有前者，后者的繁荣是难以想象的。如果要找一个更浅显的比喻，就譬如大自然，如果没有众多看起来无用的草木，也就无法生长出那些有用的植物：可以建造房屋的大树和富含营养的果实。所谓可持续发展理论的一个重要方面，就是提醒我们，对于这个世界的一切构成，不能只关注当下就能被充分利用，产生各种利益的部分，更要关注使那些"有用"的部分构成得以发展，得以呈现的基础条件。

文学的持续生产，也要仰赖于文学最基本部分的建设。这个建设是帮助新人涌现，是期待新人带来的新作品，带来新的感受力，产生出新的思想方法与表达的艺术。

基于这样一种认识，四川省作协巴金文学院，取得四川省省委宣传部的大力支持，和四川出版集团·四川文艺出版社合作编辑出版"巴金文学院签约作家书系"，着力发掘富于原创能力的新锐作家，资助出版他们在文学创新方面的文学成果。这种举措的唯一目的，就是为四川文学长远的可持续发展，做一些计之长远的人才培养与新的艺术经验积累方面的基础性工作。

【目录】

代代相传

那面镜子落生在西墙上有多长时间了？谁也不知道。天晓得是哪一任连长一时心血来潮给弄来的，仿佛有一百年历史了，同《人民日报》一样开本大小的镜面擦得再干净也难掩浑浊之气，右下角还破相般地拉出一条蜿蜒的伤疤，显得面目可憎。据我估计，它得以长久存在的理由应该在于镜面左右两边——像春联一样对称写下的两列红漆大字："猛虎精神"、"代代相传"。字数不多，却个个方正威严、不容取代。

不过，在发生那桩恐怖事件之前，我从来没有把它放在眼里，就像它也从来没给过我好脸色一样。

事后我翻了日历进行精确计算，那正是我出任侦察连连长的第117天。

117。个、十、百，三位数，是个漫长的数字，好像我已经当了一辈子连长。其实那个早上我的情绪和"一日生活制度"一样规范、正常，不比昨天好，也不比昨天差。夏季的白昼过早来临，轻薄的晨光已经透露着几分跃跃欲试的明媚，不合规范，有点挑逗的样子。但即使是在欢快而轻浮的空气里，我仍能感觉到一股暗流。每日每夜，它都在那里，既不喷薄奔涌，也不悄然退潮。它只是在那里，潜伏着，陪伴着，如影随形。

我开始站在镜子下的洗漱架前洗脸。并不是我想洗脸或者喜欢洗脸，而是按照规范的生活制度，到了这个时间就必须洗脸。哪怕没有闹钟与哨声提醒，掩藏在神经细胞里的生物钟都会咔嚓咔嚓，按着节拍指挥整个人体系统合理运作起来。咔嚓咔嚓，我朝脸盆倒了热水，兑上冷水；咔嚓咔嚓，我弯下腰，用手撩起温水扑打面部皮肤；咔嚓咔嚓，我照例摸了摸下巴上新冒出头的胡茬，它们不出所料争先恐后地扎着手指，于是我摸着下巴抬起头，懒懒地冲镜子里瞟了一眼——我敢肯定，那一眼让我的头发比胡茬坚硬，通通上指！

镜子里的脸不属于我！

也许我并不满意自己那张已经过时的宽皮大脸，我计较过脸上萍水相逢的青春痘和一次打架留下的微弱战绩，我曾经令人羞愧地梦想过生就一张直追某位韩国型男的白净面孔，但这并不意味着我能接受那一刻的彻底颠覆。

我认出了那张脸。吴杰！是吴杰！他那锥子般的下巴顽固地钉在镜子里，眼睛却深邃地挖出两口井，咕咚、咕咚，一口一口吞着落到井里的东西。

直到通信员以抢险救灾的架势冲进门来，我才意识到自己刚才大喊了一声。所有听到喊声的官兵都会以为侦察连打破了保持多年的良好纪录，终于出了刑事案件。

吴杰可不是烈士或别的什么离世的人，他活得好好的，虽然他在镜子里的肃穆表情把自己打扮得像为国捐躯的英烈遗像。我对他也没有什么亏欠可言，事实上倒是他从前使了种种绊子对付过我。但我就是弄不清楚，镜子里为什么会是他——那张我压根儿不想成为的脸。

我敢肯定，老连长吴杰从看到我的第一眼开始就决定不喜欢我。那个情景简直不堪回首——配着学员肩牌的我忐忑不安却又装得满不在乎地接受他挑剔的目测,以地方大学生特有的自尊抵抗着他威严的气势。他精密仪器般的眼睛落在我头上,那眼睛在说:"看看头发!再长两天可以中分了!"接着是我腮上未刮干净的胡茬,"看那毛根子!留着扎孙子的屁股蛋子哪!"然后是我未正确安置的一个领花、没揪到腰部正中的皮带扣,甚至我的皮鞋——有一块形迹可疑的泥巴印儿,从规整的花纹上看,是另外哪只鞋结结实实地踏上去给留下来的。在整个过程中只有眼睛在闹腾,他本人则沉默而冷峻,不带任何弹性与柔度,有一种科学化的观察效果。最后他只说了两个字。

"得削。"

说这话时,他满含讥讽地把脸转向一旁的指导员,后者会意地笑了。只说了两个字,还不是跟我说的。他觉得我还不够档次与他交流。因为我欠削。

削。基层带兵的动不动就这么说,自认为够酷,够尖酸,够俏皮。说得太多了,吴杰又把"削"做了进一步的发挥:"缺点形状。"

严格地说,按照吴杰的标准,欠削的人还多的是,我并不是特别值得削的一个,如果我在后来的日子里把自个儿往"形状"里拢一拢,我和他的关系应该不至于到那么糟糕的地步。但这话也只是说来容易。比如吴梅出现的那些日子——总是先隔着残旧的红砖院墙听到年轻女人扑落、扑落的笑声;然后让急切的眼神追到远远的岗哨亭,那里很快会显现一个细长的身影,有时是白色,有时是红色,有时是黑色;之后或白或红或黑的影子慢慢移近,能够看到她满月般白皙宁静的脸,一脸都漾着水样的笑,却稳稳当当的,一点不溢出来……风和日丽,晴空万里。对,她就像好天气,平白无故地美好着,充满透明的舒适感。

在她出现的那些日子，我没法让自己的心按作息制度跳动，没法有形状。

我的运气在于吴梅对我的看法虽然与她当兵十一年的哥哥相似，但表述出来就完全不一样了。

"你不像这儿的人。"她瞅着我说。

这句话可以从褒、贬两种含义去理解，我仔细研究她一览无余的眼神，却感觉她仅仅是作了一个客观判断而已。她不说我是"新来的"，只说"不像这儿的"，好像明明知道我属于这个连队，却又偏偏把我排除在外。当我又一次把疑问的眼光投向她自信的眼睛，她仰着头哈哈一笑说：

"这儿的人没有谁敢这么看我！"

晚上我去连长那里申请购买广告颜料，因为指导员把定期出黑板报的事儿交给了我。吴杰正坐在一张旧藤椅上看最新的《解放军报》，一脸国家大事的表情。我进来时他回头看了一下，确定是我，便又把眼光收到报纸上了，不再看我一眼。他对着《解放军报》懒懒询问这一期黑板报的主题构思和版式设计，我代表那张报纸一一详细作答了，一切平淡无奇。在我打过招呼要离开的那一刻，他忽然对报纸说：

"简单点，不要那么多花花草草！"

我一下子怔住了。这次我也没有回头，亦不作声，片刻之后大步流星地走了。

表面上他在说黑板报的图案，但我们都明白底下那层含义。

他在削我了。

我可以不生气的，可是走进学习室看见弓着背在那里做剪贴的赵奇奇就很生气。他这人生就一副挨打相，茄子脸上挂副眼镜，又是木板板的表情，可不就是挨打相？我走过去时协助他工作的战士都知趣地叫了一声"连长"，可他倒好，仗着在做事，弓背虾腰的并不直身起来打招呼。我更有气了。

生气与生气是可以叠加的。就是说，赵奇奇这个不长眼色的家伙已经不是第一次把我触怒了。在这"依山傍水"换言之就是天高皇帝远的侦察连，触怒一连之长可不是一件聪明的事。他刚来不久我让他完成几项统计工作，是机关计生部门布置下来的，有大龄未婚干部与士官情况统计、已婚干部与士官计划生育情况统计、官兵家属基本情况统计……总之婆婆妈妈的，我怕文书弄不好，就交给了这位新来的大学生。赵奇奇接到任务时十分诧异地抬头看了我一眼，丫的居然说了一句差点害我得肺气肿的话：

"我还没结过婚呢。"

那模样好像我要他组织全连观摩A片，清纯得不得了。我的胸腔立马胀得鼓鼓的，一声冷笑放出来：

"登记几张破表格就破处了？日他鬼，还大学生，中学的生理卫生课走神了吧？"

他红着脸解释什么自己不熟悉情况，我已经对他厌烦透顶，不再说话，皱了眉头挥挥手，像赶走一只蚊子一样打发他离开了。我实在不想告诉他，每次机关下发计生用品，都是那个十七岁的、有着年画娃娃般苹果脸的通信员去领取的，这孩子没心没肺的，给已婚干部送避孕套都跟送八一节的慰问品一样欢天喜地，在连队走廊上老远就朗声喊："指导员！您的计生用品放桌上了!"

没心没肺才说明天真无邪，我真是撞鬼了遇到个矫情的家伙。

这会儿他正在按指导员的要求做一本理论学习剪贴本，也就是从旧报纸上剪下一些冠冕堂皇的理论文章，用胶水把它们贴在一个八开大小的自制本子上。我逼到他跟前了，把桌上那堆裁剪得七零八落的报纸碎片胡乱一扒拉，以蛮横的方式展示权威的存在。他终于抬起了头，从他眼镜里透出的并不木讷的眼光可以感觉到他此时的心理状态：疑惑的，焦虑的，像一只敏感的猫遇到了性格阴晴不定的主人，全身的毛都竖立着，判断主人下一个举动是抚摸还是踢打。有一瞬间我有了怜惜之意，好像看到了当年的自己；但第二个瞬间我又快意无比，我的肉身跳到了某个对立人物身上——一定是吴杰。吴杰提升了，离开了，可是他阴魂不散。第二个瞬间征服了第一个瞬间，我获得了通往意志巅峰的绝对自由。

行使自由权力是那么轻而易举，我开始挑剔赵奇奇的剪贴成果，指出他的剪贴没有章法，既没有按时间顺序排列，也没有按主题内容归类。如果赵奇奇像所有当兵当得一身起痱子的老兵一样嘻嘻一笑，讨好地给我散支烟，调皮地自我检讨两句，自然事情就不是事情了；可这名军装还没穿出汗味儿的新排长脸色严肃起来——老子还没严肃你敢严肃？——之后他用一种实验室技术人员的科研术语顶撞我了。这家伙是从一所地方科技大学毕业的，学的是一门偏僻的物理学科，所以一开始他所引用的原理我没有听懂——肯定是故意的，他要的就是这个效果——但最后我听明白了，他的大意是说，每件事要分很多环节，这些环节是由很多人来完成的，他只是做了最后一个环节，为什么要把整件事的后果推到他一个人身上呢？

"日他鬼！做个剪贴本能分多少个环节？"说这话时我居然没有拍桌子，一定是在气愤之中掺杂太多惊异了。没有哪个下属会用如此怪诞的语言为自己辩护。

我的话开辟了一条路，沿路而行，这个原本可以成为科学家的年轻排长向我展示了他科技头脑中最缜密的部分：做一个剪贴本是指导员的命令，那么做成什么样的剪贴本，指导员应该有一个构思、一个规划并将其告知实施者，但是，指导员什么都没说，只说"好了，找些像样点的文章贴上吧"，这就说明他在指导思想上是开放型的，放手甚至放任下属自由地完成工作。然后是报纸收集问题——从图书室找来的旧报纸很不齐全，但这能怪他赵奇奇吗？连队订的报纸又不归他管。在他剪贴过程中，有三次是通信员受了委派，送来若干份指导员自己收藏的不同种类、不同时间、不同主题的零散剪报，他能把这些剪报按时间顺序或主题归类穿插到前面去吗？不能。

他说完后有一片刻我元神出窍，好像我肉身里那个吴杰跳了出来，落到这滔滔不绝的排长面前跺着脚大吼：我日！我日！我日！

愤怒到极点时，吴杰就是这个样子的。现在我也相信那一定是最具形式感的发泄渠道，但我没有失态。让吴杰失态去吧。出了学习室，走在楼梯过道上我听见安静得一片煞白的空气中，自己沉着地、小声地说了一句：

"得削。"

我能有今天——如果说当上侦察连连长也算一小小成绩的话——并不是吴杰削的结果，相反，他最早是想把我像一只接近边线的足球一样，一脚踢出侦察连的。我本以为，他产生这样疯狂的想法仅仅是因为我喜欢上了他漂亮而单纯的妹妹，直到我当上侦察连连长，才知道事情并不像看上去的那么简单。

事实上，他最嫉恨的不是我那潜在的"连长妹夫"的身份，而是我对F—13的极大兴趣。而我第一次听说F—13，消息透露者居然就是吴梅。那时我和吴梅已经背着吴杰有了一些无伤大雅的眉目传情和若有若无的心电感应，在我看来已经到了正式挑明并确定关系的地步了。挑明前的试探方式有些笨拙，或者轻佻——我给她发了一条没话找话、无比正经的短信，说完正题后假装无意地、亲昵地叫了她一声：宝贝。

发完短信后我站在原地没有动，紧张地等待着。她的回复比我想象的干脆：

"我可不是F—13！"

那一秒钟我彻底傻了，认定自己成了时代的落伍者，因为我居然看不懂一个大专毕业、比自己小两岁的幼儿教师的短信。F—13是什么意思？英文缩写？网络用语？

三个小时以后，篮球场旁边一个观望比赛、无所事事的两年兵解答了我的疑问。在回答问题之前，他用足有篮球大的眼睛瞪着我，以确保我不是在捉弄他：

"二排长，你真的不知道我们连里代代相传的宝贝？"

F—13是一台处于保密的研制阶段的高科技侦察仪器，由地方上一家信誉度极高的科研所与部队联合攻关，一旦有了"重大突破"（报纸上都这么写），势必将成为我军侦察部队一项重要科研成果。这台独一无二、价值不菲的仪器居然被确定放在我们侦察连，由侦察连负责日常保管、维护、在演习中试用并收集数据。和其他列入正式装备的侦察仪器不同，它由连长直接负责。所有人都知道侦察连有一台宝贝，只等研究所的"重大突破"一到，它就会像山窝里飞出的金凤凰一样引起轰动，全世界的间谍们都会挖空心思搜集情报，想知道在中国哪个偏僻的侦察连居然拥有了一台举世无双的最新型的战场侦察仪器……

最后一句话由于带上了那个两年兵不负责任的想象而显得格外夸张，但是他口吻中的热切企盼与欢欣鼓舞仍然打动了我。这宝贝多么像一个神秘的女人，一个人人都知道的、又不敢公开谈论的女人。我开始为自己被隐瞒情报而生气，再是新来的排长，也不至于让我连个两年兵都不如吧？保密到这种程度恐怕并不是出于对F—13的保护，简直是对我的排挤与蔑视！

这台仪器，与其说激发了我无聊的好奇心不如说是刺伤了我脆弱的自尊心。吴杰不信任我，他的眼光把我从其他人里面挑出来，随时准备把我扔出去。

回想起来，到连里大半年了，我从来没在哪次军事训练、装备保养或野外拉练中见到过它，不但是我，很多士官都没有见到过。听说因为它太贵重，被每一任连长严密管控，如果有高规格的装备展示或大型军事演习需要它参加，必定会派上一个班的人专门看管。侦察连的连长们，把这宝贝像皇帝的玉玺一样代代相传。在闲言碎语中我注意到"代代相传"这个词已经不止一次被使用，忽然联想到它所暗示的时间概念：F—13的实验阶段已经有多长时间了？连里最老的士官抽着我递过去的一支杂牌烟，吐出烟圈后，眨巴着眼睛合计：

"总有十年了吧？或者十一年？"

日他鬼。

光听这年头，你就知道众人所期盼的研制成功的时间遥遥无期了。虽然很多科研项目都是多年辛勤劳动才取得成果，但一个连长只能当个两三年、三五年，想让它在自己这任上取得"重大突破"只能是碰碰运气，守株待兔。我在心里嘲笑像藏私房一样藏着F—13的吴杰，给吴梅发了一条短信：

"你不是F—13，因为你不会被代代相传，你只属于某一个人——比如我。"

原以为我对F—13的打探就到此为止，所有资料搜集都是为了成就一条打动人心的求爱短信，但没有想到吴梅予我的回应竟具前所未有的挑战性：

"对于我哥来说，我就是F—13。你要是能从他手里得到F—13，就能得到我。"

指导员坏笑坏笑的，只象征性地敲了一下门就进我房间了。

一看他这表情我就知道他又要自以为是了，他总以为自己很了解我，以为要把我当铁哥们儿就得做点俏皮的事。他像上次一样把手插在裤兜里，兜上鼓出一个长方体的形状。要货不要货不？他故作神秘地靠近我，表演卖盗版碟或走私货的街边小贩，见我无动于衷，便把手抽出来，啪地往我面前扔出一盒避孕套："又匀给你一盒哈！未婚享受已婚待遇哈！"

他看不出我的尴尬，因为我得把尴尬掩饰起来。我和吴梅之间不像他理解的那样，至少在我心里已经有了深深的怀疑与顾虑，是无法言说的那种。但我不能破坏他的兴致，所以我收起那盒避孕套，淡淡笑道："看你做的什么思想工作？教唆、引诱、知法犯法，哪天我出事了你可少不了给我担着点。"

如果他打着哈哈就这样离开就好了，偏偏他自以为在助人为乐之后还需要加强印象，便接着话风说，哪会轮上我分担坏事呢，只怕有好事舍不得让兄弟我沾点光了！他笑眯眯的，完全把这当作免费的恭维，一板一眼地说：

"咱连代代相传的两件宝贝，哪个连长没落下？就你，不但得了两样，还多出一样！"

太俏皮了，我只有跟着他一起呵呵笑起来，为他制造出来的谐趣气氛捧场。多出的一样，自然是指吴梅了。我忽然心里虚空得厉害，像有无数只无力的手在抓扯，那一刻我有一种奇怪的念头——我要离婚！虽然我们还没有结婚。可在别人看来，我和她差不多算是结了，或是迟早要结的！为什么？因为我继承了两件宝贝，她么，她是随赠品！哪有接受了正礼不收随赠品的道理！

说到两件宝贝，除了神秘的F—13，还有另一个，更有含金量的，它很虚，却又比什么都实际；它也不可以放到桌面上来讲，却在长期的实践中被人总结出来。侦察连的连长，和别的连长绝对不一样，这个貌似平常的职务隐含了一条金科玉律：你会平步青云的。

没有哪个连队的历任连长会像侦察连的连长们那样铁。在这个位置上待过的人，就像进入了某种轨道、某个链条，啪的一声，牢不可破，坚固无比。每一个侦察连连长在提升之后都会对继任者照顾有加，这种照顾是相当富有实际内容的，特别是职务擢升方面。这一现象看似奇怪，其实也很好理解，现任团长就是十年前的侦察连连长，他对这个连队的深厚感情终于化作对每一任连长人选的严格考核与委以重任后的充分信任。

全团副连以下的干部都觊觎着侦察连连长的位置，当我坐上这个宝座时，能听到四周一片唏嘘感叹，无数不明真相的眼睛失落而嫉妒地发红。更何况我除了F—13和未来仕途的潜在许诺，还顺手捞了个漂亮媳妇。

晚上睡觉前我又盯着镜子里那张吴杰的脸，我紧闭嘴唇他也紧闭嘴唇，我瞪大眼睛他也瞪大眼睛。

我问：你还有什么不知足的呢？

他问：你还有什么不知足的呢？

我想我误会了吴梅的那条短信。

"你要是能从他手里得到F—13，就能得到我。"现在看来，她其实是暗示我要争取吴杰的信任，甚至更极端地说，暗示我要立志做下一任连长。但我在被爱情之潮冲昏头脑的当时，以为小姑娘是拿这仪器跟我打赌——并且是希望我赢的。

恋爱的时候，千万别参赌，因为它的赌注太大、太有诱惑力，一旦陷入便难以翻身。当我明白这个道理的时候已经无法回头了。在我看来F—13不就是一个仪器么，搞定一台仪器总比搞定一个人要容易。

当然我不是三岁智商的傻瓜，要"得到"F—13并不是像那些偷古董、偷油画的江湖大盗一样把它悄悄收入囊中——那可是吃不了兜着走的违反军法的事。其实更高级的"得到"，就是所有人都知道它的所有权不属于你，可是所有人都认为它应该属于你。

刺激我与F—13结下深厚缘分的另一个动力是，吴杰注意上我了。确切地说是注意上我对那台神秘装备的好奇心了。他假装并不上心，在一次野外训练时他走到我身边，嘴角挑起一丝嘲笑，说，听说F—13惹着你了？

来者不善。我当即表示我与F—13并无过节，没有想把它怎么着，也就是好奇，怎么就没见它出来晒过太阳。我敢说我的幽默感把吴杰还是小小地镇住了。从那以后我们常常会把F—13拟人化，当作一个兵、一个懒汉、一个冷若冰霜的寡妇或是一个让人无可奈何的低能儿，这样才可以让它扛住我们对它的所有复杂感情。

"那家伙太高端了，"吴杰难得地冲我认真起来，"没人搞得懂。"

我并不理解。再高端的设备，它总有说明书、操作指南一类的东西，至少会告诉你什么时候按A键，什么时候亮红灯。又不要你设计、生产、研究它，只顺着研究所提供的资料照着使用就万事大吉了呗！处于实验中的设备，老这么捂着算怎么回事呢？再说它也参加过几次大型军事演习和装备展示，总有会操作的人吧？

"我认为，"吴杰不愿多谈，用做总结的口吻说，"除了研究所那些个聪明绝顶的脑袋，没人够格钻研F—13。大学生不行。地方大学生也不行。学理科的地方大学生还是不行。何况还只是本科生。你说是不是？"虽然是问话，他没有要我回答的意思，从烟盒里弹出一支烟来，"别瞎操心了，干好你自己的事。看看你那个攀登水平，老兵都在背后笑话你呢！"

这是我第二次被他警告。上一次是为吴梅，这一次……说到底还是为吴梅。我忽然意识到，这两次警告在某种程度上都关联着吴杰的软肋，否则他不会这样假装轻描淡写实则郑重其事。他是举重若轻啊。这念头让我兴奋，非常兴奋。

没有比找到对手弱点更让人兴奋的了。

对F—13的征服过程就像是一场无厘头的港式喜剧，毫无技术性可言，奇怪的是居然蒙住了观众。我不得不提起那个过程是因为，有个刺头居然像我当年一样做起功课来了。

军区一位首长新上任，要到团里视察工作。这位首长是懂军事装备的，他竟然还记得起多年前放在我们团进行实验性试用的F—13，指名要看看它。

首长参观F—13那天我无比紧张，为了掩饰紧张的真正原因我必须把自己装扮成没有见过世面的基层小连长，见到机关首长就讷言拙舌。在首长的陪同人员中，我的眼光一下子挑出了面带笑容的团长，他似乎也感觉到什么，瞬间与我目光接应了——只有半秒钟，但我们之间的交流已经足够了。我像获得了一种有分量的保证，精神鼓舞不言而喻。

隆重的时刻来到了，F—13出现在大家视野里，一出现就被所有人围在中间，犹如影星的粉丝见面会。它有什么稀奇的呢？不过是个金属大盒子，外表密布着各种显示灯与按键，三块显示屏并排嵌在上面，令人猜测着它内部复杂的线路构造。首长和陪同者们弯着腰，以屈就的姿势表达对这台仪器的好奇与尊重，他们对每一个按钮指指点点，那些划来划去的手指显得跃跃欲试。

"连长是试用F—13方面的专家，"团长向大家热忱地介绍，"事实上当初考察连长人选时，这是他很强的一个优势。"

焦点自然转移到我身上，包括首长在内的每一个人都向我致以亲切而钦佩的目光。他们开始向我提问，那都是很好应付的问题，关于F—13的性能、作用、适用范围等，完全可以参照说明书一一作答，一旦有对侦察装备更熟悉的人要问进一步的详细问题，我就礼貌地微笑着回答，对不起，这方面的参数还属保密范围。对方便红着脸连连道歉，好像自己无意中探听了人家的隐私似的。最可笑的是一个胖胖的少校居然向我提出，能不能当场演示一下，让仪器发挥它的侦察效能。

"那是不可能的，"我的口吻平和而大度，以宽容的姿态原谅他的无知，"它可不是单兵携行的简单仪器，必须有某种与之相适应的安置环境，比如在直升机上。"

大家愣了一下，全场安静了一秒钟，仿佛在理解我说的话。一秒钟之后，首长率先"哦"了一声，背着手直起身来，气氛便又转入宽松、和谐了。"小伙子很不错，"首长赞许地看看我，把脸转向团长，"F—13是你当连长时接过来的吧？难怪你对它情有独钟啊！"其他人都顺着首长的口吻适时地笑了，算是附和。就在我受到首长表扬、面露虚与委蛇的谦恭时，忽然看到站在外围的保障官兵的队伍里出现了一张充满疑问的面孔，是我自己！是我在镜子里丢失的那张脸！

倒吸一口凉气后我冷汗淋漓，值得庆幸的是没有叫出声来，我成功地克制住了自己。这种类似灵异事件的怪现象已经不是第一次发生了。当我从疑似幻觉中清醒过来，再仔细看，竟是赵奇奇！戴着粗框眼镜，方阔面孔上没有血色，一脸认真与严肃地向我表达着内心的疑问。我无比厌恶地把眼光移开了。

令我真正担心的事从此拉开了帷幕。赵奇奇像个作风谨慎、行事低调却又胆大妄为的私人侦探，对我的宝贝F—13展开了调查。最初风闻他在向老士官套套旧情报时我还冷笑了一声，但当通信员告诉我，赵排长想找一份关于F—13的说明书来学习时，我的火气就上来了。我冲到他面前时并不打算像吴杰那样假装无所谓。

"我认为你还是把精力用在两月后的军事技能考核上比较好，"我直截了当地说，"你的10公里障碍越野成绩一直在拖全连的后腿，等把最基本的考核通过了再玩儿高科技！不过话说回来，F—13也不是一个基层排长玩儿得起的!"

问题就在于，赵奇奇比当初的我更厉害。他瞅着我，面无表情地说："你们的说法有漏洞。"

"我们?"

"是的，你，还有团长他们。"赵奇奇直率地说，"那天你说F—13必须在直升机上使用，我查过演习纪录，最近一次有直升机配合、动用过F—13的演习已经是在四年前了，那时候连长还没有到侦察连吧? 团长却说你是试用F—13的专家，照说，这几年你根本就没有机会试用F—13。另外，依据我的专业理论基础，你对F—13的某些解释是不合乎现实要求的，比如……"

够了! 这个从科技大学毕业的书呆子不知道自己闯下了怎样的祸端，他已经触到一个连队，不，一个团的最敏感的神经! 他太狂妄、太轻率、太自以为是了! 我的狂怒在第一时间镇住了赵奇奇，但只有一小会儿，当他恢复脸上那种高傲不驯的表情时，我就知道，没有完，这家伙没有完。

说实话我不明白他为什么要对F—13不依不饶，当初的我是为了追求到吴梅，可他呢? 他是为什么? 仅仅为了揭穿我的把戏?

在后来的两年时间里，他陆陆续续所做的许多事，都是我曾经做过的：千方百计地寻找有关F—13的资料，哪怕是最简单的操作指南；利用机关检查装备保养情况的机会接近F—13，对它的每一个细枝末节都熟记于心；在周末外出的时候去专业书店与图书馆查找资料，听一个兵说，他有一次打开皮箱，里面全是各种复印和剪贴的东西，上面全是奇怪的数据和文字……

早晚会出事，我知道。他比当初的我钻研劲头更足，而且更可怕的是——他是学这个专业的内行。我开始后悔待他不善，如果一开始我就哄着他吃糖，没准儿他就不会跟我作对了。

晚上吴梅来了。大家都对她的到来很习惯了，以前她是来看吴杰，现在是看我。但连续这几次来部队她都沉默而平淡，不时拿警惕的眼神砸我一下。我明白她的心思。自当上这个连长，她哥哥就不再限制我们的往来，但我却再也不像从前那样热烈、那样忘我、那样一往无前了。任何具有正常心智的女人在这种情况下都会揣摩自己是不是遇上了一个过河拆桥的男人、把女人当成上升阶梯的男人。

"我们到服务社吃小炒吧，"我向她建议，当她脸上刚刚有了一点笑意又被我后面的话打击了，"顺便邀上副连长，我有话要跟他说。"

赵奇奇现在是副连长。我也是从副连长位置上过来的，站在他的角度看问题、谈问题应该不是难事。

他对我的邀请非常意外，虽然还是一如既往的古板，但毕竟有些许感动，再说有吴梅这位漂亮的准军嫂不时给他夹菜倒酒，他的脸色越来越红了，酒过三巡，终于打开了话匣子跟我聊起来，从连队的七七八八到社会新闻再到娱乐八卦，聊到兴致处一起哈哈大笑，甚至称兄道弟起来，好像我们之间从来不曾有什么隔阂。

"我说老弟，"我开始伸出触角了，"你一直对F—13念念不忘的干什么呢？这两年你没少下工夫吧？可整那玩意儿么用？你又当不了科学家！"

赵奇奇可没醉，他微笑着反问我："大哥，那你当初又是为什么呢？"

我沉默片刻，那真是无比坦荡的一个片刻，我必须真实地面对自己。抬起头来，我看着吴梅，醉眼中有了一丝酸涩："为了爱情。"多少表白也敌不过这一句，吴梅的眼睛立马泛潮了，她控制不住地站起来，掩饰地说"催催他们加菜"，扭身到外面去了。

赵奇奇把眼光从吴梅的背影上收回来，诚心诚意地对我说："大哥，我佩服你！你的动机比我高尚！"他把杯里的酒兀自一口干掉，吸了下鼻子说，"我么，最早只是不服气，大家都说F—13是个宝贝，能跟它扯点关系就像沾了多大光似的，我要是能当上F—13的专家，比你还厉害的专家，在这个连里，不是没人敢替代我了吗？"

我一时不知说什么好。赵奇奇又说："可我后来越来越好奇，你们——你和团长——为什么把F—13看得那么重要呢？一个十几年都没研制出来的设备，一台其实到现在为止都没人说得清的机器，一个……"他打住了话头，一定是被我严肃得可怕的脸色吓住了，稍停一下，他还是小声地、秘密地说出来了——

"一个能让你平步青云的怪物。"

这次吃饭的最终结局是我万万没有想到的，我大大低估了赵奇奇的实力与野心。到最后我只记得他说过的分量最重的两句话。一句是："F—13的测试数据有问题。"另一句是——

"我要当下一任连长——侦察连连长！"

这家伙成熟了。翅膀长硬了。已经不再是什么书呆子了。

说实话，赵奇奇的酒后真言并没有令我反感，只有感慨。当初我比他更狠更绝地威胁过吴杰，对F—13已经走火入魔的我坚信它有着无与伦比的力量，这力量足以在未来的时间里震慑住吴杰。当他再次警告我远离F—13和他妹妹时，我告诉他，我正在撰写一篇关于F—13的研究论文——当然，有关涉密仪器的论文是不能发表的，可我无所谓，我会将这篇附有现实使用数据的论文送到总部，送到研究所。这篇被吹得天花乱坠的论文当然子虚乌有，但吴杰像被一股气流吸住了，半天都盯着我的眼睛，想从里面挖些什么出来。他怎么挖得出来呢？其实冒充F—13的专家并不是我的初衷，我只想成为一个让他不敢小看的人物，一个有资格得到他妹妹的优秀青年。

风水轮流转啊，真是所谓命中注定，冥冥中像有一只手在操纵众生，命运像寻找转世灵童一样确立每一任侦察连连长。我的任期已到了，不出意外，我就会成为某个营的副营长或机关某个股的股长，顺利地把F—13移交给下一任。

那个晚上没能向赵奇奇交代的底细，到底是瞒不住了。这个野心勃勃的家伙早已决心展开最后的冲刺。他的10公里障碍越野成绩现在无人能敌。

他的电话打来时，我只记得他三天前已经开始休假，以为他回到了老家跟我报个平安。不料我懒懒接电话时他反问我："知道我现在在哪里吗？"

我全身的汗毛立即竖起来了。他说出了一个陌生又熟悉的地名。我在记忆里横冲直撞，要把这个地名搜索出来，赵奇奇说话了：

"这里有家研究所，是研制F—13的那家。"

放下电话之后我做了两件事：第一，给吴杰打电话通报情况；第二，给航空公司打电话订时间最近的飞机票，飞往那个陌生的城市和那个掌握着F—13命运的研究所。

我在那个城市一家中等规模的商务酒店和赵奇奇碰了头。在见到他的第一眼我很注意地观察了他的表情，委实已是一副志在必得的样子。酒店的茶楼很雅致，装饰着半人高的雕花铁艺围栏，我们在靠围栏的地方要了张桌子，因为他告诉我，待会儿有位重要人物将会赴约。

"大概还有半个多钟头吧，"他给我让了烟，自己也从烟盒里磕出一支，"时间还早呢。"他叼烟的样子显得伶俐而狡黠，啪地打了打火机，把火递到我面前来。分明是说，在等待的时间里，就没有什么想告诉我的吗？

我把烟雾长长地吐了出来。

我还是吴杰。脱不了他的魂。他走过的路我仍得走，他说过的话我还得说。这就是代代相传的意义。记得吴杰要告诉我这个消息时脸上有种复杂的表情，好像电视剧里老套的情节，明明你一直讨厌某个人，忽然有一天你发现他竟然是你同母异父或是同父异母的兄弟。对F—13孜孜不倦的追求使我终于得到了他和他背后那根关系链条的承认，他向我透露尚未正式公布的消息——我将是他的继任者。而做出决定的不是别人，正是团长。

"你知道的，团长是十二年前的侦察连连长……"吴杰盯着我，好像进入了团长的灵魂轨道，替他回到了多年前的物理空间。

那时候F—13作为军地合作的一个重要项目被高层重视，唯一一台放置于基层野战部队的实验仪器被指定由侦察连连长直接负责。它由于技术高端而身价不菲，留下它时，各级部门都反复强调，必须保证它的安全，如有失误，必要层层追究责任！

偏偏就出了事。半年后集团军组织了一次大型军事演习，F—13被要求在演习中试用，它将被安置在一架直升机上对"敌方"的战场情报进行收集。"我对毛主席发誓是按要求放置的，"那个倒霉的班长事后哭丧着脸说，"每一个螺丝帽都拧紧了！"

可事实并不像班长说的那么无懈可击。由于受气流影响，一直平稳飞行的直升机开始颠簸起来，它的颠簸带动着机上的人员摇摇摆摆，突然，随着一个响亮的声音，大家看到F—13像个难以自控的醉汉一样从安置架上摔下来，重重地摔下来！这一摔，决定了F—13和与它相关的一些人奇异的命运。

它再也没有活过来，至少没有活成原来的样子。指示灯不亮，屏幕一片漆黑，像个去了势的男人，雄风不再。受了致命伤的F—13以死尸般的姿态躺在连长面前时，连长眼睛红了，简直杀心都起了！他正值提拔的关键时期，上级对他的印象无疑是非常好的，否则F—13也不会那么放心地交到他手上了。如果在这节骨眼儿上上报重要仪器损坏的消息，不但他这个连长，连同团长在内都会被追究责任！

连长为F—13做出的最大努力便是私下里通过种种渠道，偷偷和研究所的一个技术人员联系上了，请他以技术辅导之名到部队来一趟。年轻的技术员在侦察连受到规格甚高的隆重接待，但他在见到F—13的那一刻还是大大吃了一惊。"我本来想骗你说被雷击了，至少那样可以算成自然灾害，"连长老老实实地说，"可我知道你是专家，骗也骗不了。只要能让这玩意儿起死回生，要我做啥都可以！"

技术员在连队和F—13待了一星期，把它的外壳小心打开，一一地按照设计图对比实物，查看前阶段的技术参数，最后还是令连长失望：除了两个指示灯亮起来，其他的仍没有复苏的迹象。就是说，它仍然不能完成战场侦察中的数据采集任务。技术员向连长保证说，他发现了设计上的一些问题，要回去报告领导，等不了多久他就会带着新的任务回来的。

但他再也没有来了。

连长一直提心吊胆，他在艰难的盘算中不断权衡利弊，是主动交代失职行为呢，还是隐情不报、直到那个技术员暴露实情？然而一天天拖下去，什么事也没有发生。F—13的遗体躺在那里，处于高度机密的重重保护之下，谁会知道它的死活呢？

在无望的等待中，连长悲喜交加地等来了他的晋升命令。他将离开这个岗位了，离开F—13，可并不意味着一切都结束了——正相反，才刚刚起头呢。接到命令后的连长一个人在房间里枯坐了整整一个白天，大家都认为他对连队感情太深了，离开这里肯定很难受。走出房间时连长做出了决定：他将要打一个赌，邀请继任者参与的赌。

新连长来做交接了。他是来自机关的一个参谋，由于以前错过了两次提升机会，他对这次迟到的晋升事实有些想法，心情复杂。男人总是这样的，在职务上消磨着青春与激情，再是踌躇满志也经不得一点点打击。老连长请他到房间喝茶，他们俩是老乡，以前私交也是不错的，这至少是一个基础。谁也不知道在那个房间里，两个男人究竟谈了些什么，允许合理想象的话，会看到新连长一脸惊讶、慌张、激动、愤怒甚至歇斯底里甚至手足无措，也会看到老连长无比诚恳地晓之以理动之以情，跟他分析各种情况，替他权衡不同结局孰好孰坏。可以肯定的是老连长拿出了所有男人都难以抵御的诱惑：关于前途的。老连长在团里是非常得势的，他有很硬的后台，可人家并不仗着后台吃饭，他踏实肯干积极进取成绩突出，这样的人不大展宏图还有谁能展？团里面，但凡长了眼睛的人都看得出来，老连长前途无量——后来的事实也证实了这一点。

仕途就是这样的，前面有人铺路，后面的人才有路可走。新连长经过万分痛苦的抉择，最终接下了那台瘫痪的F—13，他在移交物品清单中"重要仪器"一栏里看到了F—13的名字，看了半晌，最后掏出钢笔，情绪激动地签上了自己的名字。

"从今天起，"老连长望着他，用一种庄重的口吻说，"你的事就是我的事。"

也就从那天起，侦察连的连长们因了同一个沉重的秘密而结成同盟，他们之间有着看似江湖义气实则相当隐秘的特殊感情，这种感情与F—13一起成了宝贝，代代相传。F—13也就是从那时开始被雪藏起来，它成了纯粹的摆设，在一次次装备展示中像花瓶一样供人们观赏，在一场场演习中做着无力的"侦察"。仗着无人敢打探底细，它简直虽死犹生。

"现在你知道了，为什么我会那么讨厌有人来了解F—13，为什么侦察连的历任连长会这么铁。"吴杰结束冗长的叙述时，脸上又有了嘲讽的神情，"还好，我终于要离开这鬼地方了，你不知道一天天地待在这里等着真相大白的那一天有多难受！"

他的嘲讽神情像针一样扎着我。轮到我捧着这块巨大的、岌岌可危的石头了，谎言在十二年前就已经确立，十二年了，雪球越滚越大，隐情不报的罪名越来越重，继任的连长无一不受其害。可是诱惑在前面，谁也不肯放手，咬了牙也得担着。好像玩"击鼓传花"的游戏，明明知道鼓声会于某一刻停下，但大家都疯狂地传递着那朵花，祈祷自己不会是最倒霉的那一个。刺激的游戏。

在那一刻，我忽然觉得自己是个敲诈者，凭着对F—13秘密的窥探换得了连长之职；另一方面我又觉得自己是个上当者，连长、团长好像在说：你不是拿F—13要挟我们吗？好，拿去！让你看看要担当的是什么样的责任！给你这个包袱好了！

吴杰永远想不到，我尤其痛恨的是他最后那一句：

"吴梅今天要来……你一定要对她好！"

赴约而来的是一个文质彬彬的中年人，十分谨慎地向我们自我介绍是那个研究所某个处室的主任，姓钟，主持两项尖端科研项目的研发工作。我一说到自己是侦察连连长，他便打量着我笑道："好多年了，连长都换了多少任了吧？"

不出所料，他正是当年那个受邀的技术员。

"你们一定想知道，为什么这么多年里，研究所都没有取得F—13的重大突破吧？"

钟主任——不，当年的技术员小钟是在给F—13做全面而彻底的检查时发现问题的。"这里面有些专业技术上的东西，你们不懂的，总之我怀疑这个问题会导致F—13计划完全流产，因为它根本无法运用于战场实际。"那时的小钟是多么年轻啊，他怀着激动的心情踏上归途，以为自己有了重大发现，一经汇报就能很快从新的实验中得到证实，也能得到领导的支持。

可是项目组副组长听了汇报之后却犹豫了，这个项目的主要负责人、项目组组长是研究所的所长，德高望重，而部队这边又对此寄予厚望，如果发现了F—13的致命错误，就等于否定了一手把项目建立起来的所长的成就。老所长是很多技术人员的老师，大家多年来早已习惯将他视为科研界的榜样，他是这家科研所的金字招牌。于公于私，于情于理，怎么都让人没有勇气说出真相。

"我们私下里按我发现的去实验过了，反反复复很多次，希望我是错的，可是没有用，F—13确实是失败的。"钟主任神情黯淡，"其实，如果不是后来那件事，我怎么也会鼓足勇气去找所长……"

他没有机会了。上了年纪的所长在一次日常实验中突然晕倒，在送往医院的途中，他因脑溢血而与世长辞。老所长的去世被视为科研界的重大损失，在圈内震动很大，无数弥补性的歌颂与赞美随之而来，媒体争相报道他生前的种种事迹与荣誉，他所主持的各种重大项目中，神秘的F—13也被隐姓埋名地提到了——事实上它正是老所长晚年的主要成果之一。参加老所长的追悼会回来，小钟与副组长面对面，无语相看地坐了很久。

"就是在那一天，我们下定决心，不公布F—13的秘密，哪怕仅仅是出于对一位已故科学家名誉的维护与尊重。我们悄悄地一步步缩减在这个项目上的经费与人力投入，一直到几乎是个空架子为止。"十四年了，它仍是研究所记录在案、正在进行的研究项目之一，所有人都知道那是个不可能的项目，可没有一个人戳穿，它就像个公开的秘密，代代相传。

周末那天，全连吃饭时气氛高涨，炊事班特意加了菜，还给发了啤酒，指导员、副连长、副指导、排长、班长轮番地跟我敬酒，个个喷着酒气、大着舌头祝贺我双喜临门。

我刚刚领了结婚证，回头团里宣布了我升任军务股股长的命令。

从研究所回来后我彻底想通了，别自己跟自己过不去了，就像F—13的秘密，这么多任连长担着这份心，到头来它居然……然而我无法承受那种被命运愚弄的感觉，只觉得满胸腔都充斥着不切实际的自残式的疯狂念头。最后挽救我的是吴梅的电话，她的声音里有着真切的担心与挂念，令我的脆弱感情瞬间决堤。我听见自己不停地用抽泣般的声音说："求求你，嫁给我……"

为什么我要自作自受地介意她是什么F—13的随赠品呢？吴杰的态度与我们的感情有什么相干？她是我所爱的女人，而且归根结底地说，无论身边的人有多么虚伪、浮躁，她和F—13一样，本身并没有错啊！

新任连长——赵奇奇来给我敬酒，他显得沉稳而克制，但仍能看出神情中的志在必得。他端着酒杯意味深长地碰了一下我的酒杯，杯子们很享受地发出清脆的音乐般的声音，赵奇奇在这乐声中笑着说了祝酒辞：

"祝——代代相传。"

我忽然想到，他将住进我的房间，用那一面"代代相传"的镜子观照仪容——他会不会在镜子里看到我的脸？

指导员过来凑热闹，用一贯的调侃口吻说，两代F—13专家在这里举行高级会晤了哈！"刚才我还听到有人在谈论F—13呢，居然说它不过像台大号的GPS而已，"指导员带着几分醉意笑话说，

"是个新来的、不懂事的学员。"

赵奇奇的微笑顷刻间冻住，一脸的毛孔似乎都张开了。很快，他把表情调整过来，放松了、平和了，几乎没有看见嘴唇翕动，但我却分明听见他发出了一个类似"腹语"的声音：

"得削。"

毕业式

引　子

如果毕业没有毕业式，那还算毕业吗？

靠！

　　主席台是一座华丽的岛，高高在上，永远被庄重、肃穆、热烈、盛大这样一些气势恢宏的形容词簇拥。遥不可及的穹顶上，一排大瓦数的镁光灯射来光柱，活像冷兵器的利刃，整齐划一地刺向主席台的心脏部位。此刻，那个部位站着耿帅——千真万确——这个名不见经传的毕业班学员，现在站在礼堂主席台中央了。

　　光柱们无比肯定地钉在耿帅脸上，角度恰到好处，让他此刻微笑的面庞看上去既坚毅硬朗又帅气迷人。他确信这一点，所以出人意料地没有面对全场规范地立正、标准地敬礼，而是让裹着笔挺军装的身体放了放松，伸出一只手到脖子前面，紧了紧墨绿色领带。这个动作酷到家了，他已经自信得微微偏了偏头，将一边嘴角轻轻斜挑起来，形成一个不易察觉的、玩世不恭的明星式坏笑。

"他姥姥！你要磨蹭到什么时候！"

伍世国裹了一身脏兮兮的迷彩服，挂着一柄顶端开裂的大扫帚从侧门大步流星地走来，他那同样开裂的破嗓门在空旷的礼堂里显得格外夸张。他身后跟着两个同样打扮得懒懒洋洋的家伙，分别在肩上扛着撮箕和扫帚，一副要收工的模样。一看耿帅那样，两个家伙都不高兴了，一个撇着嘴说，就你分的地儿最少，扫个主席台也扫不完！另一个跟嘴，大扫除也玩派头，一样的大迷彩还让你穿得像礼服了！

"姥姥！"伍世国走到台下正对着耿帅的地方，歪着头无比嘲讽地瞅着他，"你他妈扫完了再谢幕行不？"

灰沉沉一片的长条会议桌，几张腌菜般缺少水分的面孔，语重心长又让人浑身长毛的院长讲话，虚假繁荣的风暴式鼓掌……

如果你胆敢以为，耿帅所盼望的毕业式就是这种学院派典礼，那你一定会遭到所有人肆无忌惮的尖刻嘲笑。

在陆军指挥学院，庄重、肃穆、热烈、盛大——是生活必不可少的一部分。想想吧，四年的庄重、肃穆、热烈、盛大！如果它们吞没了毕业式，军校生仅存的一丝个性张扬将如出窍的灵魂般无处安放。

再不会有哪所大学会像陆军指挥学院一样看重毕业式了。因为，毕业——对不同的人来说，概念是不尽相同的。要解释清楚这个问题，先得普及点常识。部队学员（先当兵再考上军校的学员）伍世国曾经用他那只被香烟熏了两年的食指与中指大关节敲击着桌面，向全宿舍的新学员宣传：

"全世界的大学生无非就是两种：军校生和非军校生。"

军校生有什么特殊呢？耿帅记得高三时的班主任，四十多岁，戴着一副阴郁的小眼镜，喜欢微弓着背在教室里转悠，一边转悠一边喃喃叮咛，像高高挂起一根精神胡萝卜：娃儿们啊，用功啊，现在苦就苦点，只要上了大学，要什么有什么，喜欢谁就是谁……末两句是从《阿Q正传》里现搬来的——阿Q的革命理想，放在哪朝哪代都具有不可言说的煽动性。教室里就有了吃吃吃的笑声，老鼠啃着屋梁柱一般。学生们都愿意相信，现在是最苦的，挨过了就好，曙光在前，大学在望。望着望着，耿帅就进了陆军指挥学院的大门，进去的第二天就和其他新生一起被分队编组，拉到后山去铲草——茫茫一大片草，山都长了头发似的——这才知道高三的日子还不是最苦的。烈日下一棵一棵消磨人体力与耐性的草根子是那么切肤的具体，把班主任所描述的光明前景逼到遥不可及。

也就是说，当高中同学——考上地方大学的那拨——过上"要什么有什么，喜欢谁就是谁"的好日子时，他耿帅却开始了崭新的、痛苦不堪的漫长征程。他把双手缓缓举到眼前，盯了半天，这双手填过辉煌的高考志愿，现在却满是嘲讽的水泡。他朝它们唾了一口："活该！"

活该自己理想主义过了头，活该为穿军装进了军校，活该吃苦——吃很多的苦，精神上与肉体上的，还要吃得满满当当，贯穿整个大学时代。一日生活制度是生铁刻的，几时起床、几时上课与训练、几时吃饭甚至几时大小便，都由号声、铃声、哨声管着，还不能随便出校门——这时候他们是囚犯；除了排得满满的专业课程，还有艰苦卓绝的军事训练与项目考核，附带着苛严的量化标准——这时候他们是士兵；还有家常便饭一般的义务劳动，小到打扫宿舍卫生大到平整操场、绿化荒山、修建公路……这时候他们是民工。还可以有很多高尚的形容：是坚固的长城，是未来战争的指挥大脑，是变形金刚……穿越了，分裂了，科幻了，唯一能支撑着准军官们熬下去的信念曙光就是：毕业。

毕业是什么？就是苦尽甘来。

往后，哪怕是分到最基层的野战部队、最艰苦的边防哨所，你也不会是那个群体中最低级别的生物——肩膀上的学员肩牌换成了星光闪闪的干部军衔，就很说明问题了：那是指挥官的尊严与骄傲之所在。

所以，毕业是重要的。是值得纪念的。是应该有仪式的。——如果没有毕业式，那还算毕业吗？

靠！

不管你承认不承认，管理得再严谨的大学都存在着一个如空气般透明的隐形社会，那是没有教育者参与而纯粹属于学生群体的世界，游离于说教之外，通行着自身的法则。

在陆军指挥学院，毕业式就是法则之一。

正因为与正统教育无关、不经过层层送审报批、由院长签字决定，毕业式才显得弥足珍贵、刺激诡异。就风格而言，它可以庄严、隆重，也可以轻松、随意；从性质上说，它更接近成人礼，但更具有象征意义与个体精神，你可以采用任何一种想得出来又做得到的具体方式来与你的大学时代告别。它是仪式，却也是自选动作。

学院历史上不乏经典。比如，某届诞生了一位自产自销的"军校摇滚歌星"，他以酷似嚎叫的唱歌闻名全院。毕业考试后，不幸与他同校四年的学员们都在暗暗庆祝忍耐到头了，他忽然不再作声，独来独往。终于在临别之前的晚上，他独自在熄灯后的地下阶梯教室里举行了一场告别演出，把会唱的歌一首一首地唱，撕心裂肺，声泪俱下。当疑心闹鬼的纠察终于找到噪音来源时，发现他已经体力透支，像块拧干了水的抹布，软沓沓地躺在讲台上，身上压着一只大吉他，而身体还像个与电源接触不良的劣质大音箱似的，不时发出一声惨叫。

两年之后的那届又诞生了一个"极品"。其实四年里主人公一直遵纪守法、默默无闻，直到毕业前的一天半夜里，他突发奇想，要翻一次围墙出去，以给自己的军校履历上留下一份冒险的记录。他将两条背包绳拧起来，一头拴在宿舍窗边的铁架床上，一头拴住自己的腰，妄想从窗户吊下去翻墙——学院的围墙离窗口只有几米远。但这个缺少翻墙经验的家伙犯了个大错，他把自己吊在窗台下以后才发现背包绳短了，他晃来荡去，怎么也没法把自己给甩到围墙上，只好像一个坏掉的、笨重的钟摆无力地来回甩动着。他的军事实力不够徒手攀绳爬回宿舍，又不敢大声叫喊引来纠察，一直就那么吊着，直到凌晨时一个欲上厕所的室友发现了他，才将这几乎奄奄一息的出逃未遂者解救了。

还有一个自命不凡又容易伤感的家伙，带着数码相机去和每一个教过自己的教员合影留念。这不算什么，但恰巧一位教授刚刚病逝，他找上门去时，教授那成年的、漂亮的独生女儿被感动得一塌糊涂，自愿代替父亲与他合影，末了还留下电话号码。如果这也不算什么的话，再后来的事会让同届的学员们眼红至死——毕业后，这位仁兄竟凭着那个号码与执着追求硬是将教授女儿追成了女朋友。这被评为学院史上最狗血却收获最大的毕业式。

虽然从理论上来说，一千个人可以有一千种毕业式，但大部分人的毕业式都会因缺少创意而涉嫌抄袭。比如在学校小餐厅约上三五个铁哥们借烈性酒大醉一场，比如在擦洗了四年的教学楼栏杆背阴处悄悄刻上自己的名字与学号，比如买本外表豪华内容粗糙的"毕业纪念册"请同学们流水作业似的写下赠言……

倒也是，蚂蚁似的一大群男性青年，又穿着一模一样的军装，戴着一模一样的军帽——阅兵式上走得整整齐齐的一个个方阵，你记住里面哪一个了吗？除非他出了错。

是的，不要怕雷同，与别人相同没有什么可耻的——相反，有时候可耻正来自于与别人的不同。

在一步步逼近七月的日子里，虽然仍是按时出操、上课、准备毕业考核，准毕业生耿帅却在心里渐渐勾画出了毕业式的轮廓——是那么的简明扼要，又是那么的坚定不移，如果形成书面意见，发挥、阐述以后会是和学期个人总结一样正经八百的官样文章；但耿帅通常只是在心里偶尔温习一下，带着点热切盼望与神奇幻想的，这毕业式便精减了，提炼了，变成一张简洁的愿望清单——就两条，还押韵：

一、打纠察。

二、睡小雅。

一

像伍世国那样的家伙，碰上他不知算是你的运气还是不幸。他上军校之前在某个工兵团当过一年半的兵，据说那一年半里有七个月都在深山老林里挖土石方，挖得他两眼直冒金星，于是原本对前途吊儿郎当的伍世国发了毒誓要考上军校。他生就一种地头蛇的匪气与霸气，到哪里都像是自封的老大，说话带响走路带风，若有人跟他来劲，他那铜铃眼睛刷的一瞪，别人多会畏惧三分。再说，挖土石方出身的他体力好，各种训练都不在话下，有任务他也不计较，带头干得风风火火，这样一来，队长、教导员都喜欢他。学员队是有"模拟连"制度的，但不管连长是谁，好像伍世国才是真正的"一把手"，垂帘听政一般，让人隐隐觉出他的渗透力量。

伍世国一来就瞅准了耿帅是个屠头，于是拿他当个小玩意儿，不时逗逗他；但只要别人欺负耿帅，他又是坚决不许的，不管耿帅愿不愿意他都挺身而出，一副保镖架式。对于这样一种荒唐的友谊，耿帅向来不屑于接受，有时还很生气，但伍世国并不介意他的生气，仿佛还很高兴似的。抽烟时他又想逗弄"小朋友"了，捏着一支廉价烟咧开一嘴黄牙笑：

"处座，来支？"

耿帅板了脸，装着没听见，别过身去。

不知是什么时候兴起的，学员们开始用一些隐秘的语言来发泄无处释放的青春激情，那些暗示某种生理欲望的字眼往往因为过于直白而显得青涩，但当事人都并不了解这一点，他们急于使用，并以此炫耀自己的身体与心理都在同步走向成熟。

伍世国无疑是其中经历最丰富的一个。他当兵时就已经二十岁，早就跟村里一个胆大妄为的小妮子在草垛背后亲过嘴，又在基层部队那帮"油子兵"里接受了粗陋的"再教育"，据他说，自从他考上军校，老家给他说亲的至少可以凑一个班。寒假回家，他把媒人们提供的女方照片撂到一起，根据模样的漂亮程度列队，选出"班长"，让她当"排头兵"；又选出"副班长"，紧排其后；最后挑挑拣拣、反复斟酌，选了三个"骨干"——"剩下的，简直看都不能看了！"

忽然变得抢手的伍世国带着得意的一丝微笑，在选出的照片背面写上了女方的姓名、年龄、地址，有的甚至还有手机号码。根据这些必要信息，他从"班长"开始，一一走访了各个候选人。他的走访是中规中矩的，但不符合传统——哪有抛开媒人就自己行动的呢？这引起了一番不小的非议，而他"根据照片亲自选妃"的传言使"伍世国"这个名字更增添了复杂的色彩。

在寒假即将结束的一个下午，伍世国去自家后院柴屋里抱柴火时，忽然发现柴屋里站着一个身着橘色棉袄的女孩，平淡的五官，却带着一脸凛然的表情冷冷地望着他。她是落选者之一，甚至没有进入"骨干"之列，伍世国根本没有打算去走访她家。

他完全没有料到，这个自尊心受到打击的烈性女孩将要给他上一课了，非常重要的一课。她盯着他，缓缓走过去把柴房的门扣上了——老式的锁扣，拿枝小柴棍插在锁孔里就算反锁上了，外面的人进不来。她继续盯着他，走近，把他披在身上的军大衣猛地剥下来，往地上一扔，自然形成了一个简易的床垫。那时在情场上缺少经验的伍世国还在发蒙，完全没有战局观念与敌情预见性，只看到女孩奶白的手带着虚与委蛇的诱惑姿态，慢慢放到衣领下第一颗纽扣上，开始解她自己的橘色棉衣。自始至终，她都用一种挑衅的眼光盯着伍世国，丝毫没有回避与退缩的意思，勇猛无比。在剥开自己最后一层包装时，她的嘴角甚至带上了一丝嘲讽。

"人生很漫长，嗯？"

她在嘲讽。

不，其实她没有说这句话，是伍世国在哪部外国电影里听到的台词。不知为什么这句台词令他印象深刻，令他想起那个女孩。于是他像剪辑师一样，把毫无关联的文艺台词配给了记忆中的珍贵画面。

那是伍世国终身难忘的一个下午。在女孩的引领下，他终于用壮实的青春的身躯寻找到某种答案，有关生命体验，有关想象力。女孩倒没有什么复杂的念头，她也没有如伍世国所担心的那样以此为要挟，提出结婚的条件——事实上她性经验丰富，估计需求也旺盛，根本不打算当一名独守空房的军嫂，她只是被伍世国那幼稚的家访行为激怒了，要让这个傲慢无知的准军官明白，女人的好，不仅仅是照片上看得到的那一层，她必须让伍世国得到一点教训，使他对女性的肤浅认识变得深入起来。

女孩后来走了，再也没有出现。半年之后听说她嫁到外省去了。伍世国却再也没有恢复到平静之中。从某种意义上说，女孩的报复是卓有成效的，他知道了女人隐秘的"好"，你看不到、摸不着的那种"好"——心就野了。

他拒绝了所有上门提亲的人，开始了一种流浪般的寻觅。在军校生有限的交往中，他不放过任何一个机会，用最透彻的方式去了解异性。而现代女性的开放程度超出他的想象，于是越来越多他"主演"的"三级片"上演，赫然打着《你情我愿》《军校生一夜情》之类的香艳"剧名"。

从第一学期的下半年开始，学员们便在熄灯后的宿舍里分享着伍世国的种种战绩，他们羡慕地听着，在故意制造出的吱吱嘎嘎夸张的床板摇动声中浮想联翩，一个个被想象的画面撩拨得燥热难耐。渐渐的，荷尔蒙分泌旺盛的年轻人见缝插针地在他的理论指导下开始了不动声色的实践，每一次放完假回到学校，总会有新鲜的故事在学员中流传。有了经历的人沾沾自喜，引以为荣，为了强化这一荣耀，他们高高在上地给那些暂时没有经历的同学冠名：正处、副处。"处"是"处男"的简称。副处多多少少还有点拥抱接吻抚摸之类的实践活动，只差最后一步了；正处最惨，连异性的手都没摸过，用伍世国的话来说，这种人当烈士，不是被敌人打死的，是亏死的！

起初班里的"处级"学员还比较多，伍世国带头给他们编了号：一处、二处、三处……渐渐越来越少，最后只剩下耿帅。大家就直接叫他耿处，或者处座。

耿帅本来很有希望在大二就摘掉"处座"帽子的，至少他自以为很有希望。那年暑假结束，在返校的火车上，他认识了一个笑容灿烂、"亚麻布一样"简单淳朴的女孩。和所有爱情小说一样，他们聊得很愉快，临下车时互相留了电话号码。

回到学校以后，耿帅发现自己开始了思念。同车的三个小时，在记忆里像棉花糖一样，可以拉长，拉长，扯出甜甜的丝丝蔓蔓。没有谁能控制住情窦初开的人，耿帅自己不能，学院的规定也不能。

耿帅在天气晴好的一天下午踏上了学院一条僻静的花园小路，桂花清香在阳光烘烤下发酵成麻醉剂，灌注到他充满爱情的心灵里。到了一丛拐角的月季花后面，他忍不住伸手摸出秘密使用了大半年的诺基亚手机来，给那个身在远方的、"亚麻布一样"的女孩子打电话。是的，他们只是在火车上偶然遇到的——偶然，也许是必然，谁知道呢？上帝创造年轻的生命又让他们跑来跑去，就是要让两个合适的人在合适的时间、合适的地点相遇。在秋天的陆军指挥学院里，未来的军官耿帅满怀对命运的感激之情，召唤着某个遥远的女孩。

只是，他的召唤没能选择合适的时间、合适的地点。当一个面带威严表情的白头盔出现在他眼前时，他也没有意识到命运其实是喜欢开玩笑的。白头盔什么也没说，只把一只戴了白手套的大手摊到他面前——这动作准确诠释了"学员禁止使用手机"的严厉规定。

白头盔。白手套。正在播放女孩清脆笑声的手机。桂花清香与秋爽的阳光。这些音符组成了一首爱情绝唱。当时正值学院"严打"（作风纪律整顿）时期，那只倒霉的手机被没收之后牵连了一大片人。它的通信录里挤挤挨挨满是不安分的学员名字，领导不费吹灰之力就将21队私藏手机的家伙一网打尽。"地下组织"被摧毁后很长一段时间，耿帅都在同学的埋怨声中抬不起头，更令他伤心的是，到期末他领回被收缴的手机后，再打那个号码，居然听到一个男声的"喂"——女孩新交的男朋友。耿帅摁掉手机，抹去了那个火车女孩的联系方式，从此再也没能与她坐上同一列火车。

但他一直固执地认定，这段只剩下摇摇晃晃的笑脸、哐啷哐啷车轮声的短暂情缘是他的初恋。

而断送他宝贵初恋的，是该死的纠察。

二

"加强防御了，双岗巡逻，"周宇站在窗口，两拳空心卷起，做成望远镜放在眼前，以司令员亲临前线的气派观察着楼下，"妈的，一帮胆小鬼！"

每年到这个时候，警卫营都会提高警惕——提防躁动不安的毕业队学员。

而在学员们看来，打纠察应该算是最缺乏个性的毕业式了，但它因彰显勇气而成为长盛不衰的高级选项——它几乎超越了毕业式本身的纪念范畴，升级为陆军指挥学院的传统习俗。

没有上过军校的人永远不会知道学员与纠察之间的恩恩怨怨。要一一细说起来，简直就是关于一个学院江湖、两大武林门派的一部冗长演义。纠察的形象通过历届学员的口口相传，早已被塑造成黑社会打手、地主的狗腿子之类令人憎恶的得势人物，在学员宿舍入睡前的闲聊中，他们只是被嘲弄、被挖苦的对象，但在宿舍以外的公共场所，人人都会小心谨慎，以防被他们抓住把柄。他们是不折不扣的大反派、极具挑战性的假想敌。

耿帅刚来军校时并不十分了解那些在大热天也戴着白头盔、白手套的家伙是干什么的，只觉得他们在校园里四处逡巡的神气有如皇家卫队。

"别惹他们，"伍世国用老气横秋的口吻告诫他，"从理论上说，他们是连院长都可以'纠'的——如果他老人家忘了戴军帽在园子里乱窜的话。"

他们"从理论上来说"所具有的全部权力是部队条令赋予的。条令上关于这点写得很坚决也很煽情："卫兵神圣不可侵犯。"这些权力繁冗琐碎，像一张细密的网从头到脚地罩下来，管着你的方方面面，包括每一根毛细血管：从你的头发合不合规定的长度到帽徽、领花的安装位置，从走路的仪态标准到出入大门的合法手续。想想吧，一个十八九岁、嫩得发慌的小子，就因为白头盔上刷了"纠察"两个字，就可以对头发花白的将军颐指气使，这是多么荒唐的事情！

不过，"从理论上来说"的事情，在"事实上"往往不是那样的。也就是说，纠察们虽然都做出神圣不可侵犯的样子，但他们个个都是肉体凡胎，精着呢。哪个纠察敢去纠院长呢？或者纠头发过长的机关干事？哪怕只是新来的教公共英语的年轻教员，你纠着试试看？——倒是可以逞一时之快，可凡事都有"后来"呢，得罪了干部、教员，后患无穷啊！所以，纠来纠去，纠察们主要还是针对学员的。

"连兵都不如啊！"学员们扼腕叹息。

21队与纠察素有渊源。当21队刚刚迈入毕业队的行列时，学员队领导就连续五次在大小会上给"某些有情绪的人"敲了警钟。很多年以后，一定会有21队的后辈用无比羡慕的口吻宣讲："当年，曾经有个本队的老大哥，把纠察好好地收拾了一顿……"

那个"老大哥"就是伍世国。大一那年，他带着一个班的学员去学院后山参加了一次惨烈的义务劳动（修筑山路），一身泥灰地回来。经受高强度劳动之后的学员一脸疲惫，走在路上就不那么精神抖擞，铁锹、铁铲之类的东倒西歪架在各人的肩膀上。迎面过来一个纠察，伍世国极尽努力地提醒大家："注意一下，精神面貌拿出来!"

小队伍条件有限地调整了一下，但还是离纠察同志的要求相去甚远。纠察用视察仪仗队的眼光犀利地扫描过去，严厉地问，你们是哪个队的？伍世国喊了"立定"，一脸的和气生财，说："同志，我们刚刚从山上下来，修了一天的路了。"

纠察不为所动地板着脸说："那也不能成为军容不整的理由!"

学员们就来气了，本来劳动了一天都累得不行，还受这么个毛都没长齐的小兵训斥。有人在队伍里嘟囔了一句："个屌兵!"

这句轻得不值一提的话却成了大事件的导火索，纠察被点着了，坚决要"纠"这个班，要求他们报告身份，伍世国怎么说好话对方也不听，于是伍世国也毛了——冲突是怎么发生的，谁第一个动手推了一把，谁又更重地回敬了一下，都有多个叙述版本，总之是打起来了。

纠察没想到学员会动手，真动手，他是吃亏的——十二对一，那十二个还全是"练家子"。他立刻启动应急预案，抓起哨子猛吹一气，尖厉的哨声带着身陷绝境的危机感呼唤援军，这让学员队伍有了片刻慌乱，对下一步的战场态势失去了判断力。伍世国在这时展现出非凡的领导气魄，他随后做出了一个令人难忘的举动——大手一挥，气壮山河地喊道：

"你们撤! 我掩护!"

学员们轰地解散，撒腿就跑，纠察正要追上去，伍世国登地拦住，一把将他推倒在地。这时，在附近巡逻的另一个纠察寻声而来，他显然低估了伍世国的军事素质，居然扑上去想把这肇事者缉拿归案。挖过七个月土石方的伍世国没有客气，抬腿冲着这家伙当胸一踹，也不瞅一眼死活，趁着对方还没缓过劲来，一溜烟地跑了。

事情闹大了。那天晚上，警卫营教导员带着两个挨打的纠察找到了学员队，极其愤怒地要求他们交出肇事者。那教导员像揭发地主恶行的小佃农，痛苦不堪地不停控诉："简直无法无天了！把人都伤成什么样了！"然后作为证据，他大大掀开一个涉事纠察的军装与背心，在那委屈的、袒露的皮肤上，胸口处赫然显露出一个肉红色的大脚印！

眼看着会大大地闹一场，结果很搞笑：居然没有查出肉脚印的制造者。学员队把整个队的学员都紧急集合起来，让警卫营的认人，两个纠察一个个地排查，也没能揪出伍世国。事实上伍世国根本没有参加集合，他的一个死党是22队的，替他去集合并在点名时高声答"到"。学员们对此团结一致地严守秘密，而学员队领导也睁只眼闭只眼，根本不愿彻查，警卫营的人只好灰溜溜地回去了。有人开玩笑说："应该像拿着水晶鞋寻找灰姑娘一样，用那个胸口脚印当底样，让全队的每只脚都去比试一下啊！"

这事总算是过去了。之后的一段时间，伍世国在校园里都偷偷摸摸的，躲着纠察走路，而他的盛名在好几届学员队伍里如日中天。

耿帅却一直对这件事保持着某种距离感。在他看来，事情弄成了事件，他是有份儿的——他就是在队列中说"个屌兵"的那个。但诡异就在于——从来没有人提到这点！

当然，他在其中起的作用并不好，无非是个闯祸的小毛头——哪怕有人责怪他两句也行，至少也算是正常的。结果没有。所有人只是热烈地回忆当时纠察的粗暴与后来的狼狈，歌颂伍世国挺身而出的英勇豪迈，还自嘲跑得像兔子一样。没有人说这事是耿帅引起的，他那句粗话多少也是情绪的宣泄——他代表大家宣泄出来了——却没人记得他！这种集体失忆就好像无形的审判，判定耿帅就是一个无足轻重的人，不可以享受到平等的、被重视的权利。

“我选32号，”周宇还在“观察哨”上，继续陶醉在攻击想象中，“就拿他下手！我需要两个策应，一个负责把他引入埋伏圈，我可以趁其不备实施伏击，速战速决，另一个负责掩护我撤退——就以救护为名把他拦住。”

周宇踌躇满志地把“有没有愿意跟我干”的眼光抛向四周，宿舍里的金刚们懒懒散散的，谁也没有搭理他。就算这样，他也没有把一点余光投向耿帅。

“不稀罕！”耿帅心里说。固然是不稀罕，但这是两回事。他的愤怒在于：周宇根本没有给予他拒绝的机会。

三

在认识小雅之前，耿帅还认识了一个“范冰冰”。

他没有告诉其他人她的真名（事实上他自己很快也忘记了），就叫她“范冰冰”——这是一切漂亮女孩的代名词，不信你用这名字跟任何一个过路的女孩打招呼，她会嗔怒，会噘嘴，会假装不屑一顾，但她绝不会真正生气。

大二下学期，学院与一所地方综合大学搞了一次联欢会。这类活动不多，蠢蠢欲动的军校生们都抓住有限的机会“杀出一条血路”，争取能给女大学生们留下深刻印象，最好能收获一两个手机号码。节目演出在这种原始驱动下圆满成功。而耿帅却是剑走偏锋的——他根本没上场表演，只是作为保障人员试个音箱、调下灯光之类的，跑腿打杂，却在给演员们送矿泉水时，见缝插针地和女主持人搭上了话。

女孩是播音主持专业的，有着专业要求的靓丽外表与甜美长相。那时她正坐在后台的椅子上，不耐烦地等待一个努力制造笑点的相声节目快点结束。耿帅及时出现，送上矿泉水时附赠了一张名片："有事儿您说话。"女孩接过来看时眼睛瞪大了——是张纯净水门店的正规名片，名字上方印着"专业送水、随时随地"的服务口号。要的就是这种效果。耿帅冷静地说："翻过来。"

翻过来的空白面，才是手写体的名字与电话。女孩精致地笑起来。"你真逗!"她嗔怪地说。要的就是这种效果。再细看，女孩又好奇地问："咦，还有姓耳的?"原来"耿"字左右两部分很艺术地拉得老远。耿帅又冷静地说："名字好记，名如其人；就是姓得普通了点，所以造型比较个性。"女孩咯咯咯地笑起来，像清晨树枝上洒下的一串露珠。要的就是这种效果。

耿帅这次把女孩的手机号码存了三个地方：一是手机，二是日记本，三是脑子。

与"范冰冰"的认识迅速提升了耿帅在21队的热门度，虽然没有人看好这段交往的前景。耿帅和她保持了两个月的电话联系后，决定把关系往前推进一步。他们应该正式约会了，他认为。

周末外出的时间很有限，耿帅做了合理分配，他先到银行取款机取了一笔现金，那是必不可少的活动经费；然后到花店，把各种花的含义做了一次普查，谨慎地选择了粉色的玫瑰（紫红的显俗气，因为太彻底地像玫瑰），让店主扎了精致的、小小的一束——一大捧的那种夸张的求偶方式，是没文化的暴发户才用的。到目前为止耿帅对自己是满意的，他拥有成年人应有的成熟思维，清楚步骤又注重细节。

在"范冰冰"选定的冰淇淋店里等了半个小时，她到了。精巧的微笑。细致的韩式妆容。头发新做过，染得很有层次的波浪卷，一浪浪拍打着左侧脸颊，而右边的头发别到了耳后。

面对她的盛妆出席，耿帅惊喜到略略不安的地步——几乎是自惭形秽。"范冰冰"大大方方地坐下，服务员还没走近，她便轻车熟路地点了份"泰坦尼克",又向耿帅建议他应该要份"心花怒放"。

"泰坦尼克"是很隆重的一份,底下是巧克力蛋糕做的船,船上在水果装点下,两个鲜艳的冰淇淋球相亲相爱地偎依在一起。

"除了冰淇淋,你还喜欢什么?"耿帅微微笑着问。他得加快相互了解的步伐。

女孩舀起一勺放进嘴里,轻轻抿了抿果冻般的红唇,可以想象冰淇淋正在优雅地化掉。她眨着眼睛想了想,好像在努力要使耿帅明白什么。她开始从头发说起。新做的这个发型,别看简简单单、胡乱蓬松着像是起床后没梳头,其实是发型师精心设计过的,用的是种外国牌子的药水,所以做下来花了点钱,打九折,860块。接下来是脸——脸当然是重中之重了,对它的保养对于女生来说应该是不惜血本的,从柔肤水、精华液、润肤乳、隔离霜到遮瑕膏、粉底液、粉饼,这还只算是最基础的"底妆",后面要用的眉粉、眼影、腮红、修颜粉、唇膏等等才算是"彩妆",这里面,不同的东西要用不同国家的牌子,因为大牌们是很专业的,往往只能在某种产品上拔尖,全部都买同一个牌子是会被人笑话老土的。

"你知道化妆的最高境界吗?"她凑近耿帅让他检视自己的面庞,"就是别人看不出你化了妆,但实际上你已经把自己完全改造过了。"

耿帅盯着她认真研究了片刻,认定她确实达到这个境界了。他之前真的不知道她化了妆。

还没有说到精心侍弄的、描上花的指甲和随身挎着的、与她已有亲昵之态的名牌皮包,耿帅的心就已经随着冰淇淋在一点点融化了。"范冰冰"上上下下这一身包装,不说上万也接近八九千了,她化的哪里是彩妆,穿的哪里是时装,根本都是货币盔甲,构成一道警卫森严的铜墙铁壁，生冷地拒绝着这个不知天高地厚的军校生。

这可不是他想要的效果。

年轻的军校生一直沉默地注视着"泰坦尼克"，慢慢体会着那种毁灭感。最后他踌躇着是不是应该打断她，因为自己两小时的外出时间已经快到了，她却主动站了起来，抱歉地说中午有个约会，就不多聊了。这身豪华的行头原来另有所向，冰淇淋之约只是个小小的餐前动员。

服务生来结帐，用平板的声调汇报："四百三十六。"在耿帅听来这声音有着尖利而微妙的讽刺——他刚刚从银行卡里取了五百块钱。

道别是中规中矩、带着点绅士风度的——军校生向冰淇淋女孩欠了欠身，两人彬彬有礼地点点头，互道再见。

不会再见了。

耿帅一直在大街上走来走去，在收假时间到来之前赶到了学院门口。他回头望了一眼热闹的都市，眼神却一派空旷。他看到失败感像一条巨大的尾巴，紧紧长在了自己身上。

四

耿帅选的19号。

这和周宇选的32号固然不同，但耿帅觉得自己务必在周宇之前动手。若周宇在先，他的毕业式轰动效应更大不说，还会让警卫营加大防御力度。

纠察的姓名和编号都是他们从警卫营的光荣榜上看来的（不过学员们过滤掉他们的姓名，只记编号，仿佛名字只适用于友好关系之间）。那是个土得掉渣的可笑的黑板报，一边写些空洞的政治口号、造作的爱国抒情诗或一本正经的政策法规，另一边（只能算个小小的角落）就是公布每周"好人好事"的光荣榜。

老早老早，耿帅就从光荣榜上认出了没收他手机的19号纠察。这个刽子手。照片在光荣榜上还挺耐看，浓眉，单眼皮，鼻梁挺直，嘴唇紧闭，由于目光专注而显得格外认真。最近的一次是半年前，19号又出现在光荣榜上，而与之配套的是黑板另一边写着他的事迹——外出时勇斗一个路边行骗团伙以致受伤。很快学院报也登出了一篇详细的报道，并称院方对他进行了表彰。

耿帅犹豫过一阵子。打一个成为英雄的纠察，是不是太过分了？

直到某天他在学院南侧门又遇到19号。当时下着雨，耿帅没带任何雨具，急着想从一支小队伍中间穿过去。19号正在维持秩序，他走过来把耿帅拦住："请等队伍通过。"耿帅看他一眼，从表情中判断，这家伙已经忘了当初没收过他手机的事了。耿帅说："下雨呢，行个方便。"

19号依旧冷冷地横在他面前："请等队伍通过。"雨水划过他雨衣下的脸，没有丝毫柔情。耿帅在心里骂了一句。他明白了，纠察是没法通融的，他的本质就是根警棍，是负责抽打的，有人会同情一根警棍吗？

于是，见义勇为也不足以让耿帅原谅他了——反倒更具有一种挑战性的诱惑。

打一个成为英雄的纠察，是不是比打一般的纠察更带劲呢？

花了三个星期时间，耿帅研究出了19号纠察的巡逻路线、轮班规律，其实两个星期就够了，第三个星期是用来印证调查结果的。他在已经废弃的英语笔记本上绘制了一幅清楚的战略图，制定了三套行动方案，每一套方案都有ABC三种对应计划。

这时，23队传出了一则新闻：一个又瘦又小的学员在全队搏击比赛中狠狠打倒了最高最壮的家伙。胜利者像个英雄一样在欢呼声中绕场三圈，不停挥舞着小小的拳头并展示腹部成块的肌肉。听说小个子为这一刻已经暗地里准备很长时间了——这就是他的毕业式。

战火悄然点燃。毕业式的第一枪已经打响。

那是耿帅想要的效果：一鸣惊人。所以他极尽低调，但这时都有些按捺不住了。有两次碰到周宇又在窗口前瞭望，那样子让他心痒。终于在第三次他装假毫不在意地问："看好了没？什么时候动手？"

周宇懒懒洋洋地嚼着一块口香糖，看上去对这类问题已经有习惯性的免疫力了。他没直接回答，坏笑了一下反问："你呢？跟小雅做通工作没？"

屋里就有了不怀好意的笑声，像钉子刮过金属板，发出小而刺耳的噪音。

只有伍世国没笑。他走过来刚要开口，耿帅就虎着脸出了门。

是的，耿帅的毕业式有两项内容，一个是明的，一个是暗的。暗的是打纠察，明的是睡小雅。这两项耿帅都没有宣布过，可是全宿舍的金刚都知道他想要在毕业前"脱处"，把小雅拿下。

小雅是耿帅最弄不明白的一件事。——没错，是"一件事"。她对他而言不仅仅是个女孩子，而是一个不可思议的问题。比如说，她是他有生以来遇到的最好最好的女孩，温柔、可爱、单纯、善解人意……你可以加上任何想得到的美好的词语。作为同龄女孩，她还难得的朴素与体贴，不许他为她高消费，喝水从来只要一元到一元五的矿泉水，后来甚至自带水壶；吃饭不进太正式的饭店，专挑快餐店和大排档；她不化妆，只擦五块钱一大瓶的"宝宝霜"，还说听名字就知道它能把你保养成婴儿皮肤……她是"范冰冰"的反面，质朴到耿帅都觉得局促不安的地步。可那样的好，又不像是真的！就是说，一个完全没有缺点的人，不会让你觉得闹心吗？

又比如说，她是耿帅的女朋友吗？这点就连耿帅自己也说不清楚。他们可以一起逛街、看电影、吃豆腐脑，也可以去近郊拍照、爬山、骑自行车，他们聊天可以聊几个小时都不嫌累，但不知为什么，总觉得还不够亲近。有一次耿帅鼓起勇气问她，可不可以做他的女朋友，她天真地笑起来，说："什么可不可以，本来就是呀！"——耿帅怔了好久，琢磨不出这话究竟是什么意思。难道他们已经在谈恋爱了？反倒让他郁闷。那种小说、电影里的求爱桥段，种种被期待的浪漫细节，一经省略，仿佛这爱情都缺斤少两了。而耿帅自己也不好再提这个话题，只好保持现状，哪怕到后来，他们已经可以缩在公园最偏僻的角落里拥抱接吻了，但在耿帅的感觉中，他们仍是一对模棱两可的奇怪恋人。

就是这个小雅。

所有人都知道，是耿帅的那个小雅。

而所有人都不知道，她让耿帅感到痛苦。

五

周五。没错，就是周五。

战略图已经被揉得不像话了，再不行动它都要退休了。耿帅把它张开在眼前反复察看，想象如果教员审阅，会给他打多少分。

但伍世国这几天特别烦人，做什么都把耿帅叫上。帅哥，跟我去打球！帅哥，今儿去服务社吃，我请客！帅哥，晚上的坝坝电影（露天电影）帮我占个座儿！

耿帅勉强接受的原因是他开始叫他"帅哥"而不是"处座"。四年来，他对伍世国的接受总是带着些不情愿的，仿佛受到胁迫。

无论伍世国如何咧着嘴冲他笑，还是抱着他肩膀很亲热地拍打，或是豪放地包下一大桌酒菜的费用，耿帅都没办法激动起来——伍世国的存在就像是成心跟他作对比似的：高壮与矮瘦，老练与稚嫩，粗放与细腻，成功与失败……

如果没有伍世国，耿帅还显不出那么的"不够"，可他偏偏出现了，在军校这彰显男性特征的地方，他是个强大的标本，跟他一比，弱小的就更弱小了。耿帅的五公里越野是全队倒数第七名，攀登考核时他曾经把自己活活吊在半空中，大一时体能训练搞400米障碍，全队有四个人跳下两米深坑后爬不上来，其中一个就是他……所以，就算耿帅的81杠射击成绩可圈可点，他的单兵战术姿势最标准，他还是全队第一个考过英语六级的——都不能抹去人们心目中那个失败者的可悲印象。他所有的努力，还不如伍世国那一踢，肉脚印，哗，盖了……

毕业式会使时空逆转，推倒重来！耿帅在21队的个人历史将在这个周五写下浓墨重彩的一笔。那晚还跟伍世国喝了酒，当然只是啤酒，还谨慎控制在三瓶。伍世国要帮他开第四瓶时耿帅拦住了。

"再喝就过了，会出事。"

他撑着桌子站起来，片刻之后确定思维与行动没受阻碍，才拉开椅子走了。走得有些凝重，有些悲壮，有些风萧萧兮易水寒。连跟伍世国招呼一声都忘了。

半个小时后他已经埋伏在通往后山的一条偏僻小路旁，欠缺修剪的灌木丛是绝佳的掩体。他抹了足有半瓶的驱蚊花露水，提前清空了膀胱的积蓄，像捕猎的肉食动物一般静静守候在黑暗中。

如果不出意外，19号会在前一个岔路口就和同伴分开，各走一边，分头绕两个半圆再回来会合。而耿帅选择的地方，可以保证19号被伏击后的惨叫声不会惊动他已经走远的同伴。

两百米远处的路灯亮起来，耿帅吃了一惊。那路灯已经坏了好长一阵了，居然在这几天重现光明。看来所有计划都不能完美预料到所有情况。

路灯光成为行动的不利因素，但也让目标暴露得更显眼——一条人影被拉过来，一长一短地运动着。正是让耿帅望穿秋水的19号。

纠察一马平川地走过来，显然是没有防备的；但在走上树影遮蔽的林边小路时，他忽然迟疑起来，像一条经验丰富的警犬，翕动着鼻翼，嗅着空气里的不正常的因子。是驱蚊花露水的味道。他没有明白这也是危险的气息——从灌木丛底爬出一个黑影子，猛地给他来个由后抱膝，纠察瞬间像个笨拙的街头雕像一样直直地往前摔倒，影子跃上了纠察的身体，骑着，打算反剪了他的手再开打。

"别、别、别打——别打了——"

耿帅被这声音吓了一跳。他停了一下，确定声音来自趴在地上的纠察。黑暗中能大概看出纠察的下巴磕在泥地上，他努力挣脱一只手举起来，是半个投降的姿势。

"真的别打了……上次的伤还没好……"千真万确！纠察在说话！这被活捉的俘虏！他咳了两声，带着点苦笑，"再打就残了……年底退伍回去，残了就不好安排工作了……"

耿帅的拳头举在半空中，捏得紧紧的，但顿时像变成了氢气球，没有落下的力量。还要打下去的话，打的将不是一个英雄，而只是一个伤痕累累、即将退伍返乡的战士，一个主动示弱的人。为什么会这样？

拳头垂下了头。拳头放弃了。指头一根一根、慢慢地松开，像颓然开放的花。

耿帅恶狠狠地把虚弱的战利品拍了一下，站起身来，一脚高一脚低地走了。三瓶啤酒的酒劲终于涌上来了，浑身每个毛孔都在冒热汽，一股难以遏制的浑浊之流从胃部直冲上脑门，让他的腿不停地痉挛。

他恨他！轻易地取消了他的毕业式，剥夺了他应有的奖赏与荣誉！怎么可以告饶？怎么可以？军人的字典里没有"告饶"两个字！

醉汉一般的毕业队学员耿帅沿着来路，低头晃荡着回去，冷不防撞到面前竖着的一堵墙……不，一个人——伍世国正用父亲一样的既严厉又慈祥的眼光盯着他。耿帅瞬间明白过来，恶毒地回敬他一个白眼！显然这自以为是、无所不在的老大是跟踪而来的——他一定看到了未遂的毕业式。啊呸！

耿帅推开他，撒腿跑起来。

六

他只剩一个科目了。

如果今晚无法完成，他将成为彻底的失败者。

在酒精、夜色与血气的掺和下，他梦游一般地来到"576高地"。那是一帮金刚们经过长期考察、实践而选定的一个最佳翻墙点，相当隐蔽，成功率高。"576"是"我去了"的谐音。

没有打纠察，可是他的力气用尽了。耿帅试了无数次，居然都没成功攀上墙头。他要疯了！他要疯了！他几经试了九十九次，再试一次翻不出去，就只好去杀人了！

腿忽然被人抱住，耿帅正要踢，可发现他是被托举的，一直托到可以顺利攀上墙头的位置。他从墙头消失前回看到的最后一眼，是伍世国仰望的面庞。黑暗中不太清晰，但他确实是仰望了。

没有多远。军校生闭着眼都能走到那里。但他还是打了车，为的是以最快的速度赶到目的地。小雅也是今年毕业，只差两个星期就可以领到毕业证和学位证了。在整个大四阶段，她一有空就抱着一叠简历，跑来跑去找工作，但时间和经费像没有笼头的自来水一样，哗哗哗地流走，她一直没找到适合的工作，只好先租了一间房，作为毕业后的落脚点。她做好了长期失业的准备。

耿帅空降到她的出租屋时，她一点没有意外，像是早就准备好他的到来似的，一边让他进屋一边拍着他军装上的污迹。他盯着她，一把拉过来，紧紧地将她圈在臂膀做成的铁栅栏里。女孩子没有挣脱，只是用露在铁栅栏外的手，固执地拍打着军装的后背。

"灰！灰！"她说。

耿帅第一次遇到她是在大三。那次军事地形学夜间作业，教员给学员们分发了地图和GPS，把他们用康明斯拉到一个郊外的森林公园，要求在规定时间内找到地图上注明的目标。

教员做计划时一定没想到，那一天正好是2月14日。一山一海的地方大学生们正聚在公园里开情人节派对，往常冷清的公园这晚就像煮开的锅，到处都是笑声、音乐、篝火、放肆的拥抱亲吻与夸张的海誓山盟，这大大增加了作业的难度；而原本狂欢的派对里突然插入一伙身穿迷彩服、握着手电筒的奇怪大兵，也让喧闹的气氛平添了一分新鲜与怪异，许多男女冲着军校生们调笑、尖叫、吹口哨，而后者只能假装平静，面无表情地继续着他们的搜索行动。事实上他们心里被刺激得狂骂，觉得自己真是他妈的傻逼透顶了！

谢天谢地，耿帅拿到的那张地图把他指引向一条安静的小路，音乐与喧闹声退成远远的背景了，只有微弱的路灯光努力从细密的树枝间挤出来。当耿帅试图从一排矮冬青上面跨过去时，他听到一声"喵——"。以为是猫，耿帅用手电一照——居然照见一张人脸！撞鬼了！惊慌中他下意识地后退，又给枝条绊住，一屁股坐了下去！

倚着矮冬青坐在地上的人站起来，呵呵呵地笑了。是个女孩。一个坐在这里消遣孤独的女孩。她大大方方地上前来拉耿帅，耿帅一边站起来，一边惊魂未定地说：好好的人，学什么猫叫啊！

女孩说：学人叫，不是更吓人吗？

她很自然地替他拍打着迷彩服，耿帅不好意思地要避开，他还不习惯来自异性的关怀。

灰！她说。

那天耿帅没找到学科上的目标，却找到了小雅。

但他搞不懂自己，为什么会把对小雅的肉体征服作为毕业式。他是爱她的，大多数时候他坚信这一点——但怀疑的时候又怀疑，自己是不是拿爱当借口。是正好有这样一份爱情可以成全他的毕业式呢，还是为了这宗教般的、标志成熟的毕业式，他需要一份爱情来配合？

就像他拿不准美好的小雅是不是真实存在的一样，他拿不准自己。

现在这游离的小猫就在他怀中，任由他吻着、唇、鼻、额头、面颊、耳垂与脖子，渐渐让他模糊了相信与怀疑、真实与虚拟，既定目标与原始欲望合二为一，他没料到自己会陡然间滔滔不绝起来，开始许诺，开始发誓，用语言给自己打造了一件负责到底好男人的外衣，并向小雅描绘了一幅辉煌明天的蓝图。句句都是抚摸。是不安分的进攻。

小雅轻轻推开了他。

只推开了一点。然后隔着这点距离认真地望着他。她的聪慧是种沉静的力量，有时甚至会让人无所适从。当初，耿帅使出最拿手的泡妞手段——递给她一张废品收购站宣传名片——的时候，她只瞟了一眼"废品收购量大从优",没等耿帅吭声就把名片翻了过来,然后准确无误地念道:"耿、帅。"

军校生就傻眼了,像魔术师被人拆穿了把戏,尴尬地立在舞台上。所有设计桥段在她那里都不值一提——她仿佛总能把一切都看透、看穿。

小雅拉着军校生的手,牵引着他,一直来到她的床前。是出租房配的,拙劣的刨花板双人床,带着宽大而俗气的奶油色床头。床上用品是小雅在网上买的,蔚蓝色花样,一波又一波海浪翻滚得惊心动魄。她坐上去,置身于旋涡中央,全然是殉情之态。

"我一直在等着这一天。"

她将男朋友的手贴在脸上,来回摩挲。应该是花好月圆,可这画面里含有一种令人不安的东西。

耿帅挨着她坐下。望着她。她开始说话,说很多的话,以前从来没提起过的。她是吃低保的家庭长大的,瘫痪在床的爸爸,在小印刷厂切割纸张的妈妈,患心脏病需要做手术的弟弟,过年时宽裕的亲戚会送来米和油,学校里发的贫困生助学材料要拿到街道办去盖章……多么像励志新闻报道的老套情节!而她居然能靠着好成绩、奖学金、勤工俭学和助学贷款读上大学,简直可以给国家的扶贫工作当形象代言人了。她不敢谈恋爱,因为她的恋爱就算修成正果,自家的沉重负担也会将对方拖垮;她努力找工作,但必须找薪水高到能帮她撑起背后那个家的工作,又谈何容易!所有一切都奔着某种未来而去,她早已做好了准备。

在奔波找工作的一年里,小雅没有找到能给她好工作的单位,却遇到了能给她富足生活的大叔。大叔愿意出钱替她还贷款、让弟弟治病、给她和她父母买房,每月在她卡里打笔充足的生活费,除了没有名分与爱情,她可以什么都有。又多么像电视剧里的狗血剧情!

她别无选择。这是宿命。她早已作好了准备。

而最大的意外，是耿帅的出现。他和他的爱情是这微渺生命中的奢侈品。

当她决定将青春签约给大叔之时，同时也决定要留给爱情一张纪念封。是的，一定要"给"耿帅一次——让她犹豫的是，"给"大叔和"给"耿帅，谁在先，谁在后。对她来说，这个先与后，太不一样了。先"给"了耿帅，在大叔那里势必会贬值；而先"给"大叔，她心有不甘。

耿帅今天的凭空出现，将她解救于挣扎的泥淖中。决定了：就是他了。他将作为"第一个"，鲜活地扎根于她一生的记忆中。这个名叫小雅的女人。她曾为他付出了所有的柔情与美好，她也要他刻骨铭心地记得！

女孩把耿帅的手慢慢移到胸口，那蕴涵温暖的起伏上。军校生木然地看着，好像不再认识眼前的恋人。为什么会这样？就算继续下去，还有什么意义？

原来他也是她的毕业式。她青春祭坛的一部分。

他终于知道她是真的了。那又如何呢？她真的那一面全是痛。她可以"给"他，但他却永远得不到她！一辈子，她将会不停地拍打，那么多的灰尘！

军校生抽回了手。

七

翻墙回去时，伍世国还在"576高地"等着他。

他以为伍世国要探听消息，已经预先把凛然、拒绝的表情挂在脸上，虽然在黑暗中完全没有意义。伍世国却什么也没问，只是说，已经替他搞定了晚点名，放心。

两人沿隐蔽的建筑物的阴影地带并肩走着。像两只豹，悄无声息。

"这种和尚日子，还不许人想想、过过嘴瘾？"伍世国突然开口说，"一屋的人，都怕了你了，就你啥都认真……除了你，谁会相信那些没完没了的艳遇？有几个人会真的去打纠察？"

名叫耿帅的学员猛地停了下来。他努力抵抗着黑沉沉压过来的虚无感。薄薄的凉气中，有些东西像梦一样蒸发、消逝了，又有另一些厚实的东西灌注到血管里。那是不可言说，却又触手可及的——他的毕业式。

宿舍的金刚们应该都已睡下了，黑灯瞎火中磨牙与梦呓的声音会彼此交织。耿帅却毫不理会，他带着宗教领袖一般的庄重表情，一把将宿舍门推开，大踏步进去，恶狠狠地，用响彻全屋的声音宣布：

"老子完成了！"

水英相亲

屠水英复读过三年。在她读高中应届毕业班时初中部等着毕业的小毛头后来都成了她的同学。她在同一间教室一年又一年地读下去，身边的人都是流水样来了又去了，只有她像个镇山宝一样岿然不动。头一年复读还有同学给她写信来着，她没有回信，后来便绝交了。最后一年复读时，一位念完了专科的同学分回学校工作，教低年级的德育课，她总是躲着他走路。有一天到底遇上了，迎面而来，四目相对，躲是躲不掉的了，她紧张地等待着，忽然听这位旧日同窗开口说："送孩子上学？"当她是学生的家长！这予她很深的刺激。虽然她学习是一贯的努力，抄下黑板上每一个粉笔字，记住每一个公式，把课本从头到尾地背下来，拒绝看教材以外的任何书籍，然而这一年她还是离录取线差了5分。应届那年还只差2分呢，真是越来越没盼头了。爸爸不顾家里赤贫的境况，也排除了农村常有的偏见，咬牙供她上了省城师范大学的"委培"——这么多年都读下来了，最后一步还不走到，实在是太冤了。

在师大的委培班里，水英没有别的朋友，只有韦静雯。静雯是城里人，却一点城里女孩的架子都没有。她拿静雯当二十余年来遇着的唯一的知己。她织好了毛衣总是第一个征求静雯的意见，她不如意的中学时代只对静雯提起……所以，在一个本该上严肃的高等数学课的上午，在没有长草的荒芜的足球场上，静雯洞悉了水英羞答答了好长一段时间的心事——

"我爸爸，他打工的同乡，替我说了一个……"

这话不用说，静雯也猜到了八九分，心里平静以待，口上却是十分惊喜："是呀？真是的呀？"宿舍里早有人猜疑水英在谈恋爱了——也不过是猜疑而已，在大家的想法里，水英的年纪和那个留校三年、每周在讲台上训话一次的年级辅导员差不多，早该谈恋爱了。常有女孩子拿这样的话作为拒绝恋爱的借口："人家屠水英都不急，我急什么！"

现在，水英的喜悦大大地被鼓舞，红了脸说："商量了好久，两边也是这个托那个的，中间人倒有七八个了，现在才算说好去见一见。"不等静雯反应过来，又追上一句："你跟我一块儿去相看相看，好不好？"

为什么不好呢？

静雯跟着水英回老家去，已经是寒假过后的三月份了，跟别人只说到水英家去兜一趟，体验一下城里人不曾有过的乡村生活。从省城坐火车到县城，从县城坐长途汽车到乡里，在乡里搭了一段扑扑扑冒黑烟的三轮车，又走了一个多小时的小路，终于到了。

"这就是我们杨家湾！"水英欣喜地介绍。静雯无论如何也没有想到水英家住的还是泥坯房，泥巴墙上，篾条一楞一楞地支出头来，把房屋建材展示得很充分。地是用黄泥巴夯实的。昏暗的灯光霉灰灰的，尘土样落下来，灯光下水英的父母都是黯败的脸色，笑分明是笑，笑在脸上像是刀刻出来的，有着笔画浓重的阴影。水英的两个妹妹水芬、水芹都早早出嫁了，没有回来，只有她三岁的小弟弟兵娃睁着一双锃亮的眼睛，直往他妈妈怀里躲，躲住了身子，又把眼睛露出来打探究竟。静雯隐隐地明白了，这桩婚事对水英家有着不容忽视的重要性。

相亲要去县城，但水英要在家里多待两天再去。这是有策略的。先在家里把事情商量妥了，征求一下各种意见，到时就算有什么意外也有个预防措施，这是一层；另一层，也是不愿给乡里乡亲看出匆忙急切的意味，说起来自己急着找婆家似的，不好听。这一门亲成不成得了是一回事，关键是什么时候都不能丢了身份。女孩家的身份不是家庭出身、学历文凭、身段模样，就是那么一股子自爱的精神，城里人叫傲气，叫矜持，乡下人直接些，就叫脸面，叫身份。

本来没想让人知道的，可是这种事传得比风还快。听到消息的姨姑婶表之类的前来打探，水英妈开始是想否认的，可要藏着这么大件事情哪是容易的呢？心里想藏吧，脸上的笑藏不住；嘴里要藏吧，眼睛的闪躲藏不住。人家要穷追猛打，那个气势，那个魄力——你自己去试试，你挡得住进攻？你守得住阵地？越是含含糊糊，人家越是嫌你欲擒故纵，恨不能拿铲子把你金口玉牙给撬了。再说呢，又不是什么坏事丑事脏事，是谁听了谁眼红的大好事，从主观上来说也不情愿掖着捂着。所以大伙很快就弄明白了八九分：城里人，正式户口的，什么厂里的正式职工，国家管养到老的，还有本事让水英毕业后安排到城里工作。水英妈的慵懒神态里透着一股得意的喜气，抿着嘴不笑不笑，可还是撑不住笑得一嘴牙床，给了众人十分深刻的印象。

全村上下都在传说水英"遇上了"。一般说"遇上了"，就是指考上学、中了彩、提了干，总之是给天上掉下来的馅饼砸中了。杨家湾的女子，因为家穷，几乎都没怎么念书；又因为没怎么念书，接触不到外面的世界，大多十七八岁就定亲嫁人了，嫁的差不多都是乡下人，能"说"给比较富裕的七里坡、鸭嘴村的，或是镇上生活殷实的小户人家，就很有人前人后翘尾巴的本钱了。

屠广华家的二女儿那年嫁得轰轰烈烈的，据说对方是县城里的工人，结果不出半年又回来了，原来那人只是个"临时工"，合同一解除还得回来刨土地。三组的杨惠凤，跑到广东去见世面，一年后寄信回来说结婚了，嫁的是个有钱人。村长都问了，结婚咋没见来开证明呢？还是年底同去打工的男人们带回了确切消息，杨惠凤进的是个娱乐场所，操着说不清的营生；跟的那个男人倒是有些钱——东莞开玩具厂的老板，老得不成样子，嘴上的毛比头上的毛还多——他那种人哪会笨到当她的长期饭票呢，人家精灵得很，是"跟"一回给一回的钱。有了这两起事作衬底，村里人认定穷地方出不了金凤凰，这帮傻女子都是拿男娃们吃剩的五谷杂粮喂大的，往那儿一坐一站都是一副成不了气候的相，好比正品的边角材料，再好也是多余的。

偏偏是水英。

偏偏是她。

她念书念到村里女子学历的新纪录，她一说嫁人就能嫁个正经八百的城里人！

只有像屠广福这种傻驴才会讨个四十来岁才生男娃的老婆，只有他这种穷汉才会顶着一屁股债送个赔钱货去念书——中学多念了好几年还不够，大学都上起来了！所以呢，也只有屠广福憨人有憨福，这次肯定收得回多年的投资，稳中有赚都说不定。

水英在村子舆论界的热心关怀下回来了，大家看她的眼神都不一样了，比她那年上大学还要不一样。她给当地女子教育赋予了崭新的意义。每次水英的半期、期末成绩单寄到，村里文化多一点的七舅公都要受特别委托，戴上一副黑框平光眼镜，坐到村委会门外的大槐树下给吃夜饭的村人们念上一遍。成绩当然是好的，连同后面的评语也字字精妙："……勤勉求学，乐于助人，作风严谨，识大体顾大局……"七舅公早年跟一个"牛鬼蛇神"

学过文言文，他的念词总似唱经，难得有听明白的字眼，然而大家听在心里又字字有数。水英在这评语中离杨家湾的山山水水越来越远了，她是上了台的人了，虽然多年上学上得青春憔悴，她的模样明显地呈现出与年龄不符的老相，她终究是出息了。"识大体顾大局"，多么庄重，上品，哪像个人评语呢，像政府工作报告，像英模事迹演讲，像一切与杨家湾无关的高尚事物。

水英在读书的历程中有一个同小学同中学又同一个村的男同学，叫史建国，脾气不像男娃，也不像乡下人，有点内向，还很懂礼貌，对人客客气气又保持距离，大家都觉得他还不错，但也没人拿他当朋友。就是这么个人，和水英同学十年，几乎没有说过什么话。同到第十一年学，也就是高中二年级的时候，高考这个妖怪的獠牙都开始露出来了，第一学期期末考试，最后一门功课刚刚考完，水英一出教室门就被班主任叫住了。班主任问："屠水英，你看到史建国没有？他家是不是出了什么事？"水英茫然地摇头。史建国好几门课都没参考，同一间考场的水英都不知道。问不出所以然来，班主任只好说，如果碰到史建国就让他来找我。

考完最后一门功课的学生都有骤然减压的失重感，说不清是轻松还是疲惫，像是一下子把自己从原来的肉身上剥脱出来了，很多疯狂的学生都往操场、宿舍跑，撕作业本，唱校歌以外的歌曲，集群狂欢。水英却拿了书仍往树林里去。她对自己学习上的要求是随时随地都不放松，是毅力，也是惯性，她不知道有什么学习以外的娱乐方式。树林里平时坐满了背书备考的人，现在却空荡荡的，她很舒服地选了个安静隐秘的地方坐下来。刚把书打开，听到背后有枝条被拨弄得刷啦刷啦的声音，一回头，史建国正站在她面前，喘着气，目光呆滞地盯着她！水英差点尖叫起来，他的样子简直像个越狱在逃犯。他们俩这么盯了好一会儿，水英紧张得连班主任交代的话都给忘了。史建国垂下了头。史建国说："屠水英。"他对着自己的鞋说，好像那双鞋名叫屠水英。

屠水英就是在那个昏头昏脑的失重的下午走进了一个男生的内心世界。对她来讲是全新的，难以捉摸的。原来男生也有相当自卑的情结，她原以为生为男的就是一辈子的顶天立地。史建国的成绩越来越"不行"了——其实他的成绩从来也没好过，可是越是临近高三，成绩单上的数字就越发逼人。来自农村的学生都是"一颗红心，两种准备"，考上就读书，考不上回去种地。可史建国有了新的苦恼了，他的额头渗出了汗，一张脸苍白如纸。"你知道吗屠水英，你知道吗，我这一年眼睛差不多都近视了。"他激动得快要哭了，"要是考不上学，戴副眼镜回去种地，是不是很滑稽？是不是？"水英赶紧摇摇头。

水英第一次注意到他的面相非常清秀，虽然皮肤不够细嫩，但终究像个文化人的样子，他浑身上下有一种植物才有的萧然回荡之气。她在脑海里找了又找，书本上的字一个个在眼前晃过，都找不到合适的可以形容他的。她竟为此苦恼起来，学过的东西居然没有一点用处！史建国那天的话说了一担又一担，像把积压多年的重负全倒出来了。他把水英当成了知己，当她是个可信赖的人，自己人。可是为什么呢？水英扪心自问着，脸上开始发热，听得也不专心了。史建国说："我不读了。再也不读书了。这几天我都躲在林子里，远远地看着教室，感觉安全点……刚才我看见班主任在和你说话，是不是说我的事？"水英也不知是怎么回事，赶紧摇头，而且很无辜地辩白："没有，没有，他是问我考试发挥得好不好……"史建国相信了，他带点神经质地哀求说："求你了，别在村里说这事，我要退学了，就说身体不好，你别给我说出去……"

水英有生以来第一次受到别人重大的委托，她只有茫然地点头，在史建国惨白的眼光监督之下重重地点头，表态表得十分坚决。就算是男生，读书读到这个地步，在村里已经算是知识青年了，他有着知识青年脆弱的自尊心，水英懂得的。史建国得到了水英的保证，如释重负般吐了口气，回头走了，一步一步的。他的背影映在水英眸子里，忽然湿润了，摇曳了，有声音有态势。水英忽然想到了一个名词：小白杨。她终于把他形容出来了。"小白杨"，她心里不断地念着，"小白杨"。这是歌曲里、课本里她所能感受到的最富于抒情性的植物。从前的他或许就像植物，可是没有像今天这样肯定地像一棵小白杨。是她赋予他新的生命的。他的新生命全然不是现在这样的，而是有着小白杨昂扬的姿态与风吹树叶的声音，沙沙沙，沙沙沙。

　　领过成绩单本该回家了，但班上开了一次紧急班会。班主任向大家宣布说，史建国同学由于身体方面的原因，不能继续学习了，希望他能早日康复，在祖国建设中发挥自己的光热，等等。许多人扭头去看史建国空空的座位，水英也跟着扭过头去，她这才知道他座位的确切经纬度。知道又怎么样呢？迟了，下一期开学又会有别人坐上这个位置。现实就是这么残酷。水英的目光掠过那张空空的课桌桌面的时候，眼神却迷茫起来，一看看好远的样子。她好像看见史建国走在回村的路上，那一条在阳光下灰尘漫漫的土路，暖融融的天底下走着一个黑黑的人影，不，他是小白杨一样的沙沙沙的背影……水英眼里有了泪光。

　　她把史建国的托付埋进了心里，连同埋进去的还有他这个人。新的学期，他的位置果然安置了别人，可是在水英那里，一直都把他的位置留着，哪怕他永不回来，哪怕他永不知晓。这是带着绝唱性质的初恋。他在的时候自己都干什么去了？他走了，空下一个影子，才牵扯出丝丝蔓蔓的思念，这些思念慢慢组织起来的人渐渐已经不是那个人了，是梦里人，比真人更教人难以割舍，难以释怀。其实水英这些年有时回家还碰上他了，总是隔着老远他就绕道走了。他躲她，仿佛她握着他的一个把柄；她也想躲他，但是看见他的闪躲心里又涌上一股难言的苦涩。有时候青年男女互相躲避就说明一些问题了，但他们不是。水英曾经幻想过他来提亲，家里会同意吗？日子久了，这假设还是假设，这期盼渐渐没了盼头，自己更无从说出口，也就淡了，认了。她头一年复读就听说他娶亲了，第二年复读又听说他添了孩子，是儿子，大吉大利。本来她也把那份心搁起来了，但是终究没有清除，轮到自己谈婚论嫁了，心思又乱了，阡陌纵横的。收到爸爸来信的许多个晚上，和静雯密谈到深夜的晚上，她迷迷糊糊地睡着，总是看见自己在擦一张课桌，蒙上厚厚灰尘的课桌，她擦呀擦呀，听得见灰尘掉落的声音，沙沙沙，沙沙沙。

正式相亲的前一晚，爸爸又特意试穿了一遍西服。他是一家之主，他的装束是一家的门面，怎么也要弄出点效果来。西服是深棕色的，腰身挺合适，只是爸爸老嫌袖子太长，袖口把整个手腕都遮没了——外国人都不用手干活吗？爸爸几次想把袖口卷起来，被妈妈啪地打在胳膊上："农民！"他笑嘻嘻地说："本来就是农民。"妈妈瞪着他，相当有威胁性地。她学的是城里人的语气，表示在骂人。

还是这一晚——就像激烈的战斗即将打响的前夜，每个人都紧张着，等待着，心儿吊在半空中，总是怀疑自己是否准备妥当了——就是这么个气氛里，爸爸把水英单独叫到灶屋里去了。他的西服换下后披了件蓝灰的夹克，人一坐下来，夹克衫在肩膀两边耸起来，顶出一张愁闷穷苦的脸。水英默不作声地从他衣兜里掏出旱烟杆与烟袋，手脚麻利地装起烟丝来。爸爸说："英女子。"水英手没停，眼睛也没抬："嗯。"爸爸长长地吐了口气，灶屋里豆黄的灯光把他这个人一身都扑得霉灰灰的，他的心情也霉灰灰的。做父母的做到要牺牲儿女的地步，谁都是这么个样子。他艰难地说："英女子……明天就去相亲了，有些事情你还不晓得……不是我们有心瞒你，实在是家里这个条件……我跟你妈商量好了，反正是不逼你嫁的，你要不中意我们回掉这门亲就是了。"水英把一字一句都听到心里去了，她在这霉灰灰的话语里装好了烟丝，烟杆递过去，又划着了一根火柴。爸爸低头就着火点烟时，听到她的话跟着火苗一闪："爸，你说。我有思想准备。"

水英是穷日子里泡大的。她有哪样不懂？家里这样的条件，说上城里的亲，里面多半是有七道弯八道拐的。只是父母一直不说，水英就一直等着，屏足了气。总有水落石出，真相大白的一天。她不是怕作牺牲，而是至少要清楚地知道自己作了怎样的牺牲。

爸爸把烟杆在板凳上磕了两下。将要去相看的这个人，今年才20岁，小了水英整整5岁；也不是土生土长的城里人，七八年前全家从乡下迁到城里的——这些不重要，拣在前面说。经济情况么，还真是很可以的，他的月收入都上千元呢，在县城里头都算是风光的了。——他的工作？工作啊。问题就在工作上。他是个工人。国家正式的。可是，你想想，一般的工人，哪会随便便上千元呢？能不下岗就烧高香了。所以，他的工作……和外面传说的有一点点不一样，不是什么"厂"——是"场"。

对了，火葬场。

他爸爸是场长。

一般来说，城里就是差劲点的人家，谁愿意到乡下去攀一门穷亲呢？只有火葬场的，城里姑娘不愿嫁，讲究点的乡下人也忌讳，所以才让屠广福家捡着了。

水英呆了片刻。她心里一直像抿着一颗话梅果，小心地、一点一点地把"火葬场"这三个字的味道用舌头剔出来，咂咂，吮吮。品完了，她蓦然问："他人是全的吧？"爸没弄明白："啥？"水英问："没瞎？没哑？没缺手断脚？"爸忙说："你说到哪儿去了呢，英女子，人家齐齐崭崭一个大男娃，哪是残的呢。爸哪舍得给你说个残的呢。"水英听了，这话是听进心里去了，全身心暖和了，结实了，装不下的东西都溢了出来似的，无数的快乐，无数的喜悦，河流样环绕着她，她的眼里闪出了泪光。屋里仿佛亮堂了，辉煌了，水英的好日子真的是来了。

　　水英抿着嘴，爸爸已经看出她羞涩的笑意，她便索性笑出了声："爸！我没意见！"原来她真是有数的，这个英女子！屠家再也输不起了！屠家振兴的希望，未来的出路，兵娃的前程……都系在这件事上。谁叫水英是水英呢？谁叫你是老大呢？做老大的，天生就该成为一条路，铺给后面的弟妹。她铺得晚了点，水芬水芹等不及了，她们找了别的路了。水英什么时候又做过水英自己呢？一个叫史建国的名字，夭折的初恋，她最喜欢的孔雀蓝毛衣，都有谁知道呢？多少年以后，水英自己也不会知道了。

　　她把现实一度想得那么坏那么坏，可一旦真的来临了，却发现一切都"不至于"。他只不过是个火葬场的！只不过是个火葬场的！水英怕什么？水英什么也不怕！她的丈夫是个活生生的年轻人，全人，靠得住的男人，不比谁差！哪怕他每天摸的都是冰冷的尸首，又有什么关系呢？水英是活的，热的，每天晚上可以把他捂暖的。水英幸福得眼泪都快流出来了，这么多年的书没有白读，她的老师终于把她培养成了彻彻底底的唯物主义者，她是一个幸福的唯物主义者！让那些怕来怕去畏首畏脚的人见鬼去吧！

　　水英穿了那件红的。

其实早在回家之前，水英在学校宿舍里就试穿过静雯所有的衣服了。照这位高级顾问的意思，水英穿那件蒲公英黄的绒外套最合适，因为她面相"太成熟"，一穿这件颜色清浅的，衣服反射出一层光，像打了淡淡的亮光粉底，把个脸蛋衬出不少的青春气息来，怪嫩的。但是水英试衣服时，妈妈连连摇头。她是上辈人的观念，图个热闹喜庆，花红柳绿的。当年村里有个叫屠丽娜的女娃出去打工被人拐卖了，后来老辈人议论起来，都怪她走的时候穿了件乳白色大衣。想起这个反面典型，水英妈心头就涌起不吉利的气闷，要水英换上自己给她准备的一件红色毛衣。毛衣倒是新的，可那样式，二十岁的人穿，换了五六十岁的人也照样穿。妈笑眯眯地评价说："这就喜色了。"静雯忍不住厌恶地说："也慈祥了。"但水英妈一向以总设计师自居，她的选择是决定性的。水英因为家境的关系，在服饰上向来不敢有自我主张，给什么穿什么。就定了，红的。

　　他们一家打扮得焕然一新地出了门。这样出门就像报纸头条上的大标题，重大，醒目，所有的人都知道水英相亲去了。看英女子那个样子，整个人跟新嫁娘似的，红彤彤的一片，脸上的扭捏与羞涩已经很像那么回事了，名义上是去相亲，心其实已经是出嫁的心了。到底，二十五了呀，除了老年间一个天生的疯傻丫头，村里没有哪个女子肯熬到这么大岁数不嫁人。

　　水英一直告诫自己，不要露出着急的傻相，结果还是硬被人看出这一层意思了。路上碰到的熟人，打招呼全都冲着水英来："水英，相看啦？"也有油滑点的，仗着过来人的厚脸厚皮轻薄地笑道："英女子，熬不住了？"末了总是水英妈出面追打那人两下，周围的人笑得哟，黄黑的烟熏牙一嘴一嘴的。水英是不笑的，明确地说是不张嘴笑，抿了嘴，眉呀眼呀都那么弯弯的，细细的。好女子笑是笑在心里的。一群小孩跟在他们后面，拍着手唱歌谣：

"新嫁娘，新嫁娘，穿红衣，进洞房，小新郎官儿要尿床……"也不知是哪个编派的！

只有出村口的时候水英心里波动了一下。妈妈当时兴致正高，一把将兵娃塞到爸爸怀里，挽住水英的手臂凑到她耳朵边热乎乎地说："英女子，你记得不，七舅公家隔壁住的那个史建国，和你同班的那个？"水英脸就白了，红艳艳的毛衣和她惨白的脸明显地对比起来。她没敢说话。妈知道什么？他来提过亲吗？妈又说："后来退了学的，想起了不？"这次水英赶紧点了点头。妈的眼睛一跳跳出老远，跳到路边几个一边坐着织毛衣、一边说说笑笑看热闹的女子媳妇里，她的下巴像个灵巧的手指，抬起来一点一点的："喏，看见那个穿绿衣服挽毛线的没有？就是他媳妇。"

史建国的媳妇。

水英定定地看准了她。绿衣服的，头发顺顺地挽在脑后，单眼皮，笑起来眼睛眯眯的，许多高兴装不下似的。她在挽毛线，和人搭伴，别人用手撑开长线，她就不断地绕啊绕啊，挽出一个线团来。是棕灰色的毛线。男性化的。过不了多久，她手上就会有几支针线签，织呀织呀，叫声史建国，史建国就乖乖来到她面前，伸出手去让她比袖子，转过身去让她比腰身。再过不了多久，史建国身上就会挂出一件新毛衣，棕灰色的，合体的，他媳妇仍旧是笑眯眯的……

水英一边走，一边扭头出神地看着绿衣服，角度不断变化着，绿衣服却始终触目，感觉好像电影里围着人物转圈的镜头，有着轻微的眩晕。那是水英的一个旧梦。她曾经期待过的一个可能。如果真是万事遂人愿的话，那么她现在也顶多穿件绿衣服在那里挽毛线了。她和许多人——冉艳、水芬、水芹的命运比起来，也没有什么特别之处了。杨家湾的小白菜，长大了，鲜嫩了，也还是棵小白菜；收获完，根烂了，还是烂在杨家湾的泥巴里。

妈妈的想法更直接一些。她得意地对水英说："史建国的妈跟我说，你家养出的女子比我家的男娃还顶用！"

县城不过是比镇大一点的地方，还是灰扑扑的。也许是因为他们走的全是城里最难于改造的道路，遇见的也都是最难于改造的人。店里的售货员，眼睛都尖得很，利得很，半闭着在那里养神，只留一丝眼缝也能把来客的底细揣摸个八九分。哪怕你穿了西服。

水英一行人在玻璃柜台前来来回回地瞅上好几遍，小声地商议，计较价钱，末了总是什么也不买就走出店去。到下一家，重又来过。女店员男伙计总是懒得招呼，仿佛是见多了，早料到结果似的。

水英父母对城里人的白眼早习惯了，并没有什么特别不妥的感觉。静雯就不一样了。她是城里人，面皮薄。在黄外套计划被水英妈否定以后，她口上没有说什么，却一声不响地自己穿上了黄外套，示威式的。静雯原本皮肤就白净些，被绒绒的黄领子一捧，小圆脸乖乖巧巧露出来；眼镜又早换成了隐形的，两只眼睛吃惊般地睁得大大的，像刚出蛋壳不明世故的小鸡仔，透明地天真。应该是很有效果的。走在村里的时候，人家问是问水英，还是有不少年轻人看的是静雯呢。不过静雯很贴人心，她知道什么时候自己是什么位置，从来没有喧宾夺主的张扬念头，便把活泼的一面收敛了又收敛，倒比水英更沉默了。看上去两个女子都有些羞羞怯怯了。

静雯悄悄问水英："你们买什么？"

水英咬住嘴唇，浅浅地笑着说："还有什么，见面礼呗。"

原来已经开始了。一进入县城这个具体环境，就拉开序幕了，感觉都不大一样了。

五个人在小商店转了不少时间，什么也没有买下，心情倒有点坏了。懒懒的了。兵娃常常哭闹着要这要那，水英妈一会儿训斥一会儿安抚，把这支小队伍的气氛弄得有点奇怪。冷漠的早春的天底下一群冷漠的人。他们似乎不是去给水英安排下一个未来，没有那样的庄重的思想，有的只是程序性的冷漠。静雯觉得连自己都提前进入火葬场的气氛里了。

　　水英妈带着疲惫的神情，忽然被路边一个小摊吸引住了。摆摊的人看样子也来自乡里，三十来岁，戴顶很离谱的旅行遮阳帽，似乎拙劣地想证明自己的货品来自遥远的地方。远方的东西应该都是好的。吸引水英妈的是块小纸牌，上面用粗糙的毛笔字写着："10元"。没有来头的，给所有东西都定了位。

　　"你看见了没有？"水英妈脸上终于展现出笑意，眼睛往丈夫身上一瞟。水英爸明白了，"10元"周围是一大堆用盒子装起来的像模像样的领带。这两天水英爸穿西服，对这个领带很有些感想，为啥要系这个东西呢？它管什么用呢？它什么用也不管，却像西服的眼睛，非要它不可。水英爸打工也算有过些见识，知道不少人用它作礼物。他们把兵娃交给水英，蹲下身来开始翻找，一条接一条，比较颜色和样式。翻来翻去，水英妈又"喔"了一声——她把那块纸牌翻倒了，扶起来时，发现纸牌上还有两个字："10元3条"。水英妈很兴奋地问："一条呢？一条三块钱吧？"摆摊的吸了口烟，哑着喉咙说："只买一条，五元。"爸爸也急了，连忙也加入了对价格的争夺战里，摆摊人只是不松口，他说话不像别的生意人那么多，说一句管一句，最后是一句话打动了妈妈："这县城里头你再也找不到第二家有这样优惠的价——批发价！"

　　就买了。

　　三条。

　　一条橙红，一条青绿，一条金灿灿的黄。都是不太好配衣服

068

的颜色。艳色。

静雯一直冷冷地瞅着肮脏清冷的大街上满地找领带的水英父母，她不用近看就可以想象出是什么质地的领带。春寒的风刮来，像有许多人裹在风里面跑，没有终点的，面目麻木着，只是跑。静雯又冷冷地瞅着水英，生气了。一直收着敛着的脾气到头了。她向水英说："你怎么不吭声呀水英？你爸妈买的啥见面礼呀？让人家看扁你不成？"水英只是低头，不说话，心上涌起难言的酸涩，又没有办法掩饰，只好把兵娃的小手拿起来盖在自己脸上。她靠了父母这么多年，早就靠得不好意思了，还有什么资格挑三拣四？静雯虎着脸又说："兵娃下来，都三岁了还成天赖在大人身上，羞不羞？"兵娃做出对抗的神气来，把水英的脖子紧紧抱住了，他知道自己有的是靠山。

还是静雯说话，她斜睨着兵娃，轻蔑地说："你们家是卖了女儿养儿子呢！还是批发价！"

火葬场在城郊。

这是很自然的设计。几乎每个县城都会把它放在稍微僻静点的地方，不太显眼的地方。要是把它放在大家每天上班下班都看得见的黄金地段上，一定会在无形中给市民们增加许多压力。生命是短暂的，生命是脆弱的。大家会这么不自觉地思考，产生出很多诗人与哲学家来。

水英一家一路问过去的。有个路边修皮鞋的自以为很俏皮地跟他们说："你们顺着路走呗，看哪个大门横着进的不言不语，竖着进的哭哭啼啼，就是了。"有一对散步的老人，热热心心地指过方向了，又颇为同情地看着他们，认真地建议他们去哪里哪里的小店——"那儿的花圈和纸钱便宜。"老太太还严肃地对水英指出："你这身衣裳太红太艳了，不好，不庄重肃穆。"

静雯几次想笑，都憋住了。看水英爸那个尴尬样子，苦笑苦笑的，总不能跟谁都说是去相亲吧？吓也要吓死几个人。走着走着，水英妈突然就不走了，两眼发直地往前方瞪着，大家跟随着她的视线抬起头，只看见不远处一柱大黑烟囱平地而起，生就顶天立地的样子，壮大，阴沉，吞噬生命的怪物。它的顶上正冒着烟，黑烟，浓浓的，呛人的，想象不出化成烟的曾经是怎样一个瓷实热乎的肉身，怎样一个精爽干练的活人。所有人都不说话了，闷闷地看着，好像那烟尘一浪一浪地扑到脸上来，憋住气也要涌进你鼻息里。静雯望着那烟囱，从下往上一格一格地移，她觉得里面有个生命正在这么一点一点地挣扎向上，一点一点地变轻变细，顺着烟道，慢慢爬着。到顶了，做人的那一部分就到头了，他做了烟，做了灰，做了冥冥中无可挽回的物件。

　　走进大门，里面有丧家在哭，闹，吵，不过闹腾的中心在远处的火化厅，来来往往有些零星的披麻戴孝的人。不知从哪里跑来一个矮胖阿姨，短头发，酱色毛外套，到了他们面前又急又喜地嚷起来："可到了你们！"等不及得到回答，又左右看来看去，问："哪个是水英？"爸爸忙指着水英说："这个，红的这个。"又向水英说："叫范二婶婶。"水英叫过了。连静雯也知道，这就是相亲过程里最直接的中间人了。

　　那边的悲哀气氛达到了一个高潮，不时传来剧烈尖锐的恸哭声，一波又一波，刚刚缓下去，众人又咿咿呀呀唱出一种凄凉的调子来。在这令人不安的环境里，范二婶婶一点不受打扰，她平静地用专业的眼光仔细端详着水英，有口无心地淡淡地说道：

　　"好，比照片上好。"

　　相亲是种仪式。

　　其实呢，私下里要打听的问题都打听过了，要考虑的事情也考虑周全了，双方基本上已经是同意的姿态了，才拉开阵势搞个仪式，不然不够正规、上品。再是火葬场的男娃，穷人家的女子，老辈的规矩还是要的，以后说起来父母也不亏心的。有点像一种民主评议会，"谅解"都在下面"达成"了，这才拉上桌面开个会，求个"胜利召开"、"圆满闭会"。

"会场"是在男方家里。那间用作相亲的客厅布置得相当喜庆，一点不像火葬场的房子。家具是老派的暖色调，仿红木的；电视机上搭着讲究的盖布，绣着金色双凤朝阳；一张宽大得显出粗蛮相的茶几上，十分豪爽地放了几大盘品名叫作"大红袍"的橘子，块头大，色泽艳，一个个跟红灯笼似的，迎亲娶媳了似的，理直气壮地红，显出别样的欢喜来。比静雯想象中的要好，要有人气。昨晚水英告诉她"那个人"的工作单位时把静雯吓住了，她躺在床上瞪大了眼睡不着，听水英一个劲地强调："我不在乎，我不在乎……"静雯还是没有回过神来。现在她看看房间，牵强地断定这家人是故意用喜色来冲淡不吉利的成分。

相看的这家人姓余，听那范二婶婶的口风，一口一个"余场长"，这边却是连名带姓地喊着"屠广福"，开头就带有倾向性了。静雯拿眼梢剜着范二婶婶那张世故的脸，心想，连火葬场场长也巴结！你一辈子就求着他一次而已——连那一次也不会是你看他脸色，是他看你脸色！

水英一家坐定了。看水英爸那个样子，忘记自己穿了西装似的，一来就陪着傻笑，好像那身衣服穿错了，裤子穿脸上了，怎么也不配称。水英妈考察性地，四下里打量客厅，问有几间屋子，人有几个，一顿饭要吃几斤米。兵娃倒很放得开，他毫不含糊地抓起一个"大红袍"撕起袍子来，手不够用劲，嘴又去啃。这还是准备阶段，酝酿阶段，带点热身意味的。静雯带着苛刻的眼光审视着自己这边的人，暗暗愤怒他们的不争气，又无端地紧张与伤感。她伸出手去，在茶几桌面下扣住了水英无措的一只手，宽慰的。她不知道为什么，自己比别人都要小心，都要偏执，她势单力薄地维护着水英似的。

"余场长"怎么说也是个干部，而且是领导干部，光看外表，形象是很高大的。他少说也有一米七八，一身毫不打折的结实的肉。静雯亲眼看见他把挂在衣帽架上一件风衣样的宽大衣服往身上一套，套得满满当当，穿成了贴身衬衣似的。这块头更像是电影里的夜总会保安、黑社会打手一类的角色，强悍，蛮暴，在这个地方好像没有什么实际的意义。他的工作性质要求他随时保持沉痛的态度，所以他脸上一贯没有表情，请水英一家喝水，吃糖，吃橘子，也没有带出一点点笑容来，像接待追悼会来宾，凝滞，克己，下一项内容默哀似的。静雯想着，这就庄重肃穆了，这就寄托哀思了。他有一次动作很大地硬把一只橘子塞到静雯手里叫吃，吃，吃，静雯赶紧躬身接着，差点顺口回答："节哀顺变。"

余场长的女人却是瘦瘦小小的一个人，没经历过什么大场面，眉眼直直的，带着受惊的表情。余场长严肃地向她作指示："叫小东出来。"她便回过头去，绵绵地喊着："小东——小东——"一扇房间门拉开了。门在拉动的过程中微微响了一声，这一声格外清楚，因为客厅里忽然有了屏息凝神的气氛，等待着的。水英把心都揪紧了，配合着这一声的节奏，把头一节一节地、深深地垂了下去，好像站在遗像前鞠躬致敬。静雯拉了拉水英的袖子，水英只是不抬头，脸上辣辣烧着了一片，既怕看见人，也怕人看见。静雯只好代表她看仔细了——先是一条门缝，一点头发梢，一只皮鞋尖，太不具体，太以点代面了；顿了顿，门又推开，大大推开了，人就全了，齐整了，一个穿绿花毛衣配牛仔裤的小伙子，像中学里不用功也不惹事的大男孩，懒懒的，眼皮抬不起来一样。他是制定了策略才出来的，一出来就把占主动权的表情挂在脸上，还故意一点不看女方这边，把脸略略侧对着他们，走到他妈妈身边坐下了。

静雯的眼睛，一直死死地"咬"住他，远远隔着一段距离，把他一寸一寸地看详细了。她不时凑到水英耳朵边，悄悄递送着最新情报："蛮虎相的。""眼睛还算大。""有点小胡子。"这个人的轮廓在静雯的叙述中被无数细小的零件连缀起来，拼贴起来，他正一个细胞一个细胞地充实着，一方面长大了，明朗了，另一方面却只有更模糊的。他还是个纸人，梦里人，游走的影子，水英要一个真人，活人……水英怕什么？水英什么也不怕！她忽然被勇气鼓舞，热遍了全身，她抬起了头，既是果断的，又是自然而然的。她一抬起头，眼光便剥开了重重雾样的迷阵准确无误地直落到"他"身上。

"他"终于从冰冷的、没有色彩与温度的单纯想象中跳了出来。

这个活人。

这个真人。

是她想象中的样子，又不是。虎相，大眼睛，小胡子，一切都让静雯说着了，可又不完全是这样。他先是继续着满不在乎的表情，茸茸的小胡子下微微嘟着嘴，好像说：随你们闹腾去吧。慢慢的，这表情也松懈了，露出专注的眼神，他到底是在乎的。怎么能不在乎呢？这一天，这一分钟，这一生一世。水英对他的相看，轻轻的，慢慢的，像用一块软毛巾擦着他似的，从他额前飞扬出去的几绺头发，到绿毛衣上元宝针的花纹，都收到眼睛里了。她寻找着他的优点：衣领浆得很硬实、挺括，立场坚定地叉开来站在脖子上——这能说明什么呢？就是不那样，水英也得喜欢他呀。是的，水英喜欢他了。爱他了。她的眼光柔柔情情的，波光粼粼的，她的心在告诉自己，恋爱开始了，从这一刻开始。

有个人来到她的生命中，先是耳朵里，然后是心里，最后在眼睛里，这就完整了，立体了，这么个人。她迟早要和他相遇的，因为在还不相识的时候，她就在爱着了。命定的。他常去打篮球吗？爱看金庸和古龙的小说吗？不吃卷心菜和油焖饭？关于男性的世界，水英只能参照学校里那拨男同学的生活模式猜想到这么一点点——不要紧，他的世界会慢慢扩大，变得宽广无边，把水英整个地包含进去；他生命里的一切，好与坏，欢欣与懊恼，每个细节都会带上水英参与的痕迹。他在前一秒钟还是陌生人，不相干的人，现在不一样了，他和一个叫屠水英的女子联系在一起，亲亲的了。

范二婶婶真是一流的人才。她以主持人的身份一个人站在中间的空地上，衣着光鲜，声音洪亮，表情也舒展自如。这是新时代的媒婆，怎么说也是有进步意义的，说话不再那么妖妖冶冶，也没有那么多汤汤水水，简洁、高效、开宗明义地声明了两家人聚在一起的目的，讲解了相亲全过程的各个步骤，明确了双方各自的权利与义务。条理很清楚，表达很明晰，一个组织严密的会议骨架就出来了。

先是男方家长提出做亲的请求。余场长板着脸介绍了自己的儿子余光祖，乳名小东，现年20岁，生在开春"龙抬头"之际，命里带着"吉人天相"的。小东个性比较内向，念书念到初中毕业，尽了公民的教育义务才到场里来上班的。在年轻的工人里，很少有他这样高待遇的——他的具体工作是"烧"，每烧"一个"都有额外奖金——计件一样。

余场长皱着眉头说："小东是个好孩子。"这太不像是介绍一个未来的女婿或丈夫了，他意识到这点，连忙调整思路，又皱着眉头说："小东是个好青年。"因为皱着眉头，因为沉痛的语气，就有些定性的意思了，像是盖棺定论，"追认"似的了。于是，关于小东就到此为止。仿佛由于他年轻，资历浅，三言两语就可以概括了——他的好，也是轻浅的好，单纯的好，经不起仔细的分析。

余场长笔墨酣畅地浓重渲染的是自己发家的历史，平时苦于找不到足够多的活着的听众，现在抓住机会回述那段农村包围城市的光辉道路。有点像英模事迹报告会，又有点像追悼会上总结死者一生功勋的发言，一样地倾注感情，也一样的冗长与乏味。余场长虽然经历的多是冷酷的场面，也到底是个场面上的人，他是善于把握机会的，水到渠成，便也拿姿拿态了——"我们一家，就是有一样不好，这个工作环境……破四旧破迷信都这么些年了，还有那么些人看问题很唯心！很不讲科学！我们两个老的，怕这工作耽搁小东的亲事，就想早早给他定下来。唉，这工作，真是难为他了，否则……"

这个"否则"像把剪子，"咔嚓"一声，把水英的心剪开了一道口子。她抬起了头，眼神定定的，嘴唇咬住了。伤自尊了。很明显，余场长一家对于这门亲事颇为勉强，对他们来说，只因工作"名义"不好听而丧失了所有的选择权是非常不公平的，在这起交易中，他们是吃亏的。

问题还在于，水英父母也这么看。赚了，赚得都有点不好意思了。水英父母是老实人，老实人脸上搁不住事，所以不经意地就露出一副讨好献媚的笑容，对于自己占便宜这一点绝对是认可的。静雯恨就恨他们这副模样，心里咬着牙，差点站起来说，我们水英好歹也是大学生呀！然而她到底不是屠家人，没有发言权，更不能轻举妄动。她不服气地想着，亏得水英还能忍着，没有一跺脚站起来甩个头就走。

水英哪能够这么做呢？水英的头是不能够"甩"的，只能

075

"点"。她的主意早早就定下了，铁铁的，过这村就没这店了。过几个月就毕业分配了，没有城里的靠山，她哪里来回哪里去，像阵回旋风，又吹回杨家湾了，只不过老了几岁——是不是很滑稽？是不是？关于"回去"，当年有个人也是这么急切地追问过。

从那个"否则"开始，就有些一锤定音的意思了，也确定了主动权在哪一方。面对水英爸憨厚的陪笑，余场长毫不动容地乘胜追击，公布余家的各种规章制度，已经是对未来儿媳妇的训诫了："我这个老婆子，一辈子辛苦，瘦成这个样子，早就该歇歇了……"水英爸忙说："我们水英能干呢，做事麻利着呢。"余场长又说："我有两个大点的女子，嫁的都是不成器的男人，下了岗，隔三岔五把小娃儿扔到这儿……"水英爸说："嘿，你看我们兵娃，长这么大都是水英带的，她可会带娃儿呢。"

静雯听着，这一唱一和的声音让她有种不真实的悲哀之感。风来了，吹开那边一扇门，门轻轻地自动开了，外面是白亮亮的天，可以看见干净无声的阳台地面，阳台栏杆，还有阳台的背景天幕中，一支高高的、黑黑的烟囱柱子。冷而森严。她一点一点地拼贴出水英将来的生活：伺候公婆，带孩子，小姑回来要添饭，一家人的衣服洗过了都晾到阳台上，空旷苍白的天底下有一根黑黑壮壮不可理喻的烟囱柱，吹出的烟尘都扑到新晾的衣服上……要疯的，绝对要疯的。

范二婶婶已经像喜鹊样来回穿梭在男女双方的阵营里了，协调关系，互为代言，和两家的妈妈喊喊嚓嚓，代表对方回答各种疑问，又把这家的疑问带到那一家。她的交流是广泛的、深入的，不会局限于父母辈，新时期当然会注重个人感受。在闹闹嚷嚷的讨论声里，没人注意的时候，静雯亲眼看到范二婶婶坐到小东身边了，近近地靠着他耳朵，一只手弓着手背，半捂着嘴巴，两只眼却净是瞄着女家这方。小东懵懵地听着，也抬起头来看着对面，却把眼光放在水英与静雯之间来来回回地跳动，拿不准似的。静雯心中冷笑：又不是任你挑来任你选！果然，他向范二婶婶问起话来，大约在问：红的，还是黄的？范二婶婶把右手食指果断地指向水英的方向——红的。决定性地。小东愣了一下，年轻人不太会掩饰心事，脸上瞬间就挂出明显失望的表情来，嘴巴半天都微张着，做出"哦?"的口型，眼睛落在水英身上了，停住了。他终于看见水英了。认认真真地，一丝一毫地看。对他而言也是破天荒的、充满宿命意味的一看。他会一辈子用这种神情看水英吗？至少现在还有惊奇，还有陌生感，有一天连这点惊奇与陌生感都没有了，他的眼光或许就不会再停留下来。男人是飞翔的。

当范二婶婶的声音变得欢快，在两边来往穿梭得更加勤快时，静雯预感到快到尾声了。果然，范二婶婶带着十拿九稳的胜利姿态又站到了中间的空地上，她那么一站，就是一种信号，各种讨论声都平息下来。她那个神气，像是千军万马也在她一句话下似的，满脸都放出光彩来。做这一行的，还得有个本事，要综合双方拟定的协议，口头上作个总结，考记性呢，条条款款的。所以范二婶婶这时十分谨慎，她表示，若有漏掉的内容欢迎各位补充。她真是太谦虚了，她一开口大家都明白这点了，范二婶婶是多精巧的人哪，她把话说得又圆又满的，一条一条拟得清清楚楚密密匀匀的：男方要把水英几年上大学的"委培费"补给娘家，另给三千块彩礼；水英大学毕业就嫁过来，但工作要男方落实在城里；水英嫁过来要住在男方家，遵从余家的规矩养老扶幼……

滔滔不绝的，什么时候说完了也不知道。话说完了，范二婶婶的表情还没完，她很灵敏地观察着两边的动静，这么沉默了半响。没有人说话。这一刻的静是真正的静。许多思想波浪样滚动，哗——哗——哗——大片大片地翻滚。片刻之后就没有扭转的余地了，再不说话一辈子就没有说话的机会了。静雯把头转向水英，伸出手去摇撼着她的膝盖，水英只是沉默地垂下眼皮，不看，不看，管他什么样的路闭着眼也能走过去。范二婶婶像是站在沉默的尖儿上，灵灵水水地猛地冒出一句：

"那么，双方有没有意见？"

先是转向男方，那边摇了摇头——水英很清楚地看见小东也摇头了，他像他爸爸那样皱着眉头，摇头摇得不十分肯定，一下，又是一下，但动作是明显的。水英心里舒坦了，长长地吐了一口气。定了。再问女方，当然也是摇头。

"好，余家、屠家正式结亲——"

范二婶婶喜盈盈地笑着，用唱戏文的调子高声地宣布。满屋子都放出红光来，水英父母都笑着，合不拢嘴了，兵娃已经消灭掉整整一盘橘子，满地都扔着"大红袍"的袍子碎片，像鞭炮炸过后一地的红纸屑，铺张的喜庆。

然而在静雯眼里，这一切瞬间都变了，褪去了色彩与声音，在一个黑白的、遗像般的世界里，所有人都冷而生硬，所有人都不像活人。

在这样的气氛里，走到最后一样程序了，男女双方互赠定情信物。两个年轻主人公这才正式上场，刚才的热闹都跟他们无关似的，一上来就静悄悄的，谁也不敢抬头认真看对方，因为大家都在认真看着他俩。小东送给水英的是一支装在有机玻璃盒子里的派克钢笔，水英这边，捧出三个盒子，用绳子拴在一块儿，蛮有气势的样子，连范二婶婶都忍不住伸过头去瞅那盒子里面的东西，瞅了几次都没瞅清楚。

是三条规格相同颜色各异的领带。

静雯清楚。她想着，水英把这一生都像领带一样批发给人了，低价地。静雯那裹着蒲公英黄外套的腰板挺得直直的，头也不扭一下；僵着身子去看水英时，眼神是哀哀的，像参加遗体告别仪式。

水英有未婚夫了。

有了，理直气壮地。

不用明说，也不用暗示，反正一看她那副甜蜜醉心的神态，人面桃花的模样，谁都明白是怎么回事了。"有人"和"没人"是完全两种概念，两种状态的，真是瞒也瞒不住啊。回到学院两天不到，所有认识水英的人都知道她订亲的消息了。

水英现在的心态也有了很大改变，不那么急了，躁了，脸上时时露出温和妥帖的微笑来。她给小东织毛衣，姿态很优美，表情很自然，把那蓝底白花的衣服毛坯公开展示，向人教授各种技术上的秘诀。她和人说起"他"，嘴巴假装生气地噘一噘——他啊——看那副虎头虎脑的样子，蛮逞能似的，小时候和女孩儿打架还被打哭呢，可不好笑？她说着也笑起来，眉眼弯弯的了，把心里的人压到眼里去了。女人，小气着呢，眼里心里只容得下一个人，有了这个人，别的人都不像是人了。

有几晚上，水英在静雯陪同下到学院门口的小店打电话，就是看不到对方，她的眼睛也是亮亮的，对电话里的人说话已经不再扭捏羞涩，而是大大方方、理所当然地问候着，问那边有没有下雨，生病没有，还有她的工作落实得怎样了。女人只要是出嫁的心态了，一举一动都会变得有条有理，好像拥有了某项权利，天经地义地成熟起来。水英还有一次很兴奋地对静雯说："下次我们回去就不怕下雨了，他那里有车可以接！"静雯立马感觉到头皮一阵发紧发麻。他哪里来的车？是"单位"上的吗？黑色的、送灵柩的车？她们竟然要与棺木中的陌生人为伍吗？

没有等到第二次回去的机会，没能坐成小东派出的车，五月份的时候，小东倒是来学院了。

为了这次小东的到来，水英提早了足足半个月进入状态。她找来已过半年的日历表，天天在上面圈圈点点；她托人从火车站买到最新的列车时刻表，计划最佳的乘车方案；她早早地在学院招待所订好了房间，甚至去那个空房间看过一回。在等待中什么都很慢，什么都在熬，水英被拖拽成一副古代思妇的模样，然而疲惫归疲惫，却亢奋得很，刺激得很。静雯也义不容辞地担负了相当一部分准备任务，又因为同伴中只有她见过小东，俨然是水英的发言人了，权威性的。在一段时间的忙碌气氛里，她常被女孩们围着问这问那，只好一次次地向她们重复着小东的模样、身高、眼中略带忧郁的神情和绿毛衣上元宝针的花纹。不够。还是不够。这个小东啊，到底是什么样的呢？十个女孩心目中就有十个小东。

半个月的等待之后，小东终于在众人的猜想中浮出水面了。

这一天终于来了。

但是谁也没料到会来成那个样子。

来的时候原本一切正常，小东严格按照时刻表赶火车到了省城，水英是个多能干的未婚妻，她脸上带着万事俱备的笑意，不慌不忙先在学院招待所给他订了个房间，又提前向年级辅导老师请了事假，踩着钟点去接站。都在计划中。

计划外的在后面。

在这个无聊的下午，一下课回到宿舍，兴奋的女孩们便吵着要去看水英的帅哥，逼着静雯带路，往招待所走去。阳光下一团女孩推推攘攘，一路上笑啊叫啊疯成一片。

静雯真不该多这一事。她真是昏了头了，太缺乏预见性，居然让吴艳霓也去了。人家吴艳霓是什么人？吴艳霓是系花啊，漂亮得没心没肺的，早给一帮男生们宠坏了，越是漂亮还越是打扮，妆是淡淡的，衣是顺顺的，往品味上靠了，通身都透着耐看的劲儿。她走到哪儿，哪儿随便一扫就是一簸箕眼光，几度声称要为她自杀的人都有，她呢，正眼也不看一下，才不会在乎自己的美丽给别人带来的伤害呢。这样极具杀伤力的人物混在瞎胡闹的女孩里面，简直是颗重磅的定时炸弹。

那时的小东也不知道后来的情形。他已经坐在招待所房间里的小沙发上了，表情麻木着，听凭水英给他张罗茶水、安置行李、整理床铺，他只是坐着，理应的。他和她没有说过几句话，像旧时的夫妻，权利与义务都在默然无声中维持下来。小东长年在"单位"那个封闭的小环境里生活，他见到的许多人都是被时光淘汰掉的、落伍的人。死人。不知不觉他也渐渐顺从于一种老式的生活态度。结婚就是要使迟早会死去的生命延续下来。恋爱是生命的奢侈，而小东很节约。他吝惜着一句话、一个眼神、一个动作，把整个身心都节约下来。真是一毛不拔。

水英不一样。她一直抿着嘴，抿着，不然要笑出声来的。她太快乐了，不停地找着事情做，忙东忙西。不说话没关系，才开始嘛，名份在那儿摆着呢，好多老头老婆婆过了一辈子也很少见他们说话。

冲破屋里清静气氛的是一阵咚咚咚的擂门声，伴着门外一浪送一浪的笑，有人逼尖了嗓子喊："屠水英——把你的帅哥藏起来——"水英便抿不住了，笑起来："该死的，是寝室里那帮小妖精。"光从这句话来看，她仍是很快乐的，当然没把小东藏起来就开门了。门一开，像防洪大堤决了口，涌进来花花绿绿喷喷香香的一股洪流，带着尖叫声的，一来就把沙发上的小东围了个半圈。

小东以前是块田，只有水英这样一股涓涓细流从渠道里引进来，一点一点的，浅浅地浸润着，没有阵势。而这时他是个岛屿，至少是半岛，水流环绕着他，打量着他，一浪一浪试探性地拍打着他。大家推着水英要她作介绍——其实谁不知道他是谁？就想闹他个大红脸之类的。水英娇羞地笑着，半不好意思地介绍起来，把女孩一个一个拉到他眼前。这便造就了决定性的一刻——小东看到了人群里的吴艳霓。一看到她，别人都没长眼睛鼻子似的，只有她了。她不像他所见过的所有其他女子，虽然脸蛋仍是脸蛋，眉眼仍是眉眼，可是不一样，很不一样。面相上看是生份的，但在感觉上是熟悉的。她像一种发光体，瞬间就发出强烈光线来，逼人地眩目。小东至少有三秒钟是不眨眼，也不会动弹了。愣了一会儿，才在女孩们的笑笑闹闹中慢慢醒过神来。

醒过来了。他感到了一种灼伤的痛苦。

青春是残酷的。

它什么都有了，又好像什么都没有。有了诱惑，日子反倒更加索然寡味起来；有了比较，生命才开始变得逼仄与窒息，变得奇形怪状。

这次学院之行使小东有了相当大的震动。他其实发现的不是一个吴艳霓，而是一种真相。这种真相就是，生命原来是具有多向比较性、多重选择性的，而他还没有取得比较与选择的权利时，就被指定了一种存在模式——仅仅是模式又还好点，指定得这样具体，具体到一个人，一个名字，一种声音。不甘心哪。他没有把吴艳霓想得很多，因为他清楚地知道那只是他的一个梦，一扇门，通往理想爱情的门；但他开始把自己的未婚妻放到这一群女孩当中，反反复复地比较，很挑剔地发现了她的弱点，而这些无足轻重的弱点在小东那里，每一样都是难以接受的。天底下有那么多可爱的女孩子，偏偏就没有给小东留一个；天底下有那么多可以嫁的男人，偏偏要把小东安排给水英。

第二天水英来招待所看小东，他竟然已经不辞而别了。

小东回去又过了半个月，都五月底了。这半个月里发生了多大的变故，水英是一点不清楚的。她忙着毕业会考，天天泡在图书馆和教室里，有的女生对她都忌妒了——她看书！她倒好，安安静静地看书！她真是有米不愁啊！

大多数人还在为工作的事四处奔忙。

水英也不是不急工作，但是她有个心理基础——余家不会放着未来的儿媳不管吧？协议上还要求她以后住到余家呢，不找个城里的工作咋行呢？城里，只要是城里……

考完最后一门课那天，毕业班都翻了天了。整栋整栋楼都住着亡命分子一样，教科书、作业纸、笔记与草稿都被撕呀扯呀，碎成细屑的纸片从一个个窗户里、一个个阳台上抛撒出来，大雪纷飞的景象。学生处和保卫处的几个干事分别守在几幢宿舍楼下，警惕地盯着那些疯狂的窗户和阳台，密切注意着新动向。只要没有进一步的过激行为，也就算了，疯点就疯点，狂点就狂点吧，当学生的，几年就这一次机会，谁毕业时不激动呢？

只有水英这种人，到毕业也放不下学习，她把自己的书齐齐整整码在床上，保护得好好的，生怕给人撕了。她就坐在床头一本书一本书地翻，一道题一道题地翻，看自己考试题对了多少，错了多少，计算着得分。静雯突然出现在她面前，一把把她的书给夺下来，带着神秘的微笑，鬼灵精怪地眨巴着眼睛："你该怎么谢我呢？"

她手里拿着一封信。

男性的笔迹。

他写信来了呀！他写信来了呀！水英接过来，眼里都冒出泪花了似的，熠熠闪着光彩。她感激地望了静雯一眼，静雯拍拍她的肩膀，故作老成地说："悠着点，慢慢看，看你那点出息，几张纸片就把你弄傻了。"

水英真的被弄傻了。她在看信的时候，越看就越是看不懂了。

信当然是小东写的，他写得好奇怪啊——"屠水英同学"，他这么说，谁跟他同学啊，他那初级中学义务教育的水平，跟大学生同得了学吗？他很拙劣地掩饰着文字上的缺陷，尽量往书面化的东西上靠，吞吞吐吐向她解释着，"我配不上你"，"我很不好意思"，"我们做好朋友行不行"，"彩礼我不会要回来的"……水英一把揉住了信纸。揉成一团，捏得紧紧的，使劲地攥进手心里，攥着，攥着，像要挤出水份来。她没有给旁边的人一点疑问的机会，霍地站起来，跑下楼去了。

电话亭边，水英的眼泪终于喷薄而出。小东接了电话，听到她的声音，半天没有吭声，水英好几次"喂喂喂"，他才闷闷地说一句："我听着呢。"

水英把眼泪擦掉，好像怕给他看出来一样，冷峻地说："能不能给我解释一下这封信？"

小东不说话。小东要怎么才能解释呢？他没有足够充分的理由，没有恰如其分的语言，他是长于和沉默的人打交道的。所有的都是思想里的东西，思想，是最抓不住的。

水英眼泪又涌出来，她不再擦它了。她的眼泪滴进话筒里，声音凄切起来："我有什么不好？你跟我说，你跟我说呀——当初相亲的时候你为什么不说？你为什么要点头？定下了，又来反悔，你让我怎么做人？我怎么跟人交代？……"一字血一字泪的，幽幽怨怨的。相亲，相亲时他根本就没有诚意！他送了一支笔，老年人都忌讳——"一笔勾销"哪！这个小男人，三条领带也系不住的男人……

小东到底开口了，他的话没有水英那么流畅，自己知道是理亏的："那个时候……还不大懂事……都是家里做主，说哪家就哪家……"他哪里有过选择的权利？范二婶婶来了，是个不认识的人，她又领来不认识的一家人，老的小的都在里面，统统要他在一分钟之内接纳下来。他的生命里突然拥挤下这么多生人，空气都变了似的。他未来的女人，红的，或者黄的，都没有一点选择性。人家一指，红的，就红的了。一辈子就定下了。万一我更喜欢黄的呢？别想了，山重水复，那也是别人的。事情之初，他是懵懵的，只隔了几个月，成了订了亲的人了，他开始用成熟男人的眼光打量自己的生活，只把生活开了一条缝儿，便知道错了。他们都犯了一个很大的错。

　　然而水英听在耳朵里，是支离破碎的，一片狼藉的。就这么完了么？就这么？她脑子只有更昏、更乱，抓住什么就是什么，恍惚地听，恍惚地想，红的、黄的、红的、黄的……浓重的色块一拨又一拨地泼洒下来，眼睛花了，钝了……他们犯了错……红色的大叉……

　　宿舍楼的纸片雪还没停，一阵一阵的。全中国有多少毕业生啊！这一天的气候是多么惊人啊！水英走向宿舍楼的时候，走在漫天纷飞的六月大雪里，抬起头来望着，奇怪的天，奇怪的雪。她的头上、肩上，全身上下落满了纸屑，像是新嫁娘身上落下的喜庆的鞭炮屑，又像是春天里一天一地追着人飞的杨花，无限的浪漫盖住了她。她想起许久以前的一个下午，也是刚刚考试完，也是在这样一种怪异的气氛里，有一个叫史建国的名字走进了她的心里，带来了生命中最疯狂、最痛苦、最不可理喻的一段时光。她又有选择吗？如果那天是一个开始，那么今天就是一个结束。不管哪样，都是指定给她的，她无法拒绝的。

　　宿舍里的女孩疯到外面去了，屋里只剩静雯在等着她。水英走在门口，盯住了她，不说话了。静雯猜到也许出事了，但在那样的情形下简直不敢说任何安慰的话，只好把目光放得小心翼翼，生怕碰着她撞着她。愣了一会儿，静雯从书包里取出一本精装笔记本说："水英，这本笔记本，是我送你的……"水英只是拿眼瞅着她，上上下下的，像不认识这个人了似的。静雯吓住了："怎么啦水英？"水英却缓过劲来，微微笑了笑，说："静雯，我不要笔记本。你能送我一样我想要的吗？"

那件春天里穿的蒲公英黄的外套静雯早已把它压在皮箱底层里，收拾整理了许多行李以后更是难找了，但静雯还是尽心尽力地花了好大工夫把它拖了出来。是它，黄的，样式还是那样，可是颜色似乎旧了，从历史的角落里挖出来的，文物一样。

黄的。黄得刺伤了水英的眼睛。

她把衣服舒舒展展地铺到了自己腿上，轻轻地摩娑，抚平。她想象那天要是穿上这件衣服，她就是黄的——黄的又怎么样？她也知道他看的不是衣服。可是她偏要拧着一股劲，硬硬地拧着，因为不服，不服啊水英——输在哪里？输在哪里也不会输在一件衣服上。她有选择吗？她连一件衣服的选择权都没有！要了命了。她把脸捂在外套上，肩膀耸动着，无声地哭起来。

静雯悄无声息地出门下楼。她预感到有什么不对，在全身心里浩浩荡荡地涌动着，是深入骨髓的一种恐怖。她下楼时热闹已经过了，地面上堆着厚厚的纸片，随着风来，面上的一层跃跃欲试地扬起脸，小跑一两步。做清洁的大妈一边咒骂着一边扛了扫帚走过来，哗——哗——音调简单地扫开了。还是不对。静雯感觉到古书上说的"天地玄黄"了，天上飞沙走石，黄尘飞舞，地上开出越来越多的蒲公英似的小黄花，一片的金黄，令人眩晕的黄。

扫地的大妈突然气愤地在那边带着浓重的地方口音高声地叫喊："死女娃子，书撕完了，连衣裳也糟蹋起来了！"

静雯忙抬头，整幢楼都安安静静的，没人住似的；在一个小阳台上，站着水英孤零零的一个人，她没有表情，或者说是过于认真与专注，埋着头忙着活计，一手拿把红色的小剪子，一手拿着那件黄得耀眼的外套，一下，一下，把衣服绞成一丝一丝，一丁一丁，绒绒的小花朵不停地抖着，落着，像蒲公英的种子，随着风走，吹到哪儿就是哪儿；又那么飘飘洒洒，无牵无挂，带了无数笑声似的。

　　多么明朗快乐的黄梅天啊。

芬芳如水

水芬可真是个好女子。

在农村里，这样的"好"是"好"得很具体、很实在的，像磨得细细的玉米面，可以调成糊，可以团成饼，可以蒸、煮、烤、炸，随着人口味来的。

人们私下里议论屠广福家三个女儿的时候，以前都把重心放在一心要读大学的水英和长得漂亮的水芹身上，水芬倒是不显山不露水的，很长时间没有引起旁人关注。看起来这个老二是两不搭边：既没有大姐水英读书的脑子与劲头，又没有妹妹水芹的脸蛋与身段，她的存在本身就很中庸，很平凡。平凡是不怕的，只要你甘于平凡。这个水芬，真把平凡发挥到极致了，她和杨家湾大多女子一样，早早退了学，又和大多女子一样，劳动，持家，等着嫁人。收割时她可以一口气挑上一百三十来斤的稻子稳稳当当走在硬实的田埂上；在大清早她和男人们一起赶着把新鲜的时令蔬菜装进筐子里挑到镇上去卖；傍晚她伙在姑娘姨婶堆里纳鞋垫、听笑话。笑话都是风过无痕，纳在鞋垫上的针脚却是密密匀匀，一针一线、一板一眼的。没结婚也没对象，所以不和男人们笑骂调情，眉眼顺着，山高水长的，让人一看就舒坦，忽然就觉得应该把她娶来移到自己家中的院落里。这样，水芬终于脱颖而出，被发现了。她的被发现也是情理之中的。每个村子都有许多个水芬，每个水芬都有一份大致相同的心思，她们后来嫁的也都是高高矮矮胖胖瘦瘦却又差不多的男人。

水芬本来可以把她平凡的命运进行到底的。已经有一两家的女长辈借着磕闲话的机会探听过水芬妈的口气了；还有，三组杨才康的妈妈只要一出现，动不动就把眼珠盯在水芬身上，带着相当程度的考察意味。这几户人家还在权衡，还在考虑，等到时机成熟了就会委派一个中间人身份的婆子媳妇前来提亲。过不了多久，水芬后半生的情形也就大致定下来了：她那爱吃酱肉就白干的丈夫，她那天天相互拌嘴怄气的公公婆婆，她那拖着长鼻涕要糖吃的男娃或女子……都会从模糊中一点一点走到青天白日下。谁不是这么过过来的？

水芬是认命的。

有一年外出打工的屠广福为省路费没回家过年，托人带回了几斤孔雀蓝的毛线——也真是会动心思，自家三个女儿，直接送衣服吧，只送一件的话，送谁呢？比着任何一个的身材买都会让另两个有想法，送三件又花费大了点，干脆送毛线，囫囫囵囵的，好像每个人都沾点情分似的。屠广福的女人倒是利索，拿这毛线毫不含糊地给大女儿打了件毛衣。倒不是她格外心疼水英，而是家里的传统历来如此，大的穿了二的穿，二的穿了三的穿，这样才算物尽其用，丝毫不浪费。还剩一点毛线，她给男人织了双毛线袜子，又给强烈抗议的水芹织了双手套。织手套已经很勉强了，左手有三个手指头是拿另一种颜色的旧线补上去的，看上去非常显眼。水芹很生气，把手套扔给水英："你戴！你戴！家里啥玩艺儿不是你先用？"引起了一场不小的纠纷。

风波过去以后，有一天水芬打扫屋子，扫出角落里扔下的一双手套，带三个另类的手指头的。她捡起来，就着昏暗的光线看了又看，忽然有种别样的亲切，那三根手指头像伸出来，挠她的心。她把手套掸掸灰，戴上了。水芬看看戴上手套的手，这双手好像文雅了许多，没有那么粗糙了。她把手捂在脸上，感觉到毛线特有的痒痒的温暖。她只有躲在这里悄悄地珍爱自己一下。这是她有生以来第一次独自拥有一样崭新的东西。

别人可能不注意，但是大姐水英注意到了。水英发现大妹把手套洗得干干净净的，晾晒之后收进大妹自己的衣服箱子里，她就明白水芬的心了。

那天晚上，水英和水芬闲聊——这是难得的，一般有空闲时间水英都是看书。说到村里谁家说上了亲事，又有谁家应承了亲事，水英忽然起身，从箱子里捧出了那件孔雀蓝的毛衣送到水芬手里，恳恳切切地说："芬女子。"

话到这里就顿下了。这么一来，它变得郑重其事，像一个嘱托，像一个任命。

"芬女子，"水英已经有点伤感了，"我们屠家没有儿子，就三个女子，如果我读书读不出头，家里就没啥靠的了。没办法，我只得把书读到底，考大学，找个城里的工作，以后你们才算有条门路。女子家迟早是要散到别家去的，婚事么，我这几年想都不要想了，你不一样，你会是我们家第一个嫁出去的……嫁了，也要想着点娘家的好，多帮衬着家里，水芹那丫头是没指望的。"水英觉得头绪乱乱的，那些话说出来，像个走夜路的人，哪里都是路，却不知哪里可以走出去。

水芬已经淌出泪了。水英还要说，这毛衣我没穿过，你穿，你穿，你从小到大没穿过新的，别记挂娘家的这些委屈，啊。

水英反反复复地叮嘱，直到水芬把脸埋进毛衣里，肩膀一耸一耸，哭厉害了，可是头却一下一下地磕着，表示点头了。

偏偏屠广荣家来了个杜嬢嬢。

怎么会来个杜嬢嬢呢？简直是从水芬的命里硬闯进来的一颗石子。水芬是水，弱水，涓涓细流，随便一颗小石子往那儿一扔，水就分流了，改道了。

杜嬢嬢这样的女人，活得才叫精神十足，四十多岁的人了穿得比杨家湾待嫁的女子还艳气，大花大朵的衣服一身地披盖下来，看得人眼珠都发了岔；人又热情，嘴甜手快，一来就把你家姊姊的胳膊挽住了，七倒八拐地攀上亲，要你答应哪天农闲了去她家坐坐——她家哪是随便坐得成的呢？人家住在老远的大城市，火车也要坐上三两天的。可是难得这番热情，大伙嘴里也都答应着，想着万一哪天去了那个大城市打工呢，总也有条路吧。杜嬢嬢是令人愉快的，她喜欢和上了年纪的大娘拉家常，中途常常瞅着大娘某个年轻的女儿，心疼地看上半天，末了向大娘说，这女子长得像"年轻时的我"。这么一来，女子也和她亲了，近了，仿佛在她身上看到了一个富丽堂皇的未来。杜嬢嬢还会打开一个大大的皮包，拿出一串珍珠手链呀玉石胸坠之类的，一把抓住那女子的手往她手心里塞。女子的手就像受惊的小兔子挣呀逃呀，总还是带了些留恋意思的。杜嬢嬢那手，这时候就像个男人的手，孔武有力，不容挣扎，嘴里说："缘分！缘分！嬢嬢没女儿，只当收个干女儿吧！哪有见了干女儿不给见面礼的！"话既然说到这份儿上，连大娘也会腼腆地示意女儿收下来。收下来，这干女儿就算是认了。杜嬢嬢来的时日不长，干女儿倒认了三四个。那几个被认了干女儿的，一个个跟捧上了天似的，说话都带点"飘"。女伴们传看着那几样见面礼，神情都是羡慕的，眼睛都红了。那一阵动不动就有人私下里互相打探："杜嬢嬢认你当干女儿了没？"好像是种身份，是种荣耀。

原本这一切都和水芬没有关系。她长得不够好看，身材又是体力型的结实蛮壮，哪会像年轻时的杜孃孃呢？怎么会被杜孃孃收为干女儿呢？怎么配得上那么好看的手链和胸坠呢？可是她和屠广荣的女儿屠丽娜要好，这就使她具有了某种契机。屠丽娜也是水字辈，本来该叫屠水丽或屠水娜，可她前面有三个哥哥，生到她才终于生成了小凤凰，父母乐坏了，当成宝贝疙瘩，执意要给她取个洋气的名字，以示与众不同。看看，人家连名字都敢反传统反宗族，能不横吗？屠丽娜打小就被惯坏了，脾气大得很，还瞧不起人，反正有三个哥哥给她撑腰。许多同龄的女子对她惹不起躲得起，只有水芬，温温和和的，又没什么心眼，屠丽娜倒和她处得来，啥话都要和她讲。那天丽娜拿出一只镯子给水芬看，亮晃晃的，一来就把人眼晃花了。她悄悄说："看！姨妈给我的！纯白金的！那些干女儿都是认的，又不沾亲又不带故，给的都是次货；只有我才是姨妈嫡亲的侄女。"说话时不停地摇头晃脑，得意非凡。水芬记得开始时丽娜说过，杜孃孃是她们家八竿子打不着的亲戚，自己找上门来的——说这话时杜孃孃肯定还没给她这只镯子。

丽娜和那几个"干女儿"很有些宿怨——当然也不过是些东家长西家短的小是非。在这件事上，她总是不服气，自己的姨妈，就这么稀松平常地当了那几个小骚货的干妈，白白便宜了她们！她带着较劲的性子说："水芬，你哪点比她们差？又不像她们疯疯癫癫的，走，上我家去，我叫姨妈也认你当干女儿！"她是说到做到的，一把就扯住了水芬。水芬吓慌了，袖子被丽娜拽出去老长了还使劲躲："我不去，不去……"哪有上门硬要人家认干女儿的？水芬还有个脸面。丽娜说："放心，我说话讲分寸的。"死拉活拽把水芬拖到家里去了。

见了杜孃孃，丽娜就专拣水芬的好处说，能干啦，卖力啦，手巧啦，孝顺啦，还不多言多语啦。水芬平素没有仔细分析过自己，给这么一说，自己也没想到有那么多优点，忍不住把个脸飞红了。杜嬢嬢上上下下打量着她，一边听丽娜的汇报，一边满意地点头。丽娜差点问："姨妈，她像不像年轻时的你？"又觉得太露骨了，说不出口。

杜嬢嬢一直点头，点头，微微笑着，把水芬的头发都一根一根看过了似的，还是没有说话。丽娜有些泄气了，水芬更是臊得不知往哪个地缝里钻，却见杜嬢嬢去开皮包了。一见开皮包这个动作，两个人都有了希望，屏住呼吸盯着那只手，在包里翻呀拣呀，最后出来了，拿的却不是手链胸坠，是本相册。水芬心里又在打鼓了：里面是杜嬢嬢年轻时的照片吗？她对自己是否像照片上的人物根本持怀疑态度。杜嬢嬢冲她招手：来，来。她走过去，丽娜也拢上去。相册翻到一页，杜嬢嬢指着一张照片给她们看。上面有三个人，杜嬢嬢站在中间，一边站个老太太，慈眉善眼的，一边站个老头，穿着威武的军装，肩膀上两个黄灿灿的牌牌，又是星星又是杠杠，挤也挤不下似的。杜嬢嬢说："这是我阿姨和姨父。姨父是个大校呢——部队里顶大的官，懂不懂？你们看，他们是不是好人？"水芬丽娜赶紧点头。杜嬢嬢舒缓地叹口气，说："水芬，也是咱们有缘分……"水芬的心怦怦乱跳，来了，"缘分"终于来了。"我阿姨和姨父都是老一辈无产阶级革命家了，他们是中国的大功臣，懂不懂？他们有个儿子，独生子，长大后也参了军，但是几年前在一次泥石流抢险工作中牺牲了！才二十多岁就当了烈士，懂不懂？"两个女孩使劲点头，水芬眼里都有泪花了。"我阿姨姨父都老了，身边又没人照应，老早他们就拜托我，到乡下探亲戚时给找个放心的丫头来，说是做保姆，其实人家是打算当女儿看待的……"

话到这里已经有相当明显的用意了，水芬再笨也听得出来，连丽娜都听傻了，竟带了无比妒忌的神色。杜嬢嬢偏偏在这时把话头打住了，舔了舔干裂的嘴唇，自顾自地在桌上寻了碗水喝起来。水芬那一分钟像过了漫长的四季，春夏秋冬，冷暖自知。她浑身颤抖地意识到，她还有可能拥有另外一种人生，与从前所想的完全不一样，她甚至来不及想那种人生的结果，或出路，她没有想，有的只是颤抖。杜嬢嬢多么精明的人，留出这一分钟，要的就是这个效果，空白下的时间、空间只有更拥挤、更窒息的。水芬已经头晕了，呼吸不顺畅了，窗外的光线刺眼地射进来，罩在柜子上、桌面上、人脸上、都有一层光环似的，杜嬢嬢在这光环里动情地笑了，她伸出手，那只像男人的大手在水芬头上轻轻抚摸："水芬你是个好女子，谁叫咱们有缘分呢……"

就是那一年冬天，水芬就跟着杜嬢嬢走了，去做老一辈无产阶级革命家的保姆了。一同走的还有杜嬢嬢"嫡亲的"侄女屠丽娜和两个干女儿。那些女子可不得了，一听说杜嬢嬢要给水芬找那么肥的一门差事，差不多把屠丽娜家的门都给挤破了。也是，谁不想过好日子呢？究竟什么叫好，或是什么样的好，她们也说不上来，但是只要离了杨家湾，好日子总会来的。

初步的打算是这样：两个干女儿到一家鞋厂做女工，每月也有七八百元的收入呢；屠丽娜则去学打字，学成后到杜嬢嬢熟人开的公司里当打字员——说得好听点，是做"文秘"。屠丽娜非常满意，显然"文秘"和"保姆"、"女工"一比，身份的优越性就很突出了。别人也没话可说，再怎么说人家也是有血缘关系的，亲也要亲上一层的。

女子们走的那天村里热闹非凡，虽然没放鞭炮，但女子们的笑声比鞭炮还脆亮，还耐听。乡亲们热情高涨，说说笑笑的，空气里洋溢着激动的情绪，一点也不亚于一年前狗娃子当兵和两年后水英上大学。几个年轻女子穿上了最上台面的衣服，尤其是屠丽娜，专门到镇上去烫了个头发，置了件时髦的大衣，大衣是乳白色的——这种极不耐脏又不吉利的素色曾引起了女长辈们不理解的小规模非议，最后是屠丽娜的母亲平息了风波，她努力用民主派家长的开通口气说："哎，这代女子，又不在杨家湾过一辈子，随她们去吧。"婶婶大娘们无话了。是了，人家是飞出穷山窝的凤凰了，不用在你的舆论监督下过日子了，你自作多情地批评指导又有什么意义？

母亲们抹着眼泪送别了远走高飞的女儿，水芬妈夹在里面，心慌慌的，表情都不会做了一样。水芬去做保姆这事她没来得及去信和在外打工的丈夫商议，时间催得太紧了，只怕信还在半路上水芬就上路了。临走前一晚水芬陪着妈妈说了一宿的话，贴贴心心的，总算勉强换了妈妈一个点头。这是妈妈几十年里独自作出的第一个重大决定，她总是拿不准，心里不踏实，皱着眉头一遍遍地说："过不惯就回来，过不惯就回来……"连老辈人都笑话她，好日子哪有过不惯的？只怕回来倒过不惯了。

有个落选的干女儿哭得厉害。她早订了亲，男方家里是很过得去的，秋收前就放了话，开春后备婚事了，这样她就走不了了。她眼睛肿得像两个红桃子，哭爹妈早早把她许了人，哭自己没有享福的命，哭那些与她擦肩而过的繁华荣耀与儿时以来积淀下又破灭掉的无数梦想。有人哭哭啼啼，有人喜气洋洋，看热闹的人呼出的白气雾雾蒙蒙的，更像是迎亲送嫁一类的红喜事了。

大姐水英没赶上送水芬，她高考失利后一直在复读班补习，那两天有个小会考。等她赶回来，村子里像是办过了一场盛筵，席尽人散，有种特别的冷清与寂寥。回到家，床上文文静静地躺着那件毛衣，孔雀蓝的。毛衣带上了水芬的性子，温和从容，微微笑着，像在说：姐，我也有出路了，我也在给我们屠家找出路，你别太辛苦自己。

水芬把毛衣留下了，她知道水英也喜欢。水芬临走都这么懂事，谁不惦记她呢？水英失神地瞅着床头叠好的孔雀蓝毛衣，心就疼起来，伤起来。

水芬走了，不习惯的倒是当妈的。水芬在家就像是妈妈的眼睛，妈妈的手，长在身上时一点没有感觉，忽然有一天没有了，不在了，就跟瞎了、残了似的，人都不完整了。三姊妹里水芬干活最多，和妈待在一起的时间最多，偏偏挨的骂也最多，妈一想到这点心里就难受。妈有时从外面进来会很自然地叫声："水芬！"叫过之后就知道错了，没人答应了。灶屋里没有人，睡房里没有人。堂屋的大木桌上铺了淡淡一层灰，水缸里只剩小半缸水了。这情形维持了一个月，妈妈的情绪才稍稍调整过来，寂寞难耐时她就去串门，一大晚才回来。渐渐的，新的心病又出现了：芬女子一去数月杳无音信，谁知道她过得怎么样呢？妈妈常有事没事都坐到院子里，晒太阳啦，织毛衣啦，或啥也不干地傻坐着，每每看到邮电所的小张骑着自行车过来，她的心便忽地被提到老高，邮车过去了，心又落下来，悠忽悠忽的，慢慢落，老也到不了底。水英看她那个样子，常常安慰她："等芬女子安顿下来会写信的，刚去，被窝还没捂热呢就做出想家的样子，东家是不高兴的。"虽然这话把水英自己也说服不了。

灾难降临那天谁都没有预感。

夏天了。那天傍晚天还热着，水英和妈妈都穿着小花褂在灶屋做饭，杨有熙的老婆来了。她手里攥着把大蒲扇，跑的时候扇子一来一回地不停晃动，活像哪吒的风火轮，就这么风风火火地直闯进灶屋里来，一边大声嚷着："快去屠广荣家！快去屠广荣家！出事了——"杨有熙的女儿也是跟了杜孃孃走的两个干女儿之一。妈妈神都没回过来，吓得眼睛直瞪瞪的，话也没说一句就被拉走了。水英一看这态势，对堂屋里写作业的水芹吩咐了两声，忙跟了去。

屠广荣家已经闹腾得像一锅翻滚的粥，屋里东西砸了一片，屠广荣和三个精壮儿子，四个大男人都蔫了，坐着蹲着都没个人相，唉声叹气，抽旱烟，不说一句话；屠广荣的女人哭啊哭的，扔东西砸东西，追问了好半天，才从她断断续续呜咽凝滞的叙述中弄清了原委。屠丽娜也一直没有消息，他们家早就按照杜嬢嬢留下的电话号码打过电话了，是个空号，又照地址写了信，信退回来，是"查无此人"！那杜嬢嬢是打着一个远亲的名义找上门来的，他们怀着最后一线希望和那个远亲联系上了，人家根本就不认识什么杜嬢嬢！

屠广荣的女人说出了大家都不愿意听到的话，她眼泪鼻涕和了一脸，一屁股坐到床铺上，啪啪地拍着床板放声哭号着："是给人骗了呀——老不死的——我的丽娜呀——"几个女人当即就撕心地哭喊起来。声音是从心底里逼出来的，带出了全身心的血和眼泪。尖利紧迫的哭声像一只只绝望的手，向看不见的女儿们伸去，要把她们拽回来，拖回来，再也不松手。无助又无告的哭声冲破了乡村夜晚的静谧，遥遥的，青烟似的，在远处的山梁上一跌一撞地飘浮。庞大的黑暗捂压着，这小小的、世界上最凄凉的声音。许多人都听到了，许多人以为屠广荣家发丧事了。

水英差不多是第二天凌晨才把瘫得像团稀泥的母亲背回家的。天还没亮，路是淡淡星光下灰黑的一条带子，走上去一脚深一脚浅的。黑暗里再熟悉的景致都有些异样，水英像是走进陌生的空城，只是走着，不知要走到哪里去。母亲伏在她背上，只剩下一口气了，那口气吊在她胸口里，也吊在水英胸口里。整个天都塌下来了，压在水英背上。她觉得浑身上下从里到外都是一概地酸软，一概地疼痛，可是她的酸软里要包容下母亲的酸软，她的疼痛要支撑住母亲的疼痛，有种蛮横的力量不允许她倒下来。她走啊走啊，老也走不到尽头似的。

回到家，水芹早睡熟了，懒懒地翻了个身。她什么也不知道。水英看了小妹一眼，悄悄把妈妈放到另一张床上。就在放下这一刻，她发现妈妈的眼睛直愣愣地瞪着，一动不动地瞪着，就和杨有熙的女人拉她出去的时候一模一样！她从那时起就知道水芬出事了。她的眼睛从那时起就没合上了。她的眼睛死了。水英终于忍不住了，一把抓住被子直往嘴里塞，眼泪源源不断地流进嘴巴缝里，浸湿了被子，声音却是闷闷的，哑哑的，被填塞住的恸哭。她伸出哆哆嗦嗦的手去盖住妈妈的眼睛，一会儿又去捂妈妈的脸，摇撼着，拍打着，怎么也不能再亲一些，再近一些，简直不知道该怎么保护她，疼惜她。水英嘴里哭着，塞着，还在喊着，她喊着，妈妈，妈妈。

从那个夜晚开始，很长很长的时间里，天一直没有亮过。在水英的印象中，她们过了一个黑夜又一个黑夜，睁着眼，做了一个噩梦又一个噩梦。妈妈迅速地老下去了，有时候呆坐在灶台边，一坐几个小时。前一个小时去看她是这个样子，下一个小时去看又是一个样子了，好像风吹一吹就多几根白头发。她渐渐养成了自言自语的习惯，坐在矮凳上，定定地瞅着墙上倒挂的簸箕问："你在哪儿呢芬女子？"簸箕说："我在可远的地方呢。"她又垂下头，对着地上一枝枯草说："你可要自家当心暖寒呢，芬女子。"枯草说："我当心着呢。"一问一答，一来一去的，倒可以消磨掉许多时日。那些天她怕出门，怕碰上乡邻关切的目光，怕碰上水芬同龄的女子，怕看见水芬种过的地、洗过衣服的河，怕外面有可能出现水芬影子的任何事物。只有在家里不怕，她关上门，关得紧紧的，水芬到处都是，水芬却跑不了了。

如果事情一直没有转机，那妈妈的境况真的是很难说。有一天派出所来了人，通知几家丢了女儿的，福建那边解救了几个被拐女子，资料传过来叫去认人。水英代表家长去了，没有水芬，屠丽娜却在里面。屠广荣的大儿子赶去福建接妹子，哪知道她在那边给卖进地下妓馆了，自己觉得没脸回来，死活从回家的半路上逃走了。本来水英和妈妈还想等她回来好好问问水芬情况的，这下又断了线索。村里人早就议论纷纷，说这几个女子都变坏了，屠广荣家的进进出出都有些抬不起头。两个"干女儿"的家庭，现在也不敢大张旗鼓地找女儿了，有了屠丽娜这个例子，谁还敢奢望什么更好的结果？

到了冬天，差不多就是水芬走了整整一年的时候——水英都第二次复读了——她在一个雾色冻青的上午，自习课上，收到了一封来自远方的信。本来是寄给水芹的，但是水芹生病了没来上课，她同学就把信交给水英了。一看到信封上熟悉的字迹，水英手都抖起来，呼吸不匀净了，同桌问她屠水英你怎么了，水英也没听到。她的脸惨白，什么也感觉不到了，僵僵地站起来，带着那封信出了教室。是水芬。是水芬。是水芬！信封上落着一个陌生的乡村的地址，在河北。在河北的水芬在信上说：妈妈，水英，水芹，你们都店（惦）记坏了吧？我很好，杜孃孃给我介绍了一个好人家，我就家（嫁）过来了，没能跟你们说一下。他叫屈大柱，对我很好。他们一家都对我很好。我刚刚生了一个儿子，取名叫拴子。记（寄）张照片给你们看。爸爸还在打工吗？妈妈好不好？水英考上大学了吗？我们家就看大姐了。水芹一定要真（争）取读完初中……

照片上是个连眼睛都没睁开的奶娃娃，仔细看是有些水芬的眉眼，但是水英无论如何也把他和水芬联系不起来。水芬自己都还是个娃娃样。水芬嫁了，生孩子了。水英靠在走廊栏杆上，眼神漠漠的，望着远方，手却在近处抓扯，最后只揪住了衣服领子——是大妹没带走的那件孔雀蓝毛衣。她感到难以形容的痛楚，只拼命地揪着，领子上一颗纽扣冰冷地窝在手心里，异样的刺激。背妈妈回家那晚的酸软又涌上来了，她把背抵着一个水泥柱，松松地坐下去，坐到地上哭起来。

妈妈看了信的反应却很不一样。她长长地、长长地吐了口气。她揉了揉长久以来酸疼的肩膀，伸了伸腰，放松了。显然水芬的命运和屠丽娜她们比起来算是好的了，正正经经嫁了人。女人说到底，就是好上天，哪有不嫁人的？虽然憋屈了些，被迫了些，但人家不是好好地待着她吗？就是留在杨家湾，那几户有可能性的人家，也未必能好到哪里去。何况她命里带了运，头胎就生了儿子，再是举目无亲，儿子总是亲的，谁也不敢小看了她。妈妈把那张外孙的照片看了又看，滋味又复杂了。妈妈说，这芬女子没良心，不晓得家里这样担心，她生儿子了，日子舒坦了，三言两句就打发了我们。水英说，别怪她，这么久才写信，你以为她乐意？这封信肯定是夫家监督着写的。水英不敢说太深了，她可以想象水芬最初的日子是怎么熬过来的，要不是生了儿子，说不定这封信人家都不让寄。但是妈妈还是叹气。她觉得女儿养着就是没想头，再亲的，再疼的，一嫁了人，心就在那边去了，你还为她干着急呢。

打那以后，妈一有空就看照片。她的目光是散漫的，溢出了照片本身，扩散到很远的地方。她的心思是研究性的，把这件事的前前后后联系起来，把这几十年的生活联系起来，最后的总结是：命。命是个什么东西呢？是塑好的一个模子，随便你怎么扑腾，怎么汹涌，一进这个模子，最后出来的形状都和预先定下的完全一样。水芬扑腾不出来，她的命就在于她是个女子，杨家湾的女子，她去寻什么狗屁出路呢？应该叫她认命的。早知道就在附近给她说门亲事，倒还可以挑拣挑拣，离得不远也好有个照应，但她现在有儿子了，儿子是女人的另一条命。水芬妈把自己的命狠狠分析了一遍又一遍，她不肯认这个命。没儿子，是最根本性的问题。

她让水英给屠广福写信，要他过年一定要回来。水芬的事算是有个交代了，水芬妈要对自己有个交代。

她用坚定的语气口述着："没儿子是不行的。"写信的水英抬头把妈瞅了一眼。

水芬半年后回来了，抱着半岁的拴子，后面跟着一个憨憨厚厚又有点蔫的男人。水芬看来没说谎，夫家待她是不错，她胖了一圈，气色也红润着，倒比做姑娘时耐看多了。水英正在准备高考，但也专门请了假回来，是她把水芬迎进门的。

水芬进了门，一眼就看见妈妈坐在堂屋正中央的长凳上，坐成一尊佛像模样——那时妈妈已经怀上娃仔几个月了，行动不方便，表情也是懒懒的。水芬叫了声妈，迎过去，却又不知怎样进一步动作了，她怀里抱着拴子，她也是个当母亲的人了。挨着妈坐下后，她说："妈，这就是大柱。"大柱拘谨地上前来，弓着背，点点头，把几盒用绳子拴在一起的盖红纸的糕点放到妈面前的桌上。妈没动，眼珠却随大柱去了，问了大柱的生辰，水芬忙道，面相是老了些。语气里面都是维护他的意思了。母女两个聊起来，水芬谈的也不过是北方的气候啦、种植啦、习俗啦、人情啦，妈妈这边说的就是这两年村里变化的人事，娶的嫁的，生的死的。跟任何一个远嫁的女儿回家是一样的情形。妈妈告诉她过年时爸爸回来过，把爸爸的一些话转告了，眼睛看了看自己的肚子，又看看水芬怀里的孩子，淡淡地笑道："妈不晓得有没有你的福气呢。"水芬眼就润了，她想着妈这一辈子也太不容易了。这种体谅是水英都感觉不到的，非要做女儿的也做了母亲以后才会有。但是水芬始终没有感情失控的表现，屋里屋外全亏水英进进出出跑上跑下，倒水，续茶，水芬也没把屁股从凳子上挪一下。妈妈私下里伤心地想着，到底是客人了。

那年年底，水英、水芬、水芹的弟弟——兵娃来到了世上，正好也生在冬天。算起来，拴子倒比他的兵娃舅舅大了整整一岁。

声声慢

一

有时候啊，做姊妹的做到一定程度，就做成了冤家。

屠广福家有三个女儿，大姐水英和小妹水芹说不清是从什么时候开始，竟然结了仇。

如果公开进行民主投票，谁都会站在水英一边。水英老实；水英勤快；水英学习用功。作为大姐，她哪点也比水芹强——除了模样。

但是，模样……唉，模样！模样对女性来说真是世界上最不公道的东西，它是天生的，凭空的，不容选择与抗争的。水芹心里有数。她懒，她傲气，不求上进，抵制母亲的命令，也不在乎左邻右舍对她品质的说三道四，这些脾气都是有底子作靠的。说起来，妈是生了三个女儿后终于生了个儿子才知道什么叫"靠"，而她水芹是打小就知道了。一出了家门，哪个男的不多看她两眼？她办啥事不方便？离了杨家湾那个小圈子，她和水英至少是打平手——在外面的世界里，在男人堆里，水芹有着相当广泛的群众基础。

是的，水芹漂亮。

所以——如果不公开地进行民主投票，那结果可真难说。

按照一般人家的规矩，衣服是大的穿了二的穿，二的穿了三的穿，水芹不理这一套。在衣服上，在打扮上，她有着非常严格的取舍标准。她可不像大姐水英和二姐水芬，一个读书读得又老又丑，一个干活干得粗粗蛮蛮，她与生俱来的生理优势决不容妥协与怠慢。所以水英心疼地看到，自己穿过的衣服水芬穿，水芬穿过以后就成抹布了。有一次听说县城里百货公司年底清仓甩卖，妈狠心拿出私房钱赶到县城，扯了一大块花布料，回来时拐到镇上的寡妇裁缝那儿，给三个女儿一人制了一件新衣裳。等大年初一出门拜年节的时候，水英发现唯独水芹没穿新衣。水英把她堵在门口问究竟，她满不在乎地撇撇嘴说，那种样式太老气了，而且三个人穿一模一样的衣服出门，看上去傻兮兮的。

她挑样式！新崭崭的衣服她还挑样式！嫡亲的姐妹穿一模一样的，她还嫌丢人！水英肺都快气炸了。水英冷笑说："看不出我们这穷窝窝里还飞出了金凤凰！"水芹毫不示弱地反唇相讥："不是金凤凰，是女状元！"那正是水英即将参加应届高考的一年，但水英的成绩日渐惨淡，前途渺茫。这话像腊月天里迎面刮来的厉风，雪上加霜的冷；说话的又是亲妹子，哄着疼着长大的亲妹子，已经不止是加霜，简直是下冰雹了。姐妹两个带着难以平复的敌意长久地对视着，眼睛瞪得老大老圆，好像怎么也把对方装不下似的，瞪得眼眶都裂了，嘎嘎地碎响。

这件事好久以后才在妈妈与水芬的努力下有了结果，两个人握手言和。水英送给小妹一枚有机玻璃胸针作礼物，水芹则不顾天气变化穿上了那件新衣以示认错。可是两个人都清楚地知道，没有完，她们之间没有完。

水芹虽然读书不用功，但说话厉害，有时还一口言情小说的文艺腔。她和要好的女伴说起这事，下了一个结论：

"和好是和好了，裂痕是留下了。"

乡人是善于总结的。无论是日月星辰这样亘古博大的事体，还是炎凉冷暖这等细微的人情世故，他们都能在心中自我化解，九九归一地予以阐释。所以，杨家湾的民众在集体认定水芹"变坏"之后，倒首先把责任推到水芹的大姐水英头上。

水英不该从小到大一头扎进课本里，不该把家里的活儿多数派给大妹水芬做，不该在小妹水芹第一次对着镜子抹口红时对其视而不见而应该吐她一脸唾沫……尤其不该在水芹睡摇篮的时候就给她哼歌。

哼歌哄孩子向来是当妈的事，可谁都知道，水英妈一口气生了三个女儿，气都生散了，这骨子里的气一跑，人就变形了，四肢啊五官啊，虽然也动动手跑跑腿、瞪一眼撇一嘴的，却都聚不成个样子了。所以屠家的女家长，实际上还是大女儿水英。

水英唱歌唱得不好，很自觉地从来不在别处亮嗓，只是哄小妹睡觉时才哼一哼，但她哼的不是哄孩子的"虫虫虫虫飞"，而是正儿八经的情歌小调《十大姐》《盼情郎》之类的。那时候，七岁的水英坐在摇篮边上，剥着胡豆或是洗着衣裳，不时腾出手去推一下叽叽咕咕、烦躁不安的摇篮。简单安抚是没有用的，但只要水英开始哼歌，一岁的水芹便安分下了，眼珠滴答滴答的，像是和着节拍，哦哦哦地回应着。这让水英心情欢畅，她凑近摇篮说："芹女子也想唱呀，听着哈——"为着这个摇篮里的听者，水英焕发出乡间女子所有的华彩，想象这里铺排着一个舞台，而她则抖落出万般风情，俏俏丽丽、姿姿态态地唱歌。

高高山上（哟）一树（喔）槐（哟喂），

手把栏杆（噻）望郎来（哟），

娘问女儿呀，

你望啥子（哟喂）？

（哎）我望槐花（噻）几时开（哟喂）。

那时乡村的夜晚特别静，静到深处了，渗出一股甜香。小妹妹就是在这甜香的歌里泡大的。后来人家总结说，怪就怪听这淫歌，水芹打小就风风骚骚的。像城里人说的，早期教育不好。

水英复读了三年后，第四次参加高考仍然落榜了。但她毕竟是屠家距离非农业户口最近的一个啊！这么多年来，她苦读的身影是全村人激励后代的榜样。在她复读期间曾有人动过念头要给她说一门亲，但水英妈听出对方只是跟自己一样的农民之后，撇了撇嘴，以毫不掩饰的骄傲姿态宣称，"我们家水英"将来是要考上大学、拿非农户口的，"我们家水英"要"说"也只能"说"个城里人。说实话，广福家的家底和水英的模样本来就不占优势，这样的择婿条件一公布，更是没人登门了。所有人都知道，广福家的大女儿迟早有一天会吃上公粮，这个女子会给全家带来不凡的命运。舆论导向已经到了这一步，若是最后还上不了大学，真是没法向众人交代了。家里唯一的儿子尚在幼年，而另两个女儿——水芬给人骗走，说是打工，一直下落不明，到后来联系上时，才知道她已经被迫跟人结婚，还生了个孩子；水芹根本就不想念书，初中没毕业就自作主张辍学了——还能有什么更好的结果？父母咬了咬牙，送水英去上了大学里自费的委培班。

大二那年，水英回家过寒假，在路上她就想到水芹，不知道这次小妹会不会也回家过年。不过她也没有拿定主意，是水芹回家好呢还是不回家更好？好像哪种都让人难以面对。真是冤家路窄，就在离村口最多半里路的地方，水英一眼认出，迎面而来的正是推着自行车的水芹。

水芹的自行车真漂亮。是凤凰牌。蓝色的。蓝得就像天空，像海。当然不是说水芹就不漂亮，只是在她推着自行车走过来的时候水英不愿承认她的漂亮。水英只盯着自行车，阴着脸。在那辆自行车渐渐走近，走近，又擦肩而过的一刹那，水英的心被"漂亮"尖锐地刺了一下。她鼻子酸酸的，她在恨，在咒骂，也在嫉妒。

水芹这个小婊子，仗着漂亮，早早地把有的女人一辈子也挣不来的荣华富贵全都享受够了，也把屠家的脸面丢尽了。水英读大学，考不上也要读；水英"说"人家，拼死了也要"说"个城里人，这些痛苦而沉重的决定里面，到处都飘荡着水芹阴魂般的影子，到处都是她戳下的伤伤口口。戳下倒算了，她还若无其事，眼睛都不斜睨一下，保持着一惯的傲慢姿态，推着那辆同样傲慢的簇新锃亮的自行车过去了。过去了，带了一阵风，水英没有回头；过去几步远了，水英还是没有回头，可是她沉不住气了，背对着水芹冲着空气中一个虚有的水芹絮絮叨叨地嚷起来："要点脸吧屠水芹，你要点脸吧……"就这么一句，简简单单，反反复复，又层层递进。就像一个老年人，陈年的积怨太多，反倒说不透彻了，只有不停地重复这一句话。往事如浓厚的乌云盖在脸上，她的表情因相当的激愤而扭曲得难看。

水芹在那一瞬间怔住了，停下来，顿了顿，依然昂了头推着自行车走了。她的背影不说话，她的自行车不说话，她用沉默的姿态表达最大的蔑视。姐妹俩都没有回头，背后却都长了眼睛似的，水英分明地感觉到水芹的冷笑——她浑身都在冷笑！

"要点脸吧屠水芹，要点脸吧！……"

水芹走远了。水芹不要脸。水芹不要。她缓缓地走着，走上村外的碎石小路，脸上浮起一层只有自己才知道的酸涩而凄惨的苦笑。水英，妈妈，爸爸，他们永远也不会知道水芹想要的是什么，他们永远只会看个表面，寻得肤浅的满足，像名声、脸面、水英的大学文凭、妈妈一大把年纪非要生下的儿子……

二

谁也不会相信水芹为了"漂亮"甘愿冒多大的风险，得罪大姐已经是很轻的了。

有一段时间隔壁人家的太婆老是站在门口的台阶上骂人。她太老了，皱纹打得一脸一脖子，走路走不利索，说话说不爽净，骂人含含混混的，自然骂不出个名堂来，所以水英开始还以为太婆和儿媳吵了架，生气了。多听了几次，听出点意思来了，原来太婆那几只宝贝鸡这些天下的蛋被人偷走了。只道是母鸡突然不下蛋了，可那天早上起得早，明明看见有两只蛋，回头做了点事，一看，又没了。这种话，听的人不往心里去倒罢了，一往心里去了，就老觉得人家话里有话，乡里乡邻的，不好听。

水英到底是长女，在母亲日渐慵懒下去的日子里她已悄悄磨砺成个小母亲的样子了，虽然大半时间读书，她对家中的大小事务也做到了明察秋毫。她眼前闪现过水芹一两次躲躲闪闪的目光和诡秘的行踪，心里咯噔了一下。

水芹那时也在镇中读书，十五岁，上着初二。虽然和姐姐同在一个学校，但从不来往，上学放学各走各。有一回水芹伏在教室外的走廊栏杆上和人聊天，一个女孩指着学校大门说："屠水芹，看，你大姐！"水芹微微抬着下巴，居高临下地俯视着弓背塌肩匆匆赶去复读班上课的大姐，半天没说一句话。她的目光是否定性的，根本就想把水英这个人的存在给否定掉。又过了一会儿，她开口了，语气很轻，但充满了蔑视："她？——也配？"

在这个暖融融的春天的下午，这个不配做她大姐的人就要给水芹带来终生难以愈合的伤痛了，水芹一点也不知道。她神气着呢，因为脖子上系着一条红色的丝巾——不是铺天盖地的红，是由深到浅有层次的红——层次，这很重要，层次使一切都鲜活起来，不管是生命，还是色彩。水芹的脖子细长白净，红丝巾一系，把她的脸色也映衬出一抹霞光，眼神灵秀了，人也娇媚了。她每天到了教室才把丝巾拿出来系上，放学出教室门之前又取下来收进书包。恰巧在她恋恋不舍的手指搭上丝巾尾巴要取下它的时候，水英的身影出现在教室门口。

逆光里的水英正面也跟背影似的，黑麻麻笼统的一片，没有表情，给人一种铁铸般的生冷的感觉。水芹一看见她，手就僵了，指头还捏在那红狐狸尾巴似的丝巾上，却忘记动作了。教室里的人吵吵嚷嚷的，收拾东西，发泄一天的怨气，不少人出门时把水英撞着了，可她还是一动不动地站在那儿。水芹在和大姐的对峙中感到了恐慌，仿佛教室里净净地只剩下她们俩，决斗似的；又仿佛周围挤满了无关的人，袖了手，幸灾乐祸地等着看好戏。她预感到大祸临头了，又无路可逃，只有提着虚劲给自己打气：不怕，不怕，不怕……她还不知道怕的是什么，水英就走过来了，一步一步的，把轻得听不见声音的步子走出了分量，走出了震慑力。水英的举动是果敢的，决定性的，誓不罢休的，她目标明确行动迅速，一把就扯住了那条红丝巾，猛地一拉，丝巾原本松松垮垮系了个结，给这么一拉，在水芹的脖子上蛮横地一缠一拖才脱离而去，留在那雪白的脖子上一道显眼的红印。水芹刚刚有了自卫意识，抬起手一摸，已经晚了，只能摸到那道伤痕。红丝巾在水英手里像团燃烧的火，火苗那个旺啊，把水英水芹两个水字辈的姐妹都点着了。

水英是占着主动权的，她严厉地瞪着小妹，带着鄙视用一个懒散姿势扬了扬手里的丝巾："哪儿来的?"水芹恨恨地瞪着两只好看的凤眼，抗拒地瞪着，心想你能把我怎么样。她嘴唇咬得紧紧的，不说一句话。水英是有备而来的，她才不寄希望于水芹的坦白呢，她也决不会对她从宽! 水英说："告诉你吧屠水芹，我调查过了，至少有两个人看见你悄悄卖鸡蛋给杂货铺——就是镇上东街福平巷里独眼婆婆开的那家!"

完了，水芹的心骤然一缩，捏得紧紧的，又一点一点松开，变冷，变软，浑身都稀溶了，眼神也绝望起来。一切都完了。水芹自以为是个人精，到头来还是栽到大姐手里。这会成为她水芹一生一世的污点。污点这东西，一旦沾上了，绝没有洗清的余地。在十四岁的水芹还没有完全把这事的延伸性想清楚时，头脑绝对清楚的水英乘胜追击，她走近一些，差不多贴在水芹脸上了，压下嗓门低沉地，然而是痛楚地把一句话唾了出来:

"屠家穷归穷，还从没出过一个贼!"

出了"丝巾事件"以后，水芹成了另一个水芹。原来的水芹还是一个比较顾惜脸面的人，而现在，她的脸面已经被水英毫不留情地撕破了。水英逼着她拿出了剩下的钱，又替她补上了花掉的款项，悄悄用手帕包着钱塞到隔壁人家的鸡窝里。之后水英再也没有提过这事，可是目光里对她的防范与警惕却是加深了。每当水芹看到水英的眼睛，便清楚地照见了自己曾经是贼的扮相。渐渐的，她怕听人家说"贼"，"偷"，再也不喜欢红色的衣服与饰物，她像游魂一般晃荡着，整夜地失眠，成天不和水英打照面，没人的时候她也躲来躲去，躲水英的眼睛。

孤独像只大鸟一样，敛着翅膀稳稳地落在水芹肩上。它安安静静的，陪着上学的水芹缓缓走过泛着水青色的石板路和铺着露珠的乡间草地，陪着放学的水芹缓缓走过冒着热气的乡间草地和闪着夕阳余晖的石板路，来到河边。这是流过村口的一条小河，虽然村里已有自来水，但河是让乡里人亲近的，只要有河就像有个亲戚总得走动似的，一年四季总有人喜欢到河边来涮涮菜筐洗洗衣裳。水芹落脚在一块椭圆形的大石头上，想起小时候三姊妹来河边，学着男娃们的样子玩"打国仗"。水英很牛地宣称这一边的河岸是自己的领土，而对岸是水芬的，水芹着急地问大姐，自己的领土在哪里，水英逗她，指着两岸之间说：

"中间是你的。"

中间是水，流水，没有岸。

回忆之书刚刚翻开，便唰地被合上了！——有人粗蛮地一把将她掠夺过去，她尖叫一声，随着一团温软之物一起摔在了地上。是二麻婆。来河边洗衣裳的二麻婆看水芹一副失魂落魄的样儿站在水边，脑子一"嗡"，产生了过来人的应激反应，当机立断当了一回救命英雄。

水芹给摔痛了，但这痛是身体上的，身体痛的同时，心理上的痛像是转移了一部分。她还没站起来，坐在地上追问："我真的像个自杀的女子？像电视里演的那种？"

二麻婆一边揉着屁股一边忿忿地说："你先人的，死到临头还臭美！"

两个女人的笑声爆开来，像掷地有声的石块，惊散了浅水处的鱼群。

二麻婆其实一点不老，也就三十出头，"熟是熟了还没熟透"的年纪。她也不麻脸，一张脸蛋像裹了层蛋清似的滑滑嫩嫩，被叫二麻婆完全是因为她婆婆叫"麻婆"。听上去很可笑，好像绰号也可以继承一样。

二麻婆眼睛不大，但一笑起来，眼睛总是弯成一个弧度，好

111

像把她眼里的人啊景啊都挤得变了形，有着别样的刺激。这样的眼睛水灵、招摇，风情万种，它注定会给一个女人带来俏丽的容貌与悲剧的人生。于是眼睛的主人从十几岁开始就麻烦不断，围绕着她的男孩与男人们组成了一支庞大的影子部队，虚虚实实、若隐若现地存在着，有种恶毒的说法是她十六岁那年就跟某家父子俩同时睡觉。坏名声像雪片一样纷纷扬扬地降临，家里慌了，要把她弄去嫁人，但谁敢娶呢？哪怕长着滑嫩的脸蛋与弯弯的眼睛，流言蜚语像狗一样跟着你了，就一辈子都甩不掉。

她终于在二十六岁那年——在农村，这是很壮观的出嫁年纪——嫁给了杨家湾老说不上媳妇的屠永富。屠永富老婆不上老婆的原因在于他娘。永富他娘是寡妇，更是远近闻名的恶嘴婆，谁要踩了她一棵苗或拾了她树下的一枚果子，她一定会乐于将嗓音调高到广播站级别，用自己漫长人生里收藏的各种污秽词语去描绘对方。她的强悍形象很好地保护了自己与儿子，没人敢欺负这家孤儿寡母。村里人叫她"麻婆"，虽然她只有屈指可数的几粒雀斑，但憎恶使它们成为被放大的缺陷。新媳妇进门了，有关她的传闻也像嫁妆一样带了过来，令全村人亢奋——凶狠了一世的麻婆，最后讨到的儿媳妇不过是这样的角色，让人解恨啊！

大家根本不想知道新媳妇的名字，直接幸灾乐祸地叫她"二麻婆"——都是有污点的货。

水芹跟村里所有未婚女子一样，老早就得到过以二麻婆为负面典型的道德说教，这些教育不管是什么样的开头，结尾总是相同的："不然，就跟二麻婆一样！"

跟二麻婆一样，名声坏了，只能找个有恶婆婆的人家。好像麻婆与二麻婆，是互为因果的——由于种了恶因，就只能得到恶果。一个女人是另一个女人的结果。多么奇怪的人生！

水芹就在那天，第一次走进了二麻婆的家。跨进大门的时候，老式的旧门板吱嘎一声，空气里的灰尘四下逃窜，水芹怔住了——扑面而来的竟然是一种熟稔的气氛，仿佛她上辈子就曾跨入过这道门，做过这家的主人。她坐在几乎暗无天日、仅靠屋顶上几块透明塑料瓦采光的堂屋里，吃着二麻婆递过来的一把苕干，喝着带点菜叶味的煮玉米水，很自然跟她聊起了家常，就好像她跟二麻婆是多年的相识一样。

"莫去河边了，"二麻婆吹了一下碗里的玉米水，忽然把眼皮搭拉下来，"那地方去多了，一心就想跳下去算了。"

水芹心里一沉，全身晃晃悠悠地麻起来。就好像在那一瞬间，她和二麻婆两位一体了。她们是紧紧相靠的硬币的两面。她们是血肉相通的连体人。她们是失散的孪生姐妹，终于相认。她们是同一种人。

没有哭。但水芹相信遥远的大山里，有自己的哭的回声。

促膝长谈的闺蜜画面是瞒不了人的。天晓得这两个相差十多岁的女人之间会有什么样的沟通话题，反正两人的交往在舆论监督下郑重开场。水芹往二麻婆家跑得勤了，一进那大院，她浅粉色的塑料凉鞋后面就跟上了二麻婆家的黑花狗，再后面跟上的是半村子的冷眉冷眼、半村子的闲言碎语。村里人虽然对水芹有看法，但界定很明显——她只是喜欢把自己收拾得花花朵朵的，说话带点洋里洋腔，笑起来飘着些浮浪，但这不能说明本质。而现在，花花朵朵要一头栽进粪坑，怕是连表面的光鲜也没有了，沤成了肥，跟屎没两样。

一个傍晚，水芹在家门口让半截砖头一绊，趔趄了一下，差点摔跤。等她站起身来，看到大姐水英立在院门口，两腿张着，两手叉腰，像个草书的"大"字。这个"大"字冷着脸，要是脸上那道剑眉横过来又提上去，活脱是个"天"字了。

还真把自己当天了！水芹在心里吐着唾沫：呸，呸！

天字号的水英挡着门，代表门里所有人问："从哪里回来？"

水芹想说"学校"，但看水英的样子，答案是写在她脸上的。水芹恨恨地瞪了大姐一眼，用沉默抗拒着。她预备着水英要来一番长篇大论的训斥，但她真是小看大姐了——这个落榜的复读生，哪怕落一万次榜也落不了屠广福家长女的架子，她总有一天会飞出穷山沟，她已经为此做好了一切思想准备与理论武装。

"看看这道门，"水英说，"它是屠家的脸！这张脸不好看，但是不长麻子！"

水英的眼睛瞪得像庙里的金刚，也和金刚一样高高在上地立在门槛上，以凛然的架势俯视水芹。这是她历来的姿态，她用这种姿态占据着水芹对大姐的所有印象空间。水芹出奇安静地竖在下风口，抬起湿沉沉的眼皮扫了大姐一眼，那一秒钟产生了错觉——好像看到七岁的水英坐在摇篮边轻轻唱着山歌，慢悠悠的，拍子总是缓下一截，想唱到哪儿歇就在哪儿歇似的。这画面是水英告诉她的，也许只说了一次，却牢牢吸在水芹脑子里，想忘也忘不掉。水芹忽然突破年龄的界限，用三十岁女人的表情苦笑了一下！

"何苦呢屠水英，"三十岁的水芹痛楚地说，"真是何苦呢……"

结论：长大了。

这是水芹和二麻婆坐在光线混乱的灶屋里，经过一顿饭工夫的讨论后，得出的唯一结论。为加强效果，二麻婆还坚定地点了点头，她光滑的脸庞在灶火映照下霞光溢彩，嘴角挂上了一丝斜斜的嘲讽——这个表情总是斜斜地挂着，像颗美人痣一样成为她的标志。

七岁的水英会心疼一岁的水芹，因为是姊妹；十年后的水英却再也不会心疼妹妹了，因为水芹无可挽回地长大，女大十八变，变得俊俏，变得伶俐，变得众目所瞩——那她就再也不是妹妹，而是女人，是其他女人的竞争者。姐妹总是互为参照，她是水英的对立面了，她的俊俏像锋利的刀，无声地刺向老气横秋的水英，水英只有用克己、努力来抵抗——多么艰难的抵抗！她们变成了敌人，太正常不过了，天底下的女人与女人，不都是敌人？

水芹忽然冲二麻婆一笑，眼里有了波光，她柔柔地把头倚靠在二麻婆肩上。水芹只想无声地告诉她，天底下的女人都是敌人，唯独她们不是。她们是一样的人。她们漂亮。她们招惹男人。她们是其他女人的眼中钉肉中刺。钉子与钉子、刺与刺之间，也会是敌人吗？当然不会。

钉子和刺们都有近身的威胁，水芹的天敌是水英，二麻婆的天敌是麻婆。

如人们所料，麻婆与二麻婆的相处过程充满乡村情调的观赏性。屠永富长年在外面打工不回来，家里就剩着两个唱对台戏的女人。最初的一段，二麻婆肯定是要受受气的，新过门么，谁不攒点舆论分。通常的情况是：二麻婆做了不尽如人意的事情（往往是喂了猪忘了关栅栏门啊、炒菜时油放多了不够节俭啊），麻婆就抖落出十二分精神，站到院坝里开始骂人。她骂的当然是二麻婆，但人家多么会用词啊，说骂的是"那个睡千人垫万床的"，说永富家要不是孤儿寡母哪会受人欺负，不受人欺负哪会轮上娶这种烂货进门，烂货进门不低着头走道反倒还要给她吃咸得熏人的菜，存心想把她这老婆子用盐毒死，末了还要让"下头"的死鬼男人睁个眼看一看，她都过的什么日子……二麻婆嫁来之前就有人提醒她得"学会打滚"，因为她未来的婆婆一哭闹起来，可是随时随处都能一坐二躺、满地打滚的。

"跟个牲口似的！"二麻婆说起她，斜斜的嘲讽又挂上嘴角来。

但二麻婆没有掌握打滚的技巧就进了麻婆家的门，就像还没背课文就要参加考试、还没学会拼刺刀就被拉到战场上一样。她不需要背课本和拼刺刀，在男人堆里混出来的女人知道什么叫四两拨千斤。

　　二麻婆先尽着麻婆去闹，随她怎么说，反正二麻婆的坏名声又不是才起头的。大约一年半之后，一个利利索索的清晨，二麻婆做早饭时，以一个漂亮的手势，在干饭里浇上了昨晚吃剩下的半碗菜汤。在屠永富家众多的规矩里，关于早饭的一条是绝对不能是稀的，麻婆认为早上吃了稀的，一上午干活都会没力气。把干饭变成了汤泡饭，二麻婆简直翻了天了！

　　果然，麻婆走到饭桌前，第一眼瞟过饭碗，第二眼便狠狠瞪向二麻婆——后者正若无其事地站在桌边夹着咸菜——麻婆二话不说，把脚下的凳子一踢，径直走到院坝里，一屁股坐到地上，拢拢双腿，替它们找了个舒服角度，又深深地咽了一口口水——全部准备工作就绪，架势已拉开。

　　“头上三尺有青天啊——”每次开场都是这句，霎时便把舞台无限扩大了，上有天，下有地，中间是活灵灵的一个麻婆，显得既是气势上的凛然正义，又是视觉上的孤立无援。

　　但三尺青天之下的麻婆，这一天注定是个失败者。她刚刚起了个头，调准了音，却蓦地抬头看到儿媳妇已经跟腿到了，高高地、挑衅般地立在她眼前。没等麻婆唱出第二句，二麻婆忽然俯下身子凑到麻婆耳边，轻轻说了句什么，不慌不忙的，那样子像是跟自己娘家母说着体己的话儿——麻婆的脸色就变了。

　　二麻婆说完，直起身，扭着腰肢风调雨顺地走进了屋里。留下麻婆在院坝里坐着，她仇恨的眼光像蛇一样尾随儿媳妇进了屋，却怎么也没办法咬她一口。麻婆哑了，枯坐良久，她站起来，拍了拍裤子上的灰，第一次安安静静地撤退了。

麻婆就这样被治住了。以后有再大的事，她就算是和儿媳吵架、赌气甚至摔摔碗碟，却再也不敢到院坝里扯开嗓门邀请全村人来收听她的控诉了。

　　"是句什么灵验的话呢？倒也教教我来！"水芹一直追问着，二麻婆只是笑，她说这话只能说给麻婆听，传开了，就跟药品过了期似的，味儿都散了，哪还能治人呢。

三

　　"水芹回来了？"水英气乎乎的。

　　她一回来径直就朝屋里走，把旅行包掀下来重重往墙角一扔！妈赶快把两岁的兵娃放到地上，一面说"脏！脏！"一面抢着把旅行包拾起来，拍拍灰，小心放到堂屋中央的桌子上。印了英文字母的旅行包是水英上大学时给买的，家里最好的一个包。

　　"她回来了？"水英瞪着眼。

　　妈重新抱起兵娃，避重就轻地叹口气："回了。"没有要解释的意思。不过又有什么好解释的呢？

　　看妈的反应，是打算装傻，把水芹当成最正常不过的出嫁后回娘家的女儿看待。彼此心知肚明，只要把面上糊里糊涂地应付过去就行了。

　　那是不公平的！水英心里说。一视同仁，对于恪守道德规范、维护家庭尊严的其他女儿来说，是一种侮辱，一种损害。

　　"她听说水芬今年要回来过年……"妈说了这句，忽然把话头打住，知道没说对话。她掩饰地抓起兵娃的小手亲了亲，仿佛那只小手可以替她遮挡一下难堪。

　　因为水芬，只是因为水芬！三姊妹里就数水芬最能团结人。她说话不多又能干活，爸妈喜欢她；她性情温和、不争不抢，姐妹关系自然也处得好。水芬初中没念完，有一年跟着屠丽娜家一个陌生的远房"孃孃"去打工，这一走就跟吹口气似的，生生没了消息——直到一年后才收到她写来的信，她被卖到河北一户农家，已经生了儿子。水芬回来过一次，大他十多岁的男人跟着——带着点防范的意思，怕她一回娘家就滞留不走了。其实，水芬的性子就是那样的，你把她往哪块地里种，她就会长出哪块地的苗。她和所有出嫁的女儿一样，回家是回家，但已经是出嫁的心态，走的时候一点没打磕巴——不过看得出来，夫家虽是出钱买的媳妇，待她还是不错的。那都是好几年前的事了。

打着水芬回家的旗号，水芹回来过年，简直是又一把扎向水英心里的刀！这不光是明的驳她水英这个老大的面子，宣告她统治的失败，更是专挑屠家的弱处下手——水英上大学，她没有回来；妈生兵娃，她没有回来，有喜事她都不愿沾边，偏偏水芬是给拐走嫁人的，她就要回来！她成心要在屠家隐痛处出现！

"她回来不好好待着，又到哪条脏路上去踩烂泥了？"水英自己也不知道为什么，平时性子是蛮温和的，但只要一提到水芹，她攒了八辈子的火爆脾气都给点着了。

"你看你，"妈妈说，"家里院墙旧了，我说等你爸回来要重新刷墙，她就说去供销社看看有没有刷墙的涂料。"

不知道什么时候，和水英水火不容的水芹已经在院门口站定了，她扶着的蓝色自行车像是一匹威风的战马，衬得她的表情也是战士般的严肃。她是做好了相当的心理准备，可是在她停了自行车、跨进屋来的第一个瞬间，她仍没有料到大姐的火力会那么强劲。

"水芬还没回来呢，"大学二年级的高材生屠水英无不讽刺地说，"陈志军回来了？"

水芹咬紧了嘴唇。

四

第一次见到陈志军，也是在二麻婆家。

十九岁的陈志军跟着他叔舅公九贵来麻婆家串门，老的捧着一罐土法酿的"青纱醉"，小的则拎着两条新鲜的黑头鱼，二麻婆迎出去时笑得晴空万里，边把他们让进屋边说："妈又去东头打麻将三个钟了，也该回来了。"

坐在堂屋的水芹见来了客人，忙起身要走，二麻婆一把拉住她，说："是镇上'朝天门'的掌门人呢，你躲啥？"说成"躲"，水芹倒不好坚持了，不然坐实了她是个没见过世面的乡下女子。她只好抬头故作大方地说："'朝天门'谁不知道呀，我还去买过文具。"

"朝天门"是镇上最大的一家杂货铺，东西多，还新鲜，好多村里人都是在那里了解城里的时髦新动向的。

九贵笑眯眯地说："是不是啊？你来的时候多半我不在铺子里，不然我肯定会记得你。"二麻婆水灵灵地睃他一眼，笑道："个老色鬼！还不服老哇！"其实"朝天门"是陈志军父母开的，九贵算不上掌门人，他充其量是个打杂的，但他长期往各个村子跑腿送货，和女子姨婶们混得熟了，嘴上自然没遮没拦。

倒是陈志军不声不响，一直抿嘴笑着立在原地。他不是腼腆、认生，而是漫不经心，仿佛这些场面上的事情都见惯不惊了，不值得费神去应酬。他慵懒的眼神像没拧干的抹布，拖泥带水的，迟钝地抹过来抹过去，但还是在水芹身上定住了一下。抹开了，又回头定一下，水芹就有点飘了。

水芹问他："你的鱼是自己捕的么？"

这就故意了。明明知道镇上离河道远，而陈志军又穿得一身齐崭，哪会是他亲自捕的呢，但不找个近便的话题就不好进一步交流，让人看出点用心来也无伤大雅。水芹的故意是带着娇嗔的。

果然陈志军开口了，他认真地吸吸鼻子说："我哪会捕鱼？是我拿一个玩具跟人家换的——还是个新款的变形金刚呢！"

一屋的人撑不住都笑起来，笑声里要数水芹的声音最脆响，像灶膛里哔哔啵啵的烧柴声里总有啪啪炸开的小火星。

那不过是个普通的开头，一个用变形金刚换黑鱼的年轻人不可能得到水芹的特别注意。后来她在二麻婆家又见过九贵几次，陈志军倒来得很少。谁也不知道，危险的气息从那时起已经渐渐逼近了，水芹却什么也没有觉察——要怪她贪玩，都上初三了还不惦记功课，好多同学都在为考上高中而起早摸黑地看书、做题，水芹倒好，动不动把水英当个失败典型，觉得读完高中又怎么样，考不上大学还成个笑话。她照样常往二麻婆家跑。

事情的逻辑链真是微妙。论起因果来，要怪上级教育部门来检查——还是个非常重要的检查，逼得学校紧急通知：当天下午只上一节课，之后大扫除。大扫除又能怎样？水芹这组没有轮着重活儿，她只是冲戴眼镜的男同桌抛了几个媚眼，连自己桌凳的清洁工作都由同桌代劳了。于是，她忽然拥有了一个空闲的下午。

水芹一路小跑，插了翅膀似的从回村的土坡上一口气冲下，收也收不住脚，差点要摔了，她咯咯咯地笑起来，享受着"控制不住"带来的刺激。

估计麻婆又打麻将去了，二麻婆应该在家。走到院门前，门却关着，水芹刚抬手要敲门，不知哪根筋不对，又停住了。这是最后一个要怪的环节——水芹那天兴致太好了，好到了居然想和二麻婆开个玩笑。

院外有个僻静处堆着乱砖与烂柴，个子小小的水芹小心翼翼地踩上去，够着了院墙的顶。很快，水芹像只猫一样轻巧地落在院子里了。她忍着笑，憋着一股气，蹑手蹑脚地沿着墙根到了屋子后面，她想从灶屋进去，扮个大鬼脸吓二麻婆一跳。

去灶屋要经过一间睡房的外墙，墙上的窗半掩着，水芹几乎只是下意识地朝里面瞟了一眼——里面居然有两个光着身子的人！其实只是那么一瞟，屋里又光线昏暗，连那两个人是谁都没看清楚——不穿衣服的肉体，可识别程度大大降低，但水芹毕竟给足足吓了一大跳，她慌慌张张地往后一退，呆了两秒钟，之后便忙着原路折回，想要夺路而逃。

再从院墙翻是不可能了，水芹只有冲过去打开院门。门锁是新换的，特别生涩，拧了几次都拧不开，终于听到"咔嗒"一声，只道是门锁打开了，水芹却毛骨悚然地感觉到，这声音竟来自于她背后。

她转过身。

那是她能以闺蜜身份最后一次与二麻婆面对面。二麻婆头发散乱地披在肩膀上，套着件下摆没拉平顺的春秋衫，下面是条不配套的土布长裤，一面匆匆给自己披上格子花的外套——这副扮相已经说明了很多问题。

如果能说点什么就好了，可二麻婆什么也没有说。她只用眼睛说。她的眼睛死死咬住水芹，那眼神平时是河里的水，波光溢彩，今天却是冬天的河面，结冰一般泛着寒光，一派森严的冷。

水芹和二麻婆隔着一个院坝的距离对视着，隔着一段忘年交的距离对视着。她们曾经好得像一个人似的，说体己话，分享彼此的秘密，现在却用生分到可畏地步的眼神对视，从前的一切如海潮般退去，真相袒露在现实的沙滩——她们和所有别的女人一样，都是这世界上彼此陌生且彼此警惕的两个生物。

"咔嗒"，又是一声。水芹回头，看到自己握着门锁把柄的手仍在下意识地拧动，已经打开了锁。

她拉开门走了。

关于水芹的谣言就是从那天开始、从那个院子出发的，冲天而起，遍布乡间的各个角落。

谣言这种东西的可怕，就在于它像一件隐形的紧身衣，一旦给你穿上，你怎么也脱不掉、撕不了。传播谣言的人，会根据自己的审美倾向给这衣服增添花色与款式。况且源头就在和水芹亲密无间的二麻婆那里，显得更加确凿可信了。二麻婆就像裁好了基础的衣服料子，摆出去任人装饰。而村人们是多么富有热情地参与这种创造活动啊，反正只动动脑子，再动动嘴皮。

屠家最早听到风声的是水英。风声说，水芹已经在外面闹得很不像话了，竟然同时和几个人在二麻婆家"谈恋爱"，"谈"一次还给一次的钱。这种说法还算是客气的了，当着水芹她姐的面，怎么也不能把最毒的那层意思摆明。但是谁听不出来呢？水英听到这话，嘴唇都咬紧了，深深地感觉到无助的寒冷。水芹是个扶不上墙的货，已经摆在眼前了，屠家指望不上她。跟着二麻婆混，混成这种名声，也在意料之中。那时水英还没考上大学，大妹水芬被人拐走，家里实在是没有余力管束这个不省心的，随便水芹闹去吧。闹上两年，顶多再扑腾一阵就跟二麻婆一样安安心心嫁人了。"男服学堂女服嫁"，嫁了人，没有治不服你屠水芹的！

水芹判断外面对她的评价，倒是从水英身上来的。水英几乎不再和她说话了，来来去去眼都不朝她斜一下。水英不骂水芹了，家里忽然安静了好多，妈妈、水英、水芹坐在桌前吃面条时，只听见吸溜吸溜的声音，单调得好像全天下的人都在吃面。水芹这才觉得被骂还好受些，被骂至少还享受活物待遇。现在呢？现在她就是个能吃能走的死人！

水芹早早放了碗到里屋写作业——以前是耍赖偷懒、不想洗碗，现在是想躲过那种压抑的气氛。水英在堂屋收拾碗筷，她的影子被拉得长长的，拉进了里屋，水芹坐在凳子上，一只脚踏在那影子的头上，使劲踩，踩！还不够，她又站起来，腾空一跃，重重落下来，双脚死死压在影子上！——没有用，一点没用，水英收了碗筷去灶屋了，影子轻轻松松地飘走，剩下水芹在空落落的屋里。

她蹲到地上哭起来。

孤独像一根长长的针，泛着寒光、不动声色地扎进水芹的心脏。这次和上次不一样，她不再是和水英敌对了，甚至不是二麻婆，而是整个世界。水芹又开始去河边——连这河也和从前不再相同，河水枯瘦了些，几个弯道明显地裸露出来，愁肠百结的样子。

大石头上坐着个人，低着头，不时吸一下鼻子。仔细看，正是那个拿变形金刚换黑鱼的年轻人，他一见水芹就站起来，好像站也没有地方站似的，局促不安到地动来动去。水芹看出来，他是专门等着她的。

"那个……我想跟你说说……"陈志军克服着某种困难似的，小心地遣词造句。说的是电影里常说的"内幕"——归根结底是九贵。九贵和麻婆是多少年的老相好，这秘密让二麻婆发现了(大概就是她制服麻婆的武器吧)，但二麻婆还不仅仅满足于"发现"，她要想把麻婆的把柄捏得死死的，同时也是报复麻婆，于是轻轻动了动手指头，就把个九贵勾上手了。

水芹这才知道那天撞见的是二麻婆和九贵。

"她怕你说出去，所以就抢先……说你的坏话了……"陈志军的样子，倒像是他做了错事，完全把同情表达成歉意了。水芹蛮横地想，他是有错！他知道这一切，为什么不早告诉我！为什么不提醒我九贵和麻婆家牵扯不清，现在什么都晚了，为什么又来跟我说这些个！

她在眼泪掉出的第一时间就把泪珠抹了，头一昂，继续往前走。她不想理他。她根本就不该理睬二麻婆和所有与二麻婆相关的人！她只顾恨恨地朝前走着，不知道后面有了一番怎样的波澜壮阔，当她回过神来，身体已经猛地被圈进某个人的怀里！是男人的怀抱，那两只手紧紧巴巴地抱住她，嘴巴也急急地在她脖子上游弋，太粗糙与草率，好像他有一种任务，必须用热热的厚唇擦遍她的脖子上的所有皮肤。

"跟我好吧……我喜欢你……"嘴巴对脖子呼着气。

眩晕。

那是水芹唯一的感觉。

两天之后，水芹在学校上厕所，听到隔间的两个女生在笑闹，一个说："咦，我的纸呢？哪儿去了？"另一个笑嘻嘻地说："我趁你不注意……"一只手高高扬了扬一团纸。那一个笑骂道："好哇，贱骨头！连纸也乱拿，你怎么不跟屠水芹一样乱睡呢？"一个"屠水芹"，一个"睡"，听得水芹心惊胆寒！

她清楚地听到了别人在背后是怎么编造她的。"睡"——他们给她确立的人生姿态。她清楚地知道这个词里富含的贬义，那种肮脏的、混杂着唾沫与白眼的成分。然而很奇怪，这个词虽然是那样的让人不舒服，但有一种隐密的熟稔，仿佛与她有着千丝万缕的联系，悄悄地贴上来，使她预感到一种命运的存在方式，而这种命运就在不远处等着她似的。

在女人的世界里，最令人痛恨的就是具有这种命运的女人，然而最让人没有办法对付的也是这种女人。"这种"女人是大风大浪里醒目的小船，沉沉浮浮，起起落落，绝对的刺激，绝对的风光，也有着绝对的自由。一旦被人抛进汪洋大海，那就生死由我了，到那时候别说二麻婆，别说水英，就是王母娘娘也管不着了。水芹就要做"这种"女人了。她早就半推半就地收过男生的礼物，小打小闹地和他们眉来眼去、笑骂调情，她是知道好处的。只是，知道得还不够。

在河边遇上陈志军以后，水芹又遇见了自己。她看清了她。她知道她根本不是水英所以为的水芹，她才不图安安稳稳嫁人呢，像妈妈那样，一世辛苦一世忙，还活得愁眉苦脸，有什么意思？像二麻婆那样，顶着一身坏名声的烂皮嫁了，嫁个窝囊男人，天天跟婆婆斗嘴斗法，又有什么意思？

想透了这一层，水芹变得强大起来，终归是要走条与众不同的路了，就走得痛快点吧！她跟谁也没商量，也无视义务教育法的强制性，自作主张把学给退了，连初中毕业证书也不要了。她还要从家里搬出去，住到陈志军家。水英和妈妈这才知道她有个叫陈志军的相好，是镇上一个"社会青年"，没文凭没工作，成天瞎晃荡——瞎晃荡的本钱是小富人家的独生子，家里开着个蒸蒸日上的杂货店，由父母经营着，因此经济上还是很过得去的，养活一个水芹不是很大一回事。

这次水芹没等水英出手，主动出击了。她那个扮相，跟那些从外地打工回来的不三不四的女子差不多，头发烫个翘翘，嘴唇和十指红红的，像刚挖了人的心吸了人的血，穿那件裙子，露了肩膀还露大腿，这么妖里妖气地站到大姐面前，十分挑衅地说："姐，我搬出去了。"水英背过身，恨恨地说："我不是你姐！滚！"水芹的东西都装在一个纸箱子里，纸箱子静静地躺在院子中央，无所谓地晒着太阳，早就做好了准备似的，一副要走的神态。水芹转身走出去，咬住嘴唇，努力不让眼泪掉下来。她知道妈妈在灶房里，可是不敢去，去了眼泪就下来了，或许就走不了了。

这个破落户的家。这个被贫穷、卑贱、愚蠢的自尊心堆砌出来的一家人。走到院子里，水芹回头对水英说："告诉爸一声，以后寄钱不用寄我那份儿了。"

这话听在水英耳朵里，又是字字如针。水芹的意思，她不再靠着家里养活了。不管她自暴自弃也好，自轻自贱也好，到底也是给家里减轻了负担。而这个家，最大的负担倒是水英的学费。水芹到这时候了，都还在和大姐较劲。水英回转身，院子已空了。她第二个妹妹也走了。最小的、最后的一个妹妹。听过她唱《十大姐》《盼情郎》的妹妹。家里从来没有这么冷清过。水芹疯是疯一点，可是来来去去总是个活人，说句话哈口气都是活的，有时笑两声，真是很动听的。她走了。墙壁上的白粉颜色都黯败着，栅栏上的野蔷薇倒是一藤一藤地乱开，风吹着，院落里的灰尘追着跑到一边去。都是没人气的景象了。

水芹不知道，那晚水英一个人坐在大屋的门槛上，枯坐到半夜。寂静中她把手伸出去，够到一个摇篮的高度，轻轻地、熟练地推晃起来——几乎在同时，像打开了记忆的开关，遗忘许久的旋律雪花般化进水英心里，又点点滴滴地漏出来。

唉——
橙子好吃要剥皮，
姊妹好耍要分离；
柑子好吃要分瓣，
姊妹好耍要分散。
……

这一次，是水英下的结论。
她和小妹水芹之间，真的是完了。

五

水芬在大家的殷切盼望中隆重回来了。

在她回来之前，水英、水芹像是在模拟什么电子设备，不管输出信息还是输入信息，都必须通过妈妈中转。水英做饭做好了，明明水芹就在旁边，她还是要遥遥地叫声："妈，吃饭了！"妈妈远远答应着，再喊水芹吃饭，听到妈喊了，水芹才答应。

至于两个女儿的情况，妈根本不想费神去做什么调解工作，反正过完年又各走各的了。女儿嘛，最后总是散到别人家去的，要那么认真干什么。这样一来，水芬的回来就显示出重要性了——这是笼络住涣散的家庭气息最有效的一个环节。

连水芬自己也没想到，她这次带着老公和儿子回来，会受到了如此热烈的款待，家里妈妈、姐姐、妹妹都争着和她说话，吃饭时她一家坐在最好的位置，新上的菜都往他们面前放，好像她是这家里最有出息的女儿，回来这趟跟元春省亲似的。

受了高规格的待遇，再加上毕竟是做了母亲的人，水芬也和以前不大一样了。以前她不大说话，要说也是细声细气的，还带着点羞涩；现在的水芬有点家长的感觉，不但爱说话，一开口还带着评判、说教的味道。妈说要等爸回来刷一下院墙，她说："是呀，哪家不争个门楣光鲜？"说起四组杨才凤大着嗓门和婆婆在院坝里吵架，水芬说她"像什么样子"，"要吵也要关起门来吵才是，不然还不是让外人看笑话"；看到兵娃和拴子（水芬的儿子）在桌上抢肉吃，水芬又说："一家人，争来争去有什么意思？有本事到外头跟强人们抢啊！"水英知道她是话里有话，没吭声；妈倒是一脸的赞许，觉得水芬一嫁了人，事事都有主意了；而水芹心头一咯噔，她看水芬是自动升格到长辈级别，有身份了，这家里又多了一个可以对她指手画脚的了。

过了两天，大人们商量着要带拴子、兵娃两个小孩去镇上逛逛，顺便去买刷墙的涂料。水芬推说自己腿痛，要水芹陪自己在家休息一下。妈和水英互相看了看，知趣地带着两个孩子出了门。水芬的老公开始不肯去，被水芬瞪了几眼，还是揣上烟跟脚去了。

闹腾了两天的屋子顿时清冷下来。水芬站在屋中央，打量着门边逆光而站的水芹，冲她笑了一下。是慈祥的、母亲面对婴孩的笑。水芹忽觉亏心，赶紧弥补地回应了一个笑——突然而起又及时收住，几人会笑得这样仓皇？冷风从窗棂缝中挤进来，啪啪地拍打着自天花板吊下来的纸灯笼的穗儿；新买的挂钟走着精确的数字步，一格一格，沁人肺腑的滴滴答答；去年的美女头像年画还没撕，贴了一整年，再好的颜色也旧了，剩的是真实的、泛黄的时间记录。浮夸的热闹消散，遍地是手足无措的安静。水芹只觉得尴尬。

水芬让水芹跟着自己到屋里去，仗着腿痛，她坐上了床，半躺着，水芹则轻轻坐在床沿——标准的姐妹说私房话的造型。

"芹女子。"水芬一起头便低哑了声音，使得调子里含了一种幽远的沧桑，"这些年你吃了不少苦吧？别看我们家三个女子，长的都是男娃的骨头，皮鞭子抽到身上、血印子焊到肉里都不得往外倒一点苦水的。"

水芹本来做好了准备是要听一番教训的，不料水芬一开口便击中了她心底最脆弱的一块——真是没有防备的！水芹绷着的架子噔地垮掉，迅速坠落到往事的深潭中，满心满肺都是冰冷的委屈。这么些年了，苦大了去了！有谁问过她一句吗？有谁相信芹女子是把心揉碎了又咬着牙一点一点地拼起来的？只道她好吃懒做，她招蜂引蝶，她自甘堕落，可是没有一个人跟她暖暖地说句话，没有一个人伸只手拉她一把！她发现自己不知什么时候已经扑倒在水芬腿上哭起来，喷涌的眼泪岂止是苦水，一滴一滴的，哪颗不是血珠子？

"这家里，就数我俩命不好……"水芬伸手抚摸着水芹的长发，绵长地叹了口气。

一家姐妹，各自有命。水芹倒从来不怨命——她怨的是人。妈妈很早就开始回避水芹的生活，不闻不问，只当养了个小猫小狗，稀里糊涂耗过这几年，等哪天送到别人家去也就脱了干系似的。水芹恨她这点，有时故意在外面闹腾得厉害，乡亲有的看不下去来跟妈说，妈就自顾自地找理由："她还小呢，不懂事，大了就好了。""她长得漂亮么，没办法呀，打小就被男娃们围着。"后来传言越来越严重了，说到最恶毒的地步，妈也咬牙顶着："我家水芹是出门打工了，哪家没有打工的男娃女子？给我们泼脏水，下回看不溅到自己身上！"面对水芹，她仍是不说半个字——冷漠至极的放任。

而水英呢？水英正好是妈的反面，她简直不顾青红皂白，只要有关于水芹的负面报道，那一定是水芹的不好，劈头盖脸就是一顿骂——是站在一家之主的位置上骂的，是秉持着公正、道德、荣誉的上方宝剑来骂的，但这时水芹会盯着水英，她总是用纯粹的眼神交流挖掘出两人的秘密，她明白在深深的、深深的地底下，埋藏着最简单的真实——那就是一个丑女子对一个俊女子原始性的憎恶。明白又如何？谁也不能把它晒到光天化日之下，有那么多自开天辟地以来就准备好的大帽子会随时飞落下来，盖住它、捂死它！

水芹忽然坐起来，哭泣声戛然而止，同时飞快地用手抹去了眼泪。她用依然红肿的眼睛平静地看着水芬。

"我挺好的。"她说。

六

陈志军家是挺好的，要能嫁给他，这辈子不说大富大贵，也算是吃穿不愁了。

关键是，所有人都不认为水芹有本钱嫁给陈志军。陈志军的父母太忙了，以前只做零售，后来扩大了一部分批发生意，得忙着进货，忙着联络客户，忙得来没法顾上儿子，只要他不惹出麻烦，做不做正经事也无所谓了——挣出的偌大家产反正以后都是他的，还怕他饿死？

陈志军把水芹领回家，先到了店铺里，也没正经介绍，只是指着水芹说："这是屠水芹。"陈志军的爸正在扛一箱红红的干辣椒进来，得空冲水芹"唔"了一声，算是认识了。陈志军的妈坐在柜台前打算盘，抬起一双带点恶意的三角眼来剜了水芹一眼，僵硬地点了点头。

陈志军吸一下鼻子说："她也会打算盘。"水芹赶紧拉了拉他的袖子——这算什么话嘛？

陈妈这次没抬头，拨算盘珠的手没停，鼻子里不出声地哼了一下。

这样进门的女子，哪进得了门呢？

就这样住下了。陈志军是出了名的懒散人物，镇上都知道他是坐着当杂货店老板的，要放在旧社会，也算是个小富人家的少爷。水芹来了以后他安稳了一段时间——说"安稳"，也只是对水芹的身体产生的兴趣，把他暂时留在了家里，具体地说是留在他们的卧室里。折腾了半个月后，类似新婚燕尔的甜蜜就减少了大半滋味，一个月之后陈志军就完全回归到正常的生活状态中了。

他的正常状态就是四处晃荡：去秦记茶楼听一个花白头发、

戴眼镜的茶客讲古，去同学家开的录像室看过时的香港武打片，去路边的茶摊瞅人家下象棋或打麻将，去集市搜寻山里人新打的各种稀奇古怪的野物，去老实豆花庄吃碗油旺旺的辣豆花，去镇东头一家简陋而生意兴隆的游艺厅打电子游戏……一天下来，若要把所有项目都排上，时间还不够用。开始他还带上水芹，但水芹两三天后就不想再去，觉得没意思，于是他们各玩各的。水芹却玩不起来——她没有钱。

说起来，陈家自水芹来后，对陈志军的花销用度反倒控制得严了，明摆的是防着水芹。他们尽着水芹吃、住，但除此以外别想拿一毛钱的零花。好几次水芹表示愿意帮陈妈妈站柜台，都被对方直接拒绝了。陈家但凡涉及经济的事，水芹休想沾一点边。有一次水芹跟陈志军说要去做个头发，陈志军居然挠着头，在铺子里转悠一番，最后抓了一盏熊猫造型的小台灯出来，递给水芹说：“够不够？不够再加两颗一号电池。”

把水芹惊得眼睛都给撑大了。

后来她才发现，陈志军从爹妈那里弄不到钱的时候就会用这招耍赖，他会在店里随手抓个什么东西拿去跟人做以物易物的买卖。以前父母睁只眼闭只眼，现在水芹来了，他们则把这事都怪到水芹头上，好像是水芹怂恿的。这样一来，水芹不敢再提别的要求。她只有每天在屋里看电视，磕瓜子，翻自己带来的破了封面的琼瑶小说。

有时候会看到九贵，九贵是专门负责往附近各村送货和收罗土特产的，在店里待的时间不多。偶尔见到水芹，他会乐呵呵地跟她开玩笑，说志军送了两条小鱼，换了条大鱼。他长年在外头跑的，脸皮早就“像城墙捣拐（拐弯）那么厚”（二麻婆说的），根本不把水芹撞见过他偷腥当回事。反倒是水芹，因为九贵关联着二麻婆，她简直不想再看到他。

陈志军、九贵、二麻婆、水英……水芹躺在床上，冷冷地回想着一个个名字，一张张面孔，觉得自己并没有真的摆脱某种限制，她仍在一个小地方，当着一个来去自由的囚犯。窗外是灰白的天，底下是一片灰青的房顶，间或一群灰鸽子划过，鸽子们的翅尖划痛了水芹的眼睛。

　　一天晌午，到开饭时陈志军还没回家，水芹照例要去寻他。这次是在超奇幻游艺厅，陈志军坐在一个大屏幕前紧张地幻化为动画人物参加一场肉搏战，他身边挤了四五个没钱买游戏币的小孩在围观助战，不时指指点点地评论，让陈志军很有荣誉感，他老练地把按钮按得啪啪响，代表他的那个动画人物一会儿挥拳一会儿踢腿，把迎上来的敌人轻易地踢飞、打倒，简直是所向披靡。

　　水芹站在离他几步的地方，他也一点不知道，只顾自己埋头拼命。这个十九岁还凑在一群学龄前儿童堆里打游戏的男人，这个十九岁就享受到喝茶、听古、闲逛的退休待遇的男人，他过来过去，也没能过上真正属于十九岁的生活。水芹的心慢慢散开，散成一片茫茫无边的空旷，一群鸽子尖锐地划过。

　　回来的路上，遇上好几对从游艺厅出来的母子，水芹说："别人都是当妈的去喊儿子回去吃饭，只有我是喊老公。"陈志军抽了下鼻子，不好意思地笑笑。水芹又说："你打算一辈子这么下去么？"陈志军不吭声。水芹再追问了几句，他不耐烦地说："又不是我想这么着！我妈不让我走远了！"

　　走。远。

　　远走高飞。离开这死气沉沉的小地方！水芹忽然有了这念头，眼前一片豁亮了。她总也不满足，不就是要一种和过去与现在不同的生活吗？她喜欢那种陌生感。在陌生的人、陌生的环境与陌生的生活里，她才可以把自己熔化了重新锻造一个！

　　水芹开始向陈志军灌输外出打工的想法。要说动一个一向懒散的公子哥儿去吃苦，那是相当费劲的，何况这公子哥最远也就去过县城和郊县的亲戚家，对城里的印象不算太好——除了道路宽些、商店多些、人车挤些，没什么大不了的。公子哥不喜欢陌生，他喜欢这个小镇，一条主干道从东到西，家家都是熟人熟面的，这让他安心，好像是件贴己的宽松袍子，舒服地容纳着他成长的身体，随时可以伸个懒腰，真是十分惬意的。

但水芹的努力是水滴石穿式的，她有意无意地向陈志军提起电视里看到的大城市，有他们还从没见过的摩天轮，有肆意狂欢的广场啤酒节和傍晚就开场的露天舞会……听上去像糖果般花花绿绿、甜美诱人，这辈子不见识一下真是很亏的。最后一个重要理由——水芹只是在化妆镜前抹唇膏时，呷巴呷巴玫红色的小嘴轻描淡写地说的——"出去实在觉得不好了，随时回来就是，反正朝天门千年百年都杵在这儿！"

水芹从镜子里看见，陈志军的眼睛晶亮了一下。

是的，反正是有退路的，朝天门是个永远的靠山。出去晃悠一下、睃睃西洋镜，又有什么大不了的呢？那些外出打工的人，在外面无论如何辛苦、如何下贱，回到家来都是一副见过世面的骄傲相，好像守在家的挣得再多也只是个土老帽。陈志军的心动了。

一个傍晚，在看了电视里一场滑板大赛的报道之后，陈志军到店里去，向父母提出外出打工的想法。不知道他是怎么开口的，但水芹可以想见他抽着鼻子、佝偻着背的样子，他说话一定因为有欠底气而变得吞吞吐吐，脸上堆着不好意思的笑……水芹坐在楼上卧室的椅子上，用两个手指紧紧捏着一枚瓜子，使劲，啪的一下裂开。小小的胜利。

楼下传来了争吵声，听不仔细，只听出一家三口都在激烈地发表着意见。不出一刻钟，陈志军气乎乎地上楼来，把卧室门狠狠关上。他的计划遭到了挫败。挫败是多么复杂的一种力量，有时候它会让人消沉，有时候却又会煽动起一个人的斗志。陈志军一直被家里当个宠物养着，自己又懒，没什么大志的，这次终于有了一个行动目标，却眼看着就要被掐死在摇篮里了。水芹不甘心，不许他退缩，继续给他打气，说来说去陈志军就烦了，两人在房间里大吵了一架。

接下来的几天都是冷战。陈志军不理父母，也不理水芹，早上出门，晚上才回来。要问他话，他就眼皮都不抬一下地嗯两声。一副被惯坏的公子哥儿的德性。就在大家以为他的火气渐渐走向平息的时候，他却来了个不辞而别。

那天早上水芹是被惊天动地的敲门声给吵醒的。说是敲，几乎就是捶，差一点就要破门而入了！水芹披衣起床开门，陈妈陈爸气急败坏地劈头吼道：军娃儿呢?! 一面问，一面冲进屋来，四下搜寻，好像水芹把他家儿子藏起来了。水芹这才发现陈志军昨天一整夜都没回家。

陈妈刚刚发现手提包里一叠现钞没有了，取而代之的是一张借条，正是陈志军的笔迹。听一个来买货的人说，昨天傍晚他看见陈志军用一包"红塔山"当中介，搭上了一辆过路的长途货车，说是要去县城赶晚班的火车。

"他去哪里了?"

水芹只有摇头。她一无所知。

陈妈就冷笑了："你不知道！这个儿子我养了十九年都老老实实，你才跟了他几天他就心野了！你不在背后挑拨，他哪会招呼都不打一个，偷了钱说走就走?"

水芹气得不知道说什么才好，陈爸铁青着脸指着她说："你去给我把军娃儿找回来！现在就去！"

水芹说："我能上哪儿找?"

"不管上哪儿找，"陈妈尖着嗓子高叫，"你这个会打算盘的烂货，没找到他，就别再进陈家的门！"

七

和爸一起打工的杨庆华下午专程上门来带个话，说水英爸还要加班干活，怕是要到大年二十八九才能回了，厂子里接了新订单，老板出了高价留工人。

这样一来，大家不得不重新讨论刷院墙的事，怕是等不到爸回来了，不然到过新年时还是湿答答的院墙，透着一大股涂料的霉味儿，可不让人难受！妈妈、水英商量着让水芬的老公来主持这项工作，妈有点不好意思地对女婿说："可是没把你当客人！"水芬的老公也不好意思地咧嘴笑了，觉得被委任了一桩重要的任务，不知道应不应当谦虚一下。

外面热烈讨论的声音从门缝里挤进来，水芹又苦笑了。这家里，就是一道院墙也比她水芹重要，比她水芹光鲜！

水芬像是听到她心里的话，伸手去抚住水芹的手，缓缓地问："今后怎么办？还回陈家去？"

水芹坚定地说："死也不去陈家了！他们嫌我名声不好，一直想打发我，借着陈志军跑了把我赶出来，这种人家能去吗？"

"芹女子，"水芬有些犹豫，好像不知道该怎么开这个口才好，"栓子他爸有个表弟，在我们那边的乡上开着个修车的铺子，生活很过得去的，他老婆前年跟一个经常来修车的货车司机跑了，留下个五岁的丫头……"

还没听完，水芹仰头长长叹息了一声："你看我，像是带着五岁女子过修车铺安稳日子的人吗？"

不像。谁都知道水芹不是过这种日子的人，但谁都不知道水芹是要过哪种日子的人。连她自己也不知道。她得找。她一直在找。"过完年，我就去成都，有个初中同学在那边一所中学旁边卖盒饭，让我去帮忙。"

水芬不置可否地抿笑。之后又把眉头一皱："坐久了，腿酸疼。"她指示水芹给自己捏捏，水芹倒也不推辞，伸出手去胡乱在二姐腿上抓捏着，东一把西一把，没心没肺的，又毫无章法。忙了一阵，水芹一抬头，却发现水芬一直用研究性的眼光打量着自己。水芬笑道："就这水平？"

这句话是个重大标志。一个分水岭。水芹像在混沌中忽然被红红的烙铁烫了一记！痛是痛，却痛得无比清醒。关于水芹的流言蜚语形形色色，水芬选择了其中一种——去相信，并用自己的方式试图验证它。

没有辩解。如果还需要向自己最亲的人辩解自己是不是按摩女，那真是可悲到可笑的地步了。

水芹站起来，要走，立了片刻又转过了身。她极力克制着情绪，从兜里掏出一块手帕——边上绣着百合的老式手帕真是不多见了——打开来，里面是两副亮闪闪的镀银长命锁。

"……给拴子、兵娃一人买了一个，本想在过新年的时候给的……"停顿了一秒钟，安静了一个世纪。

"……用的干净钱。"

八

钱就是钱。

钱只分元、角、分，分纸币硬币，分多和少，就是不分干净不干净。

说这话的时候，九贵的脸像块黑板，一本正经地写满了他自

136

己发现的、有关人生的公式或定义。

陈家一个亲戚打电话来，说陈志军到长沙投奔他们去了。亲戚在长沙只是普通工人，请陈志军在家吃几天饭还好说，但是没办法安排陈志军的工作和长期食宿的问题。陈爸汇了一笔钱去，拜托亲戚转给陈志军，要他赶紧回家。陈志军把钱收了，打电话回来说，自己已经租了个小房子，还要混一段时间再回去。

知道了陈志军的下落，陈家父母就不想让水芹去找他了，嫌她纠缠，但水芹想去找——他是水芹唯一亲近过的男人，哪怕说不上爱不爱的，哪怕没有什么希望将来能在一起，他仍是她唯一的、不得不信赖的人。他既然在长沙租了房子，就一定会去找工作，水芹可以和他一起打工，过上和现在不同的生活。

问题是，水芹没有路费。

九贵只瞟了她一眼，就知道她的窘迫所在了。九贵是多么精道的人，周围村镇的女子媳妇，通通在他的研究范围内，不管是妇科病还是相思病，他望闻问切，手到病除。

所以，水芹在他眼里只是个病人，一个需要他救治的女子。水芹脸涨得绯红，用不连贯的语句表达出一个简单意思：借钱。无论水芹怎么说"半年后就还"——其实连她自己也不确定，半年后她真有一笔钱还债吗？她若有那么一笔钱会用来还债吗？——九贵也只是笑。

你其实是有钱的。九贵说。你的钱多得很，只是你不晓得哪个取出来。

水芹的猫一般的圆眼睛瞪足了尺寸。

那是在"朝天门"的库房里，一山矗立的面粉、红薯粉形成的墙壁挡住了仓库里大部分光线，又像吸音棉一般将声音都吃进了厚实的粉状物里。九贵把水芹拉到最暗的角落里，伸出一只潮热的大手就从水芹衣服下襟往里钻——水芹吓得慌乱地双手往胸

137

前一抱，要跑，九贵赶紧死死抱住她，凑在她耳边低声企求道："摸摸，只摸摸……上面，一次两块，咋样？"

水芹仍然两臂交错抱着自己，但立住了。

"三块？"

水芹没有动。

"四块？"

她死死盯着正前方。

"五块！"

九贵都带哭腔了："这是我出过的最高价了！摸一下又不损失啥，白得五块啊！"

半晌，水芹慢慢地、慢慢地放下了手。

陈志军打开门，看到门口站着的居然是挎着蓝色大帆布包、一脸脏兮兮的屠水芹，一时没有弄清楚子丑寅卯。他的手还搭在门把手上，一只脚在屋里一只在门口，没有要请水芹进屋的意思。

水芹的心冷了大半。

"妈说你走了。"他说，有点倒打一耙了，以退为进了。到底是长了见识的人了。

"来找你。"水芹说。

"我不会回去的。"

"不回去，我也留下来。"

说到这里，触及到最敏感的部分了，陈志军抽了一下鼻子，尴尬地笑了一下。那个笑的意思是：怎么可能？他盘算着怎么跟水芹讲明目前的情形，还没有开口，屋里传来一个年轻女人的笑声，一连串不歇气的——听上去是被电视综艺节目感染了，笑得相当投入。

水芹盯着陈志军。现在他们不需要说任何话了，事情比想象中简单多了。外面的世界是快节奏的，水芹太迟钝了，哪怕她千里迢迢地奔波而来，哪怕她坐了汽车又坐火车，她跑得五官走样、形销骨立，却仍然跟不上拍子。

她以为自己离去的背影是凄美的，像琼瑶小说不厌其烦地描绘过的女主角，留给男一号一个永远伤痛的印象。其实她刚转过身走，陈志军就迅速退回出租屋去，关上了门——他来不及欣赏背影，只是庆幸屋里的女人没有察觉水芹的到来。

天塌下来了。路是斜的。行人都倒着行走。这世界怪异至极，但一切都存在，鲜活、森然！脚前后来回移动了很久，水芹也没办法让它们停止，这中邪的一天。一点点、一点点地回过神来的时候，疼痛就来了。她得到了自由，可完全不是她希望的自由——她到底希望的是什么呢？其实她也并不真的那么爱陈志军，那自己为什么要难过呢？为了来找他，这单程的路费都是九贵那只脏手，一下一下，五块十块地"摸"出来的，这又是何苦呢？

走不动了。她把包往地上一甩，一屁股坐了上去。这世界没有一块地方是属于她的，哪怕只是屁股下坐着的一小块。这世界容不下她水芹，哪怕只是个屁股！

眼前一个影子晃过来，又晃过去。一双黑色的老式布鞋，带着点试探，靠她近了点，又近了点。水芹抬头，撞进她眼帘的是个一脸皱纹打堆的干枯老头，正努力瞪着眼睛瞅着她，浊黄的眼仁里映出水芹悲伤而清丽的面庞。

"只摸——"水芹哆哆嗦嗦却口齿清楚地说，"上面五块，下面十块……"

九

水英水芬们都睡了吧？

139

这夜晚是水芹一个人的了。

她在黑暗的屋里慢慢幽幽地逡巡，像个游魂。她把这屋里没人的角落都一一走到，用自己的脚步把每一片空间都擦拭一遍。这曾经迎接过她的诞生、留存着她呼吸的地方，像是衣胞，脱胎而去时就必然要丢弃。

灶屋的一角闪着点亮光，她俯身去伸手一摸，碰到冰凉的什么东西，再仔细感受一下——是两个小小的长命锁。老家的说法，如果屋里有不干净的东西，最好洒点灶灰在上面，放到角落里静一静，去去邪气才能用。

水芹用微微颤抖的手，把长命锁放回去，再抓了点灰盖上。为了买这两只锁，她托人找到个血头，卖了一次血——她以为这就是干净钱。哪有这样简单的事呢？肉脏了，血还能干净吗？卖肉和卖血，又有多大区别？

她摸到院子里，找到停放的自行车——果然，在座垫上，悄悄地撒着一撮灰。

在黑暗中，水芹把那撮灰抓起来，高高地举过头顶，闭上眼，手指慢慢松开，尘灰簌簌下落，盖了她一头一脸。

传说那天晚上水芹唱歌了。

因为从没听到她唱过，不敢确定是她的声音。那是并不动听的、忽高忽低、快慢不均的一首歌，隐隐约约的，像是从梦里流出来的。歌声反反复复，录音机倒带一样，唱了一夜。

　　十二学梳头哎，十四把花绣，
　　十六送出门哎，十八人不留。
　　栽花不防采哎，一春又一秋！
　　女子是娘的哎——

手中宝嘛，心尖尖的肉！

姐妹抱一团嘛——

泪珠珠流，莫记仇……

第二天起来，大家发现水芹已经不知什么时候走了。不等过年她就走了。而当水芬的老公提着兑好的涂料要刷院墙时，他惊异的叫声把屋里的人全都吸引到院门外来。

院墙朝外的一面，密密麻麻地贴着一张张人民币，仔细端详，全是零钱——壹元、贰元、伍元，壹角、贰角、伍角，纸币上盛开着不同颜色、不同人物的脸，男的、女的，汉族的、少数民族的，大人的、小孩的……但都是同一种表情——出奇的安祥，隐隐的欣喜，仿佛都知道自己意味着什么，再大的脸面大得过这样的脸面吗？再光鲜的脸色光鲜得过这样的脸色吗？

脸。好多的脸。屠家最需要的。花花绿绿一大片，波涛汹涌，壮观而招摇。

杀死吴一林

　　某个幽暗念头的悄然萌生，竟是源于一次失眠。

　　失眠者的夜晚没有时间与完整的概念，长长久久的混沌，在感觉中却支离破碎。我紧紧闭着眼，哄骗自己还在梦中，但耳朵却替代眼睛警醒地睁着，监督这液体般荡漾的黑暗。从那大地深处传来焦灼的心跳声，废弃的时间在一滴一滴降落，而我依然无法入睡。

　　当天明的一丝光线忽然刺痛我紧闭的眼睛，那个声音也跳了出来：

　　"杀死吴一林！"

　　像命令也像乞求，而我顾不得体面奋力挣脱了噩梦，在一片鲜红的辉煌中喜极而泣。

　　我爸说："你生下来的时候哭声大得吓人。"

　　杀死吴一林，像是我与生俱来的使命。没有人知道我悄然受领的原始任务，它成了我的本能、我的呼吸、我的DNA符号。

　　其实我有那么多次可以杀死他。他有各种各样的死法。

剑 刺

丰收的时候要写丰收的作文。这是丰收的副产品。

为此我已经在牛皮纸封面、印着大红"工作笔记"字样的32开小本子上抄下了许多金光闪闪的词语和句子，比如"硕果累累"、"五谷丰登"，比如"看啊，苹果树快乐地提着满树红彤彤的灯笼"。本子是爸爸给的，我讨好卖乖地在本子上放下这类抒情词句，以此换取他克制的赞许。

但这年我们没能写成丰收的作文。我那"工作笔记"本上的丰收积累像堆在墙角卖不出去的土豆，迅速爬满耻辱的霉斑。

全村的玉米都哑了。头年底，一个怀揣各种介绍信、产品合格证的外地人，开着一辆小卡车来到村里，用他咧着玉米黄牙的憨厚笑容轻易获得了乡亲的信任，又用比农机站便宜三成的价格把一卡车玉米种子卖给了大家。整场交易是个愉快的过程，而来年的玉米播种、出芽、拔节等自然环节都如约而至，充满健康的成长欢歌。偏偏到最后，青纱帐里本应理直气壮地举起支支绿色小火炬时，所有人才发现，结出的只是一个个空壳，像穷人干瘪的钱袋。

女人们开始在玉米地里号哭、叫骂、诅咒贩卖假种子的外地骗子，她们用想象让骗子全家及后代都死于各种恶毒的刑罚——然而是不够的，她们还是只有哭。男人们在青烟般四起的哭声中三五成群地聚在一起，抽烟叶、出主意，乌鸦似的吵吵闹闹。

我只知道丰收的作文写不成了。在乡中心小学读书的孩子都知道我们村买了假玉米种，因为我们村的小学生全都交了空白的作文本。

语文老师是个长相枯瘦、十八九岁的初中毕业生，他用严肃的态度指出我们在作文上的偷懒行为。我们村的小孩由此领到了一个新的作文题目："如果我是……"，出题背景正是假种子骗局。

"郑中华，"第二周语文老师在课堂上说，"你来念一下你的作文呢。"

我的作文一向出众，当作范本给全班借鉴学习也是常事。我走向讲台，打开作文本开始念："假如我是国家主席——本来应该是五谷丰登、硕果累累的季节，我们村却因为买到了假种子，全部玉米都长成了废品，所有人的心血都白流了。假如我是国家主席，一定要让警察把骗子抓起来，让他再也不能害人，让神洲大地重现生机……"

脚下的土坯讲台开始上升，一片金光笼罩着声情并茂的朗读者，我好像到达了歌里所唱的北京的金山上。作为国家主席，我在作文中令人羡慕地扮演了伟大领袖的角色，以这样的高度遥遥俯瞰满教室的同学，他们目瞪口呆的模样像尘埃般黯淡无光。

念完了，语文老师带着一丝神秘的微笑让我回到座位，他没有点评我的作文，而是狡黠地说："我这里有另一个学生的作文，他不在我们学校读书，但也是这个村的，名叫吴一林。"

这个名字如电流般闪过，记忆在曾经迷失的汪洋大海中迅速浮出水面。吴一林。是的，有这么个人。他一直都在，和我同年，住同一个村，用同一条河的水洗衣做饭。他和我的距离从未超过三里路，有时我能听到他带着稚气的声音，当我呼吸时，会感到空气里捎带着他的气息。从小到大，关于他的传说都漂亮得太像传说——

"人家吴一林，吃完饭就会洗碗。"

"人家吴一林，有空就去山上打柴草。"

"人家吴一林，晓得给他奶奶剪脚趾甲。"

......

出于自尊，我从不和他打照面，假装不知道他的存在，将他扮成一个隐身人。而他现在，却堂而皇之地降落在我生活中。

语文老师开始念吴一林的作文："假如我是一名种子质检员……"太可笑了！他只想当个种子质检员！种子质检员吴一林一会儿出现在种子工厂，检查出厂的产品；一会儿出现在农贸市场，调查正在销售的种子有没有假货；最后，他还要帮助全村人，在买种时为他们鉴定种子质量。

只要稍微具备一点社会基础知识的人都会明白，国家主席的力量当然远远大于一个质检员。那是高度。那是层次。可我发现周围的同学都屏住呼吸，像小磁石般牢牢吸在质检员琐碎的宣言中。作文念完，老师没有让大家思考的意思，但教室里出现了令人费解的安静气氛。忽然一个女生说："如果他现在就是种子质检员就好了！"全班哄笑起来，那笑声也许没有别的意思，可我的脸皮像被笑声们扒了下来。

"国家主席！哦哦！"放学时两个捣蛋鬼冲到我面前，眉开眼笑，"国家主席好厉害！"

笑声们又来了。我抓起书包，箭一般冲出教室，用啪啪啪的重重脚步把它全部踩得像烂土稀泥。跑吧，跑，校园外的田埂跳跃着后退，一群麻雀忽地从草垛蹿上了天。过了不知多久，我还在跑，却越来越软，跑得像在飘。

当我停下时，正是在通往村子的石板桥上。桥那边有一个人影，遥遥地立在那里朝我看。面目模糊却眼神清亮，是认真地看。

我知道他是吴一林，这个打败了国家主席的质检员。

我们终于有了第一次正面交锋。

足足有五分钟，谁都没有动，但空气中滚动着闷雷，蓄势待发。我把手伸进印有红色"为人民服务"字样的军装绿书包中，在一堆卷角课本作业本之间慌张地探寻，很快，手指有了冷硬的触感。那是一柄苍老却依然刃利的短剑，一个盗墓贼送我的。它或许在很早以前就取走过无名人氏的性命，我为什么不顺应它的血性，来了结一个居然敢挑衅国家主席的种子质检员？

他可以死于我的剑刺。我想象他倒下的场面：如花的鲜血，缓缓软下的身体，脸色在夕照中由金黄转为苍白……

只是想象。我们没有短兵相接，只是在凉风四起的暮色里久久相互敌视。

窒　息

我当兵那年吴一林也当兵了。我曾以为全国的新兵都会在天安门前列队集合、受到国家领导人亲切接见，然后像工厂的零件一样被分配到祖国需要的各个军事岗位。这样，我和吴一林就算是同胞兄弟也会被拆散，彼此相忘于江湖。直到军列把我们一堆人拉到一座荒凉的大山中，我才明白不是所有军人都能见到天安门，同村的新兵也往往会到同一支部队。

班长出现了。很快，名叫新兵的生物们就会领教"班长"这个种族的诸多特点。班长是不断进化的：当新兵们是羊，他就是牧羊犬；当兵们慢慢成长起来，有了骨骼出了尖牙，长成了幼狼，班长就展露更有力的肌肉，确保自己是群里的头狼。

适应环境是我们的生物属性。在群体里，空气中充盈着相同的体味，大家依偎相伴却又互相虎视眈眈，共同的荣誉之河中涌动着自私的暗流。复杂却现实的生态环境，可以助长我们迅速学会各种高明的生存技能。

第一批获得军营进步指南的，是很大的一批。包括我在内。我们都是一样的，在家就让当过兵的叔伯兄长预先上过课，最精髓的一条是：服从并讨好班长。

班长这个种族的优势凸显出来。他的所有生活用品像圣物一般在新兵中热烈地流传，总有人因为洗漱前抢不到班长的牙杯（好给他倒漱口水）、牙刷（好给他挤牙膏）和脸盆脚盆（好给他打洗脸洗脚水）而懊恼，总有人会被班长踢了一下屁股后报以一个感恩的、谦卑的讪笑，一个兵拿自己的津贴买了个热水袋，灌上热水后悄悄塞进班长的被窝，他虽然遭到了班长当场严厉的批评（最后还是拉着脸收下了），后来却因为队列训练中绷得比别人更直的脚尖当选为本周的训练标兵。

我像个陀螺旋转在其中，偶尔可以抢到扫帚在班长眼皮底下增加一些表演性的义务劳动，除此以外也没有更多表现的机会与创造机会的灵感。对班长盲目的顶礼膜拜与我们日渐增强的体质、越来越标准的军事素质相辅相承，这是从军之初的必然收获。

一天下午连长来我们班转了转，他倒是和气的人，看看内务有没有进步，捏捏小战士的胳膊有没有变结实，很随意地说："三班有个叫吴一林的兵，可是块好料！有空可以去看看他整的被子，齐刷刷的豆腐块！每天训练完了，还给自己增加科目！"

兵们都站在连长面前，用虚伪的欣喜笑容附和连长的话。我心里明白，三班那个吴一林，已经在连长不住的赞赏中，变成了一股凛冽的寒风，刮过并刺痛了我们。

转眼到了周五晚上，气温降得厉害，在屋里都忍不住哆嗦。我本来想写家信，但手冻得握不住笔，只好在屋里走来走去，焦急地等着洗漱时间快点到来，好用热水泡泡脚，然后上床用被子把自己裹紧。

却来了个战友，说，郑中华，班长叫你。

班长叫我去的地方是军人服务社，那里被干部家属们承包下来，开了几个零星的小店、杂货铺、洗衣坊，还有小饭店。班长

147

和另外几个班长聚在小饭店一个用简陋木板隔成的小包间里，围着热汽腾腾的一口火锅，说笑声也落到锅里咕咕冒泡。

"这就是跟吴一林同村的兵，"班长指着我向其他几个人介绍，"我带的，叫郑中华。"

我赶紧立正，向其他几位班长敬军礼。

有两位朝我懒懒挥了一下手，表示不用多礼。班长在其他人的斜睨与坏笑的鼓舞下，向我布置任务："郑中华，我们这里没菜了，你到修理连背后的东面山坡上，就是我们连的菜地里，给我搞两个大萝卜来。要快点！"

这会儿？大冬天的晚上？我愣愣地"哦"了一声，马上意识到这表态是错误的，便两腿一并腰板打直："是！"

"要是搞不来，"班长用半开玩笑的口吻补充道，"你就到小操场给我踢两圈正步！"

踢两圈正步事小，关键是，这是班长交代的任务，如果完不成，会直接影响到我在他心目中的印象与地位。这个道理像是一种抗病毒疫苗，只要进入部队这个集体，所有人都会接种，于是接受得自然而然。

我回连队去拿了手电筒、不锈钢小勺（可以挖小块的土）和一个塑料袋，又用军用大衣和棉帽把自己武装得严严实实，这样上路了。

新兵连的主要任务是训练，所以连队的菜地差不多都是老兵在种，我们只来劳动过两次。还好我对路线很熟悉，多数时候不用打电筒，就着微微泛白的夜色就可以找到山路的脉络。爬坡爬了不多远，寒气就被逼走了不少，裹在大衣里的身体开始发热。我停下来休息，蓦然一回头，忽然发现我身后不远处有个人影！我的第一反应是巡逻的卫兵，要是被当成逃兵就糟糕了。但卫兵很少单独巡逻，而且那人没有戴巡逻专用的白头盔，当我停下来时，他也停下了，抬头朝我望。

哪怕是在星光惨淡的冬夜，哪怕是隔着一段距离，我也在瞬间认出了他，吴一林。

这个幽灵！

他为什么跟着我？他的打扮跟我一模一样，好像手里也拿着一把电筒。忽然我明白过来，他的班长一定也给他派了同样的任务！两个班长为着某种原因，用相同任务拿手下的战士来打赌！

想到这里我立马警觉起来，迅速动身，继续爬坡，把后面的吴一林甩开了长长一大截。等我到达连队菜地、刚把塑料袋掏出来时，热乎乎的兴奋劲忽然像被冷水当头泼下——我们的地里，只种了大白菜，根本没有大萝卜！

不知道是班长把菜地的作物记错了，还是他布置任务时说错了，但他清清楚楚地命令我——去搞两个大萝卜！

我被困住了。不久后赶来的吴一林也站在白菜地边，陷入僵局，他也踌躇着，不知道该如何继续下去。不过，他一定跟我一样，将眼光投向了更远的空间——再往东面走，就是部队与地方分界的矮墙，墙外就有一块种着大萝卜的菜地。我朝矮墙靠近，吴一林在我身后"啊"了一声。啊个屁啊！他肯定想说，翻墙是违规的；他还会说，那是老百姓的菜地；最后他还会义正辞严地指出，这是不公平的竞争！

我把大衣、棉帽脱下来，搭在矮墙上。只用一个轻巧的鞍马动作，我就跃身墙外了。老乡的地里萝卜个头正好，几下就挖出两个实沉的家伙。在我完成这些工作的时候，吴一林一直坐在墙上盯着我，用一惯清冷的眼光。他奶奶的。我真希望夜色能把他可恶的眼神吞没，但没有用，我总能感觉到它，细致入微到眼波里那一星幽蓝的碎亮。

萝卜装在塑料袋里，沉沉的。有了底气，我像拎着两颗人头

149

的土匪，忽然胆量剧增。萝卜地旁有座简陋的熏棚——这里的山民有熏腊肉的习惯，他们在山上搭个小棚子，把成块的生肉和山里的野味挂在棚上，下面架起松柏枝，点火，用松柏枝慢慢燃烧时生成的细细青烟来烘烤。我大摇大摆地晃过去，嗅着熏棚残余的清香，伸手往里面摸索，竟然摸出一块足有一斤半的黑乎乎的腊肉！也许是农户收腊肉时漏收的一块，或者是没有熏透、专门留下补充火力的一块，总之是主人大意，怪不得我了。

吴一林猛地从矮墙上跳下，这个举动着实让我心里一惊！如果他来强抢我的收获物，那我势必要与他决一死战。只见他缓缓走向熏棚，从兜里掏出什么东西。他拧开手电，用下巴夹住电筒，两手在电筒光下艰难地翻数一叠细碎的小额人民币。那一定是他的津贴。数完了，他把那叠钱放在熏棚上，用一块土疙瘩压住。

他一定是疯了！

我忽然怕这个疯子来拉我赔钱，赶忙把腊肉往塑料袋里一塞，火速地翻回到矮墙里面，跌跌撞撞跑着下了山坡，直奔军人服务社。

萝卜。腊肉。高标准超份额地完成了任务。班长满面红光，把我的成果展示给其他人看，满屋都是喝彩声。班长故作惊讶地问腊肉的来历，我镇定地说，遇到一个老乡，非要用腊肉来慰问解放军，我推辞不掉，只收了这一小块。

回连队的路上，穿过小操场，我忽然看到吴一林在清冷的操场上，一个人在啪啪啪地踢着正步，绕场而行。他脸上依旧布满疯狂的执着，受罚的身姿反倒像烈士般傲然。我忽然恨透了他。他通身发出一种季节之外的寒光，将我笼罩在坐卧不安的狭小空间。

其实那是没有第三个人在场的大好时机，我完全可以杀死他。为什么不可以呢？冲过去，从背后袭击他，用我已经锻炼得孔武有力的两手掐住他脖子，使劲，再使劲，他会挣扎着，挣扎着，慢慢瘫软下来。

医学上怎么说的来着？对，窒息。

窒息。

我冷冷地远望着他。如果我不让他窒息，他迟早会让我窒息。一定是的。

炮　烙

很长一段时间里我常常会想起他，类似某种隐秘而残酷的思念，仇人对仇人的痴情。他在我的想象中一次次被谋杀，死得千奇百怪。

但在之后的日子里，他像烟雾一样消失了。也许是我不再注意他，或者说没有时间想起他，因为我的生活进入了另一个轨道，就好像原先是某个单调的颜色，忽然之间炸开了一片五彩斑斓。

先是我被选入驾训班——当过兵的人都知道，这是相当实惠的事情。搞完汽车驾驶培训、拿到军队驾照以后，我如愿被分到汽车连。在部队，汽车驾驶员总是令人羡慕的，他们能天天玩转方向盘而不用下苦力搞训练，面子里子全有了。

接下来在某一个暴雨倾盆的下午，我开着一辆北京吉普去火车站接人，路过山下小镇时，雨刮器来来回回拭擦着前窗，刮出不远处一片鲜嫩的粉色。我把车速放慢，透过雨雾注意到一个身穿水粉色连衣裙的女孩，一脸焦灼地在路边一个屋檐下躲雨，身边放着个行李箱。我把车停下，摇下车窗，问她要不要帮助。我的军装与汽车的军牌得到了她的信任，她告诉我自己要去火车站赶一趟时间紧迫的列车……

多么像陈词滥调的言情肥皂剧，充满人见人爱的奇遇、惊艳与巧合。我应该用更细腻的笔法描绘她坐上副驾驶座后朝我感激又羞怯的一笑，或者在地下车时我抓住机会问她要的一个11位电话号码，还有之后无数次短信、电话的来回与我刻意创造的多次偶遇——那些都是别人有过的经历，反反复复，小说里写过、电影里演过，发生在自己身上简直都不像是真的。

但我确实恋爱了。

时空从此分为两种：她在或她不在。她在的时候，天就是天，地就是地，风调雨顺，花好月圆，分分秒秒都胶着如蜜；她不在，特别是连她的消息也没有的话，白天就不是白天，夜晚会连着夜晚，我发狂地在思念中勾勒她美貌的细节：一笑就弯起来、一怒就瞪圆的杏子眼，那懒懒卷曲着搭在肩上的长发，那纤细手指上涂抹着水润玫红的蔻丹……

我得小心藏着这个秘密。义务兵不得在驻地谈恋爱是条著名的禁令，但什么也无法真正禁止人类产生最纯粹、最自然的情感。

指导员要找我谈话。

我想他一定会说：郑中华，最近你精神有点不集中啊，没什么事吧？

我就装傻：没有啊。

他会狡猾地单刀直入：你是不是在谈恋爱？

我就必须带着被诽谤的愤怒抵赖：哪有啊？

还想骗我，上次有人看见……

谁看见了？看见什么了？谁他妈给我栽赃谁就自己才是谈恋爱！

……

我已经在脑海里跟指导员狠狠吵了一架，算是给自己做的思想动员与行为预演。指导员见到我，果然皱起了眉头。

他开口了："郑中华，最近你精神有点不集中啊，没什么事吧?"

来了! 我赶快装傻:"没有啊。"

他直截了当地问:"你有没有谈恋爱?"

"哪有的事!"

指导员看着我,松了一口气,说:"那就好,我怕你有后顾之忧。"他递给我一张纸,是张"参加军校苗子选拔"的申请表。

"你是高中毕业生,高考虽然落榜但成绩还不错,去争取一下吧,能考上最好,别浪费我们的参考名额。"

半个钟头后,我像游魂一样踱到空荡荡的车场,兜里揣着那张叠成小方块的申请表。逻辑上应该是这样:我申请参加军校招生考试——部队选拔、确定人员——若我被选中,将参加部队组织的学员苗子集中、封闭式复习——我无法与她见面甚至联系——她会对我越为越猜疑、生气与不满——我参加军队高校招生考试——若考上又将与她分开几年时间,我们的感情会面临时空考验……

小方块被我从兜里捏出来,躺在我掌心里。手掌开始慢慢合上,会渐渐使出全身力气,将纸方块捏成紧紧的一团,然后会把它像一个手雷一般潇洒投掷,看它能飞多远。

在我手掌的背景上,模糊的光线中,仿佛摇晃出一个久已不见的人影。我没有抬头,忽然苦笑了。吴一林,我又想起了他。

吴一林肯定不会扔掉这么重要的纸团。吴一林总会做对的事情。人家吴一林……我叹口气,头一次没有和他作对,把纸团重新变回方块,揣回兜里。无论如何,它隐藏着一个无比诱人的可能——拥有另一种人生的通行证。

在参加学员苗子选拔考试之前,我还有一点时间。别人都把这时间花在考试准备上,只有我全部奉献给了爱情。我给她送花、送小礼物；我带她去从前不敢去的酒楼吃饭；我让她去最近的大城市，在一家价格不菲的品牌发廊做了个有明星范的时尚发型……像过来人说的：无论多么俗套，女人会照样中枪。每一次她露出笑容，我都赶快伏在她耳边说："以后会辛苦点，可是一定要等着我！"

我的津贴不够用了。我缺钱。这一点不丢人，谁都缺过钱，恋爱中的人更是理直气壮地缺钱。

那个中午，我开一辆"方屁股"吉普车，拉了几件后勤物资回部队，带车干部因为单位有急事，提前回去了。当我开上一条久已失修的乡村公路时，有人在路边拦住了我。拦车的是个四十来岁的矮胖男人，一辆旧桑塔纳没精打采地停在旁边，估计是他的车。

"兄弟！战友！"他有点慌乱，不知道哪种称呼对路，"行行好，帮个忙！"

这个忙——简单地说吧，他油不够了，想要买我车里的油。说得特直接。

我没下车，坐在驾驶室里，把手抄起来。

"前面几百米就有一个加油站，"我说，"你可以去那里加油。"

他老练地笑起来："这儿的加油站，我比你清楚！但那儿的油价是统一价，比潮水还涨得快，哪有你这里实惠呢！"我说我又不做生意，哪来实惠，他只当我是装腔作势，说："哎呀小兄弟，我可见得多了，开公家车的，卖点油又不是什么大不了的！连市政府的公车都卖过我油，你说谁会管这屁事？"

他是个开野出租的，长年在城乡之间奔波，摸索出一个买便宜油的好方法。他自备了一套抽油工具，可以迅速而隐蔽地完成交易。

我还是没下车。"我们每次加油、每次出车的公里数，都是有登记的。"我说。

他看了出我是真犹豫，翻个白眼说："我的妈嘞！这都要我教吗？你说油箱漏油了嘛，还可以到前面的修车铺去开张修油箱的发票拿回去报。"

这截到我的敏感点了。一般来说，部队的车都是开回去让修理所维修，但如果在外跑长途，故障车短时间没办法开回去的，就只有就近找商铺维修。我开过修车的发票，虚报了几项维修项目的价格，当然是控制在不让领导明显怀疑的范围之内。但这样明目张胆地做假、卖油，还从来没有过。

野的司机出了一个诱人的价。他很体贴地用手指暗示数字，而非用语言直接展现，出于对我尴尬心理的充分理解。

我咽了一下口水。

我的手已经紧紧握住了车门旋钮，只需再加一点点力，它就会旋转、将门打开……门外会是什么世界？

嘀嘀——嘀嘀——

两声响亮的汽车鸣笛声平地而起，吓得我瞬间浑身一颤，冷汗从四面八方喷涌如流。就在斜前方，停靠着一辆和我开的完全相同的北京吉普，遥遥可见吴一林在驾驶室里朝我冷冷地把头一偏，示意我立即跟他走。

他姥姥！

我的头发根都树起来。他居然又出现了！他什么时候也到了汽车连？他怎么知道我会遇到买油的人？他又凭什么像监督员一样管控我的人生？啊呸！

我发动吉普，让它像个偷情未遂却被捉奸的男人一样，愤怒地咆哮着，挟着气势磅礴的滚滚尘嚣，飞驰而去。

得到通知，我已顺利通过学员苗子考核。像过来人说的，爱情中真正的考验到来了——我不得不接受组织安排，参加封闭式集中复习。

哪怕是在复习最困难的时候，我的梦里也没有失去爱情的颜色。她在梦里有着各种表情与姿态，剧情也千差万别：有时在躲雨，有时在爬树摘果子，有一回她在一只茶杯盖上跳舞，还有一次她变成了一个猫面人……

招生考试一结束，我回到部队就与她联系，但打了无数次电话，她的手机都处于关机状态。这可要把我急疯了！我发了一屏又一屏长长的短信，恳求她开机后与我第一时间联络。我渴望见到她，她却像水一样蒸发了；我想听到她的声音，而声音是那么缺乏保障，仅仅存放在一串手机号码里面。当她留给我的所有痕迹只剩下11个数字时，我甚至怀疑她是否真实出现过。

在绝望的等待中，某个诡异的早晨，我的手机忽然亮了一下，有短信。

只瞟了一眼，就知道是我想要的消息。她在那头说："来找我。"

我找到指导员，主动申请当天最早的出车任务。他充满疑虑地看了看我，答应了，最后只要求我保证安全。

"别去，别去……"吴一林忽然从走廊另一头窜出来，远远冲我喊，那时我揣着派车单正大步流星地赶赴车场，根本理也不想理他。走了几步我又回头吼了一句："我要弄死你！"

那是酷暑难耐的一天，汗水刚刚挥洒出来，直接汽化。从空中到地上，连接着丝丝缕缕刺人的烈焰，太阳瞪着一只仇恨的眼睛，一切的一切，它不原谅。它死不瞑目。

按照短信的约定，我把吉普车开到山顶上的一小片开阔地。没有树荫，车就停在滚烫的大太阳下。她真有胆，敢一个人，在这里，以如此方式和我见面。

我们面对面，有片刻没有说话。好像是交易中的出价游戏，谁先开口谁就被动。她还是说了："我选在这里，晒着太热，就是想简单说完，快点结束。"

他妈的。

连分手都没有个分手的样子，态度都不端正！

她实在没有什么奇迹可言，和她的出现一样，结尾也烂俗而狗血。她爱上别人了——连她自己也不打算找个更委婉的理由。在她说完扭头就走的时候，我认为自己至少有权利追问那个人是谁。

"吴一林。"

吴——一——林！

为什么是他？为什么偏偏就是他！我们的人生像硬币的两面，彼此对立却又紧紧相依。硬币抛出去，要么他，要么我。

我转过身，看到名叫吴一林的人正缓缓向我走来。在逆光中，他像被太阳拥抱着，驾着祥云而来。在我印象中，他从没和我如此面对面地，走得这么近——却依然面目模糊。

唯一清楚的是：杀死吴一林，是我的宿命。

杀与被杀，这种关系令我们像古怪的情侣，默契得能感受到对方一丝微妙的变化。哪怕我从来没有看清过他的脸，但我依然能准确判断他眼神的清冷与内心的悲欢。

杀死吴一林。我为他想过各种各样的酷刑，让他有千奇百怪的死法。我曾经有多次动手的机会，可都出于软弱放弃了。现在是时候了，我们终有一战。

吉普车外壳已经被炙烤得火辣、滚烫，那是我为他准备的刑场。知道炮烙吗？发明它的古人，一定会把它用于自己最大的仇敌。我会把吴一林狠狠摔在前车盖上，让滚烫的金属贴紧他的皮肤，我要听见他迟到的哭声，要在吱吱的白烟中让他知道谁是真正的赢家。

他终于走到我面前，近到不能再近，我一出手就扼住了他的脖子！在那一瞬间我和他脸对着脸，我决心要仔仔细细欣赏他濒死的五官，而这时候，最最恐怖的事情发生了——

他居然，每一个毛孔、每一根毛发，都和我——长得一模一样！

霍乱人事

一

在寝室里，赵萌最看不起的人就是牛心容。

她看不起牛心容的时候，眼睛并不去看牛心容，总是死死板板地盯着前面不远处，下巴略略抬一抬，忍不住把一种轻蔑的冷笑挂到脸上。这种意思是：我看不起你啦牛心容，你不配进入我的眼球！猛一看上去，她好像在和空气里一个子虚乌有的人较劲。

也许赵萌的本意是希望自己的表达方式更具有威慑力的，可是她错了，人家牛心容的心态好着呢。牛心容不和她争不和她吵，微微浮胖的脸上微微笑着，有时候还笑出声来，只当是听了一个笑话。当然，谁都看得出来，那笑也是假笑，无非是表面上做个不屑与对手计较的姿态来，暗地里力争上游。

旁观的人都在为赵萌摇头叹息。赵萌你何苦呢？她牛心容算老几？

那次隔壁寝室的孔玉铃被大家拖过来玩，据说她奶奶是给人看相的，她便也有了一二分家传的灵气。孔玉铃倒不甚推辞，她坐在屠水英的下铺床上，一本正经地端详这个，琢磨那个，然后很专业也很权威地指着赵萌说："你很有福相。"大家羡慕得很，赵萌刚要问究竟，牛心容却插嘴了——她是任何时候都不肯被冷落的。牛心容照例坐在她的上铺床上，用一种高高在上的神态俯视着众人，笑着问："哎孔玉铃，你说我是什么相啊？"屋里突然沉寂下来，大家把脸转向孔玉铃，充满警惕地盯着她。孔玉铃也是个厉害角色，她扬起脸就冲牛心容轻轻一瞟，表示鉴定过了，便神态自若地说："你么，是地地道道的'浮'——相。"很显然，这个"浮"和那个"福"不一样，完全不一样，而且"浮"字的音咬得特别重，咬出一种别样的挖苦意味了。旁边的女孩都把嘴巴微微抿了抿——是听出那层意思了。只有牛心容，蠢到家了，她乐得一张胖脸都笑开了花。赵萌心里想，真是太不要脸了。

她的不要脸是有目共睹。单说走路吧，在别处走，也没见她有什么不对，可是每每走过男生宿舍楼的时候，牛心容就来精神了，青春焕发了，走路的姿态也不一样了，轻轻颠一颠，晃一晃的，又轻盈又婀娜，晴空丽日，花好月圆，所有风情都让她占尽了，摇荡着腰肢，那么风调雨顺。一些无聊的男生常爱站在窗前看热闹，一瞧见这个风情万种的，好几个窗户都开始吹口哨。别人吹口哨，是调戏，是侮辱，你走过去就算了，偏偏牛心容不。牛心容转过脸，抬起头来，冲那些窗户露出五颗牙齿明媚地笑一笑，很有些感谢各位捧场的意思。男生们更激动了，像迎接摇滚歌星一样鼓掌欢呼，心肝宝贝的都叫出来了。有个厕所里的男生一边撒尿一边冲窗外探头，情景交融之下放声高歌："洪湖水——浪呀嘛浪打浪——"一片哄笑声中，牛心容算是出名了。那时外系的男生还不知道她的名字，他们给她取了个外号，就叫"洪湖水"。谁让她那么"浪打浪"呢！

对，她浮，她浪，可是她不在乎；不仅不在乎，还感觉很好，绝对不是破罐子破摔的作派。这就很难得。牛心容从小就有些花花朵朵的，除了一两个同样花花朵朵的小姐妹，别的女孩都带着鄙视与敌对的目光远远躲着她，不跟她玩——就是那一两个同样花花朵朵的小姐妹，也常常明争暗斗的。她很孤独。在同性的世界里得不到快乐的女孩大多会开辟另一个世界，于是她初中二年级就开始谈恋爱了。她恋爱的次数连她自己也数不清，有多少男生悄悄地来到她身边，又悄悄地走了，算作她成长课本里字迹模糊的一页。但她总记得谁为她打过架，谁为她甩掉了以前的女朋友，谁又在被甩后用了种种方法企图挽回……她二十年来最可骄傲的回忆就是与各种男生的是是非非。

307室的女生将她引以为戒，这是早料到的。她就算住到407、507、607结果都会是一样。牛心容被女生们敌视惯了，她有心理准备。在度过了室友间最初一段小心翼翼、文质彬彬的试验性阶段以后，谁有什么样的底子都很清楚了，牛心容明白她必须迅速在307找到一个同盟，不然很快就会被孤立。

她找的是屠水英。天晓得，屠水英是多么老实的一个人，全系的女生都有绯闻了也轮不上屠水英。因为复读又复读的关系，她的年纪至少要比同班同学大三岁，生在贫困的农村家庭，面相又老，有一回她坐在床前织毛衣，另一个女孩的朋友来宿舍玩，还悄悄问："谁的家长来了？"牛心容就看准了屠水英，开始主动出击了，采用的是俗话说的"拉拢"手段，话不太好听，但很实用，屠水英被轻轻一钩就上钩了。比如牛心容会把家里带来的土特产从包里拿出来，当着全体室友的面塞到屠水英手里："来，水英，尝尝，尝尝！"屠水英下意识地看了看周围，而周围只是一片麻木的面孔，谁都装着没看见。这举动明显地划开了一个界线——牛心容一伙的和不是牛心容一伙的。牛心容想用这种方式告诉别人，她牛心容也是有朋友的，她并不孤立。

屠水英被"拉拢"之后得到了不少实惠，她本来经济条件不好，和牛心容搭上伙以后常常可以吃点食堂小灶的小炒，晚自习后也磕磕瓜子嚼嚼花生糖之类，牛心容对她表现出惊人的大方，很舍得投资，但这投资是要回报的，屠水英渐渐成了她的跟班，打杂。牛心容总爱坐在她的床上，那个床位是上铺，她一坐上去就跟坐了女王的宝座一样，轻易不肯下来。她高高在上地钉在那里，用嘴巴遥控："水英，帮我倒杯开水。""水英，帮我从衣柜里拿件衣服。""水英，递一下书本。"屠水英就不停地忙碌着，递这送那。

久了，屠水英自己也感觉到一些微妙的东西，包括室友们看她的眼神，对她不甚搭理的态度，还有，有时明明大家在热烈地讨论什么，她和牛心容一进来，话题便戛然而止了。有一次她甚至听见赵萌用轻蔑的口气跟另一个女生说："……也不看看自己现在都贱到什么地步了！"也许不是说她，可是她心虚，忍不住脸红了。穷人家的孩子都敏感，她发现自己的贫困生地位没有任何人反感，偏偏和牛心容搅在一起了，大家就非常地看不起她。这是不是得不偿失？

终于有一天，牛心容又支使屠水英去拿一件什么东西的时候，屠水英使劲低头看书，假装没听见，牛心容又说了一遍，屠水英抬头了，她盯着牛心容态度冷淡地说："你有手有脚的，自己下来拿呗！"全寝室都愣住了。一片安静。最吃惊的要数牛心容了，她瞪着眼睛停顿了十几秒，并在这段安静的空白中感到一阵寒栗。十几秒钟之后她快速地接受了现实，看来收买一个人不像她预期的那样简单与顺利。她默不作声地从上铺床上溜下来，动作还很麻利。她把自己要看的书、要喝的水、要照的镜子等等可能会用到的东西一样一样移到床头的小书架上去，这证明她是有头脑的，不需要人伺候也能过得很舒服。她就要做给大家看，这是她一惯的风格，显山露水地做出来。

没说话，只有她自己听见心底里在龇着牙骂："好东西都喂了狗了！"

二

赵萌一直觉得自己是属于怀才不遇的那种人。

这一点不新鲜，念"委培"的很多人都会觉得自己怀才不遇。赵萌在收到委培通知书的时候已经接近开学时间了，妈妈赶着替她收拾行装。按家乡的惯例，考上大学的女孩都要买身新衣服，妈妈要拉赵萌上街去挑个喜欢的料子花色，她没有挪动，只淡淡地说：不用了。她的眼睛睁着，像沙漠里的两口枯井。谁看上她一眼，谁的心都会跟着咕咚一声掉下去。她的心真是惨淡到极点了，根本就是把未来的大学生涯当作一次彻底的殉难。读了这么多年书，竟是到达这样一个终点，不甘心哪！赵萌穿旧衣服，用妈妈二十年前用过的藤箱，还要带走弟弟不要的饭盒。她把自己克扣到一个狭隘的地步，像苦行僧一样拼命折磨自己，惩罚自己。谁要是说一句：何必呢？她就冷冷一笑，说，委培有什么资格摆谱！明明怕听那两个字眼，她自己却偏偏要左一个"委培"右一个"委培"的，拿刀扎自个儿的心。连上了年纪的奶奶都看出来了，她无不担忧地对妈妈说：萌萌那孩子，真是伤心了。没到那个份儿上的人，不会连自家都作践。

赵萌有个弟弟，是缴了超生罚款生下来的。小家伙一点没有超生的自卑感，反倒觉得自己身份要金贵些，平时就霸道得很。赵萌从小到大总是让着他，谁和小孩子计较呢？可是临到报到前三天，弟弟把她惹火了。弟弟贪玩，马上读初三了也不知道用功，白白玩了一个暑假，眼看快开学了才加班加点地赶作业，写得头昏脑胀的，一看姐姐闲着也是闲着，死乞白赖地要她帮忙做功课。

赵萌最讨厌不劳而获的人，说："别人能替你过一辈子？看你这样，有什么出息！"弟弟听了，瞪大眼睛气乎乎地冲赵萌嚷："我没出息？我没出息也不会考不上大学！不就是个委培吗，得意个屁！"

这话从一个十四五岁的半大孩子嘴里说出来，本来也没什么深意，但是赵萌在那一刻就不能动弹了。她内心里有什么东西被撕开了口子，又有什么东西喷涌出来，两秒钟、三秒钟、五秒钟，停顿之后她扑了上去，"啪"地给了弟弟一个响亮的耳光，又一把揪住他的脸，把他脸上厚实的肉都揪变形了，弟弟下意识地自卫还击，可他给吓住了，吓得力气都不知跑哪儿去了，赵萌把嘴巴抵在他耳朵边大声地吼叫："委培怎么啦——委培怎么啦你个黑崽子——"她拿眼前这块硕大的肉块没有办法，说什么也不能把他生吞活剥了，可是她控制不住，没有完，没有完！她把男孩一推，又一拨一拨地掀掉了桌上所有的书本作业纸，纸片飞扬起来，扑到各处。原本是上午，可是屋里只有一种黄昏时分抑郁恐怖的气氛，光线很倾斜，晦暗，什么都快完了的那种颜色。赵萌腿一软，在屋里坐下来。弟弟早逃走了。被她打翻的世界就在周围，乱成一片，静静地陪着，倒有着格外的亲切。许久，她从心底泛起一点轻松，还有空虚——到底结束了。

这件事以后没有任何人责备她，家里人都装着什么也没发生过一样。但是赵萌不同了。她脱掉旧衣服送了人，到商场买了最洋气的高档连衣裙，退还了妈妈的老藤箱和弟弟不要的饭盒，置备了一整套崭新的行李物件。当她三天后拖着带滚轮的硬帆布行李箱，踏着嘀嗒作响的高跟凉鞋走在火车站人来人往的站台上时，谁都会朝这位衣着靓丽时髦的女孩多看两眼。人们想着，又一个上大学的！样子多"甩"啊！谁也不会去想委培不委培的。赵萌的连衣裙有宽宽大大的裙摆，风一吹就有些迎风飘舞的意思，这正是赵萌所期望的那种离别的形象，她很满足。火车开动时，风更大了，浩浩地扑来，满身心都是。如果有泪也应该淌下来了，可是赵萌看着慢慢移动的人和物，慢慢接近着的陌生世界，她的脸上只有微微的笑。

大学其实是很容易适应的，管它是什么样的大学。你总是能找到和你相似的群体，你们每天做相同的事，说相互理解的话，课堂上有大家都厌恶的老师，晚上熄灯后你们会一起对某个同学议论纷纷。赵萌想，融进集体大海洋是件多么简单的事啊。直到有一天，她从大海洋里跳了出来——赵萌被选为室长了。再小的官，也总是与众不同的。

选举的过程有点滑稽。那天楼下的门卫白大爷来敲门，问："307，你们的室长是谁呀？登记一下。"那时307还没有室长，因为都是刚住进来的新生。大家你看我，我看你的没话可说。赵萌偏偏就在这个时候想上厕所了，她一点没有预见到这次上厕所的后果。回来的时候，白大爷已经在敲隔壁寝室的门了。她一进屋，大家就瞅着她笑，一个叫张愫的漂亮女孩对她说："室长，欢迎你回来！"赵萌懵了。别人都不愿当室长，只有她"保持沉默"，所以全票通过。她还没完全弄明白，追问着："为什么偏偏选我？"

她现在都记得，一个半躺在门边上铺床上的女生——就是那个眯眯眼牛心容——立马声音沙哑地笑了，她扔掉手里捧着的一本言情小说，带了幸灾乐祸的口气对赵萌说：

"因为你长了一副室长相。"

三

在后来的许多日子里，赵萌没事的时候，一个人趴在阳台上晒太阳，望着远方默无声息的景致，她常常会想：如果没有那场霍乱，一切还会不会是这样的？也许完全会是另一个样子，碰到的也会是另外一个人……

这样的问题永远也想不出答案。

因为，霍乱，还是来了。

来的时候也不是毫无准备。早在一个月前就有传闻，说离市区60公里远的机场建筑工地上，挖出了解放前的霍乱病死人坑。有位智者型的老师戴着厚重的大眼镜，在课堂上说起这件事，一只手的中指节在讲义上啪啪乱敲，他神色相当肃穆地说，严重啊，同学们，真的很严重啊！据他了解，这种霍乱病菌像素质优良的特工人员，潜伏力强，虽经多年沉寂也并没真正引退江湖，机场这一挖，潘多拉的魔盒就打开了。

可是学生们并不在意。年轻人的眼睛看问题总是有点飘，他们哪会轻易被吓住呢，都笑着说，60公里，远得很呢，病菌爬也得爬几天吧！

没想到真的爬到了。有一天，市医院忽然像扔了一颗炸弹，轰天而起又四散开去的都是一个惊人的消息：霍乱！霍乱病症出现了！

接下来就是连绵不断的各种各样关于病人数量的说法，先说是一个，后来是两个，三个，再往后……不知道是多少个了，越传越玄，越玄越恐怖。城市的上空集聚了灰蒙蒙的雨云，不祥的兆头沉沉地压下来。街上行人的步履节奏快起来，行色匆匆，没事谁也不爱在外面多耽搁。大大小小的饭店生意大受影响，各种火爆的娱乐场所也冷清下来。城市从来没有像现在这样谨慎、禁欲，安静得像一座充满宗教精神的大教堂。想想吧，那些表面雪白洁净的杯盘碗盏，谁知道是不是刚被一位霍乱病菌携带者用过的呢？那些娱乐场所污浊封闭的空气中，谁知道有多少游弋着的虎视耽耽的病毒粒子呢？人人自危，人心惶惶，不知道哪一天才到头。有个外出做家教的学生回来，用一种激动的声音描述了外面的情形，他甚至带点兴奋的口吻说："好像要打仗了似的!"

307室发现，几乎在一夜之间，学院上下就跟闹文化大革命一样了，不管是声势、气氛，还是无微不至的种种细节，都具有了相当程度的震撼力。教学楼、办公楼、体育馆、图书馆、食堂、宿舍、浴室、开水房、公共厕所……只要想得到的地方，大门口全都铺上了厚厚的撒满药粉的草垫，每个人的鞋在这上面踏一踏，至少可以简单地消一消毒；每一个房间的地板，都让校工刷上了兑了药粉的水，地面上白色的花纹像伏在岩石上的水藻，一条一条的清晰可见，浓烈的药粉味也像是白的，与雪白的墙壁相对应——像医院。只差每个人发件白大褂了。宣传栏里贴满了关于预防霍乱病的种种海报，全用醒目的大字体。每逢课后饭前，广播里就一遍遍地以急切的口吻劝告大家，吃饭前一定要烫碗筷呀，不要出去买东西吃呀，像谁家的老外婆在唠叨。

赵萌说："好像是欧洲中世纪的大瘟疫来了。"

和大瘟疫更相似的是，两天以后，封校了。为的是严格防止霍乱病菌进入学院。系上开了紧急会，年级辅导员像在作参战动员一样紧张，宣布只有拿到系办公室盖章的"通行证"才可以出校门。一听到这个措施，下面的学生都开始发牢骚，他们脸上带着不满与不屑的表情，交头接耳时把椅子弄出很响的声音，坐了上百人的大教室里嘤嘤嗡嗡像个巨大的蜂箱。辅导员沉静地环视台下——他要抛出"重型炸弹"之前总是这样——用低沉的声音说："据小道消息——只是小道消息啊——市医院已经有人发病死了。"

死了。有人死了。

教室里一片肃静。

那天晚上，307室谁也没有出门，连牛心容都把所有约会推掉了，老老实实待着。寝室地板下午又刷过一遍药水，药粉味还很重，可是闻着，究竟还比较安心。大家都没有看书，没有写信，只是呆坐着，心思却是乱的，飞的，在寝室窄小的空间里撞来撞去。韦静雯鼻子一翕一合，认真地辨别说："这到底是什么药呢，像小时候去医院打针时最怕闻到的那股味儿。"

赵萌幽幽地说："是法老墓穴里的气息。我们就是里面放了几千年的木乃伊。"

这句话引起大家一些恐怖的联想，虽然谁也没说出来。这白色的屋子里坐着五个青春飞扬的女孩子，被浓重的药味包围着，挤压着；然而就在外面，阳台的上空有月亮，像张扁扁的小圆脸，最美丽最恬静的那种月亮；隔壁寝室谁的录音机还放着标准的英语对话，一来一去有着陌生而熟稔的问答；下午上过两堂公共英语课，是一个和她们一样年轻的女老师上的，梳着端庄的短头发，像"五四"时期的女学生，笑得和大家一样欢快……这些都只在指缝间吗？死亡离年轻真的这样近吗……

"啊——"牛心容尖叫了起来。她已经受不了了。叫吧叫吧，谁也受不了了！

牛心容忽地翻身坐起来，激动地说："室长！"她第一次这样正经八百地叫赵萌。"室长，"她说，"我们不能这样等下去了，不能坐以待毙！"

她的小胖脸因为激动而渗出了明显的红晕，眯眯的小眼睛里闪出了细碎的泪花。她的神情非常庄重，正式，她说："我们要给李铁映写封信，报告现在学院所处的危险境况。因为我们是当代的大学生，担负的是建设未来的重任，所以我们的人身安全、健康对国家对社会来讲至关重要……应该给我们派最精良的医疗工作组来，保证大家的生命安全不受威胁……我们什么都不应该放弃……"

大家都望着她。从来没见过牛心容这样义正辞严地发表过演讲。没有人说话，可是都被深深地打动了。

四

307从来没像现在这样团结过。在赵萌的统一领导下，大家每天都把领取来的药粉兑上水刷地板，按时打开水，随时用开水烫碗筷烫水杯，动不动就拿含强杀菌成份的香皂洗手。在做这些事情的时候，女孩们脸上洋溢着积极向上的表情，浑身都有使不完的劲儿，你拎一桶水，我擦一块玻璃，往来之间相视一笑，充满友好与鼓励，有一种同舟共济的革命激情。革命阵营还向牛心容敞开了胸怀。说起来变化最大的就是她，霍乱病是可怕的，可是它促使牛心容以新的面貌来对待生活，毕竟生存是第一位的。她这段时间推掉了所有男生的邀约，避免了一切拥抱接吻之类非安全举动，在无形的死亡病菌的逼迫下，俨然一副乖乖女模样了，干活也十分认真，完全被改造过来了一样。赵萌又要发表感叹了。她说："好像回到了'大跃进'。"

既然要度过一段非常时期了，在大家的计划中，至少要集体出去大采购一次，买些卫生巾啊书籍杂志啊水果零食之类的。午睡前，赵萌在大家七嘴八舌的建议下开始写申请："尊敬的系主任……"写得很认真，但是磕磕巴巴的，非常吃力，唯恐理由不充分被驳回，那么连上诉的机会也没有了。这时候牛心容回来了，她看见写了一半的申请书，笑得牙都酸了。

"不就是搞张通行证吗，干嘛那么紧张！"她笑过以后说，"包在我身上！"

当天下午，她把一张盖有系办公室大红印章的通行证亮出来的时候，307的女孩们终于领略到了社交明星的风采。大家欢天喜地地相拥着蹦跳着出了宿舍楼，穿过学院敞阔的水泥大道，朝着学院大门走去。大门从来没有像今天这样，高大，严肃，一本正经，还有一小队人守在门口。守门的学生干部拦住了她们。领头的是个瘦高个儿，肤色偏黑，胳膊上套着红卫兵式的红袖章，很认真的模样，一手横在她们面前说："同学，有通行证吗？"听听，多么正式，像列宁同志的卫兵。赵萌很麻利地掏出了通行证，把那个红红的印章努力地往他眼前晃。学生干部接过来，看看通行证，又看看她们，说："就这一张？"赵萌说："啊。我们一起去开的，开在一块儿了。"学生干部很刻板地说："按规定，一张证只能通行一个人，特殊情况下才是两个人，现在你们五六个人用一张证，那可不行。"

女孩们懵了，哪里知道还有这种臭规矩，不服不服，闹闹嚷嚷起来。牛心容走上前，脸上带了笑，大家看得很清楚，是非常纯情的、动人的微笑。她不紧不慢地说："是乔智勇吧？"下巴抬一抬，表示拿准了他，"我听说过你，还看过你发在校报上的文章哩。"开了个不错的头，奠定了下一步的基础。她的笑容又深了一层，"你还不知道，我们是同系的吧？大水冲了龙王庙，一家人不认识一家人了，啊。"这位被叫作乔智勇的学生干部脸微微红了红，咳了一声，又把脸黑过来了，说："我知道，系办公室的章谁不认识？你们低年级的同学就是不懂事，本系的人放了，外系的不放，怎么说得过去？"这就明显不给面子了。牛心容哼了一声，斜睨着他，说："这通行证是系主任亲自出具的，情况也向他说明了，系学生会的张剑峰、尹强、伍小刚，我都熟……"那边又有人来交验通行证了，乔智勇忙打断她的话头说："你和哪个熟和我没关系，你们要么走一个，要么另外开通行证去！"

既是同甘共苦的好姐妹，当然得一起出去，另外去开通行证又没有门路，女生们就拖着学生干部磨了半个多钟头。牛心容特别要强，又是她开的证，如果出不去，那她的面子就大打折扣了，所以她的嗓门抬得特别高，老远一听就像是有人吵架。乔智勇终于气坏了，黑脸气成白脸了，他也拉大嗓门说：

"回去！别像一帮泼妇似的！"

这话像块磨刀石，把牛心容声音磨得更加尖利了，在声音的鼓励下她差不多要扑上去了，赵萌使劲拉住了她。赵萌把大家都挡在身后，像"老鹰捉小鸡"里忠于职守的母鸡，护住其他人，一个人走到前面去。她走的步子只有一两步，可是走得很实在，很沉重，像有咚——咚——的敲打地面的声音；那双丹凤眼凝住了，像长了牙，咬准了乔智勇，死死地瞪着，瞪着，到了他面前，把他那张瘦脸上上下下一小块一小块仔细地盯看——她的眼睛好像在冒火，把那张脸用文火烧出许多的小窟窿。她的样子在说："我记住你了！你也给我记住！"太阳光稀薄寡淡地在他们周围铺洒着，带着霍乱初期的紧张气息，像汗水，黏着，不舒服地。乔智勇感觉到类似战争的慌乱，他知道面前的女孩是他不经意间树起来的敌人。他没有与女性做斗争的经验，因而脸红了，越来越红了。这双眼睛盯得他浑身发毛，一粒汗水从鼻尖渗出来，但他不知道，因为他的眼睛、耳朵、牙齿、舌头和脑子全都麻住了。

"我们走。"

赵萌说。口气那么平静，好像就说了句你好再见一样。她昂首挺胸，像宣传画上大义凛然的女英雄，带着全寝室的女孩大步流星地走出了大门。为了走出气势，一点没有女孩的娉婷姿态，她们简直是一队风头正健的女运动员。

没有人拦住她们。连乔智勇都不敢拦，谁还敢呢？

五

事情真的是很难说。有的时候，多一个人吧，力量就要大些，凝聚力也要强些；可是又有些时候吧，多一个人，反倒弄得人心涣散了。对于307来说，多的那个人就是乔智勇。

乔智勇当天晚上就来找赵萌了。他的意思非常明确，下午的事情他也有做得不对的地方，请求她原谅。可是看他那样儿，公事公办的，措辞也十分公式化，太生硬了，太不够诚恳了。为了占据主动，同时也表明正大光明，赵萌拒绝去远一点的地方说话，她就站在女生楼大门前最高一级台阶上，保证了视线上的优势地位，俯视着眼前这位缺乏经验的学生干部，说：什么叫"也有做得不对的地方"？意思是首先我们有错喽？我们打你了骂你了？我们只是在和你讲道理，而你呢，你说什么？——"泼妇"！你这样称呼我们！你不觉得脸红吗？你配做学生干部吗？

她的声音因为激动而渐渐放大，好些过路的女生或站在门口等人的男生都把脸扭了过来，好奇地看着这两个人。乔智勇尴尬得很，又反驳不了她，只有连连低头、点头，像被驯服的小兽，多大的威风也发作不起来。他最后匆匆说："下午的事，希望你不要往心里去。"说完，连跑带跳地逃走了。

如果下午的出逃是集体力量的结果，那么晚上的和谈就根本是赵萌一个人的胜利了。赵萌得意得很，骄傲得很，晚上熄灯后的聊天时间里，她大大地渲染了乔智勇的窘态和自己说话时抑扬顿挫的声调，尤其是那句高昂的——"你配做学生干部吗？"多么有力度，多么有打击性，像是"叭"地给了他乔智勇一记耳光，他一定记住了，疼疼地记住了。女孩们对赵萌的叙述抱有极大的兴趣，她们每听到一句关于乔智勇手足无措的形容语都要发出痛快而响亮的笑声，眼睛睁得大大的，仿佛要亲眼看到那幅场景才过瘾。她们的态度在这时候基本上还是统一的。可是有个女孩鬼灵精怪地说：

"咦，赵萌，他干吗这么着急来找你呀？就指定了找你，不找我们大家，是不是他看准了要追你？"

这条思路一经点拨，众人的灵感像火花般冒出来，自然就有无数发散开去的话题，聊天内容更加丰富了，愉快了，富于联想了，每一个"说不定……"后面都有说不清道不明的隐含信息，而且是层层递进的，掀起一次次热闹的高潮。女孩们带着恶作剧的心态拼命逼赵萌承认，乔智勇还说了某些比较敏感也比较关键的话，是不能公开出来的那种。赵萌说："天地良心！他要说了一句……"可她说不出来，她觉得太好笑了，于是噎住了，在女孩们看来，这更是"有鬼"！赵萌在黑暗中脸被羞得红红的，没有人看见，但她自己看见了。她看见一个红着一张小猫脸的赵萌拿一块手绢使劲擦着脸上的红，怎么擦也擦不掉，擦不掉，那些红还渗过手绢，滴到地板上了，像血，又不是血，仔细看看，全是深红的玫瑰花瓣，一片一片的，笑盈盈的……她不知道、也不肯承认是做梦。

只有一个人反应不同。就是牛心容。牛心容听到什么乔智勇追赵萌这类话以后就沉默了，有了心事。其实也不算什么心事，只是"哧"的一声，像有谁擦燃了一根火柴，把她整个人点着了。牛心容到底是牛心容，她终于感觉到，她又跳回到原来的那个肉身上了，她是改造不过来的，过了几天洁身自好的日子，还是没断根。她一混进同性当中，什么优越感都没有了，她太平常了，这是她不能忍受的平庸。只有周围围上几层异性的城墙，她的优势才会跃然凸现。她的专业是什么？是恋爱。是让人着迷，疯狂。中学时人们叫她什么？"爱情杀手"！可想而知"死"在她裙下的有多少痴情人了。更难得的是，她每每结束了一段恋情，都能重新以一种毫无经验的纯情姿态出现在下一位情人面前。是本事，是专业。经过一段被霍乱病吓得神经兮兮的日子，牛心容差点找不到方向了，现在，赵萌的事情成了一根导火索，把她心灵深处的东西炸开了。她喜欢和男生在一起，喜欢男生喜欢自己，但是最不喜欢有男生喜欢别的女孩。在她潜意识里，男生只会、也只应该真正喜欢一个人，就是她牛心容。每每看到优秀的男生和女朋友甜蜜蜜地待在一起，她便会冷笑一声，心里说，长久不了的！大凡做某一项事业过于专注执着的人，多少都有点变态心理。

牛心容现在又冷笑了。她对大家说："什么呀，乔智勇肯定不想得罪人，他马上要参加校学生会主席的竞选了，不拉拉选票怎么行？"

其他人没有接着这思路说下去，毕竟把人想得太现实太功利了。307对乔智勇的道歉还是持赞许态度的，赞许之外还愿意加入一点浪漫的想象，生活就是这样诗情画意起来的。赵萌也听见了，她也没有表态，但是她心里在说："才不是呢。绝对不是的……"在这个问题上她有点认真了，较劲了。入睡前她又回想了一遍当时的情形，那路灯下布着阴影的脸、窘迫的表情、低垂的头，"希望你不要往心里去"……赵萌就笑了。她真的往心里去了。

系上不久便有了些零零碎碎的说法，不是关于霍乱病，而是关于系学生会主席乔智勇的。说他终于展开攻势追女生了，追的是低年级委培班的赵萌——赵萌啊，就是那个，下巴尖尖、眼睛细细、脸上还有点雀斑的女生，爱穿条长裙子，住女生5舍的……

这些谣言从何而起，谁也无从考证。赵萌来来去去的，身上便多了些探究的眼光，那些眼光像一个个问号，一重又一重的，把赵萌包围住了。这使她显得突出了，和平时不一样了，可越是这样，她越是要挺拔着身材，清澈着目光，若无其事地捧着书本上课下课，好像没什么突出，没什么不一样。高明的女孩都会这招，像迷魂术，叫人迷迷惑惑的——疑心她的人倒更多了。

那天赵萌本来要去图书馆的，她已经收拾好东西了。出了门又想起一本词典忘带了，折回来拿，门半掩着，里面传出牛心容的声音："……乔智勇会看上赵萌？笑话！那乔智勇傲气得很呢，听说有个女生从高中开始就追求他，他根本就不领情！"屠水英说："可我听人家说得清清楚楚，从没见他对一个女生那么服服帖帖。""退一万步，"牛心容说，"他真是追赵萌的话，那还不是闹点恋爱故事玩玩！成不了的，你瞧着吧！"

赵萌那天就没拿词典。她给气糊涂了。没想到寝室里还是形不成统一战线，形势复杂得很哪。牛心容表面上弃暗投明，其实只是潜伏下来了，根本就是披着羊皮的母狼，逮着机会就咬你。看来，阶级斗争不能放松。赵萌也没去图书馆，她在小操场上转了一圈又一圈。黄昏时分一对对校园恋人也来散步了，他们把黄昏走出一种舒缓的调子，带着些甜蜜。离她很近的地方，一个男的脱下衣服来，很关切地给女的披上。那女生胖乎乎的，不像是畏寒的人，竟也理所当然地接纳了那件外套。这才什么天气，秋天才刚开头呢，有那么冷吗！赵萌自己也知道是有些嫉妒了。她抬起头，太阳的余晖里仿佛有着无数人的眼，无数人的嘴，他们都在看着，说着。

"乔智勇会看上赵萌？""不可能吧？""瞧着吧，成不了的！"

赵萌冷冷地哼了一声。你们看吧，等着看笑话吧！

六

封锁还没有解除，可是关于霍乱的话题大家都有点疲了。渐渐地已经没有人进行激烈的关于生存、关于健康的大型讨论，日子该怎么过还是怎么过着。在别人都在解脱困境的过程中，乔智勇却遇上了新的苦恼。

全系都在疯传着一个谣言，是关于他和二年级的委培生赵萌的"恋爱关系"。上铺的兄弟刚把这个消息透露给他时，他还满不在乎地大笑了几声。

"赵萌？就是那个硬闯校门岗哨的女健将？她那副凶猛样儿——嘿，你没见识过，我躲她还来不及呢！"

他却躲也躲不掉。有一天在第二节课和第三节课之间的休息时间里，赵萌的身影出现在他们教室门口。她也许猜到这个"出现"所可能引起的种种非议，但无论如何她得冒一冒险。那天她略施淡妆，面颊上的雀斑给盖住了，显得模样粉嫩粉嫩的，穿着一件新买的薄毛衣，淡淡的乳棕色，茸茸的毛线纤维演绎着她细致的身形，下面配条很淑女的长裙，是略深一点的棕色，撒着细碎的小花。本来是有些老气的色调，但在那一天，配在赵萌这个女孩的身上就别有一种味道，幽幽的，带着贵族气质与闺阁情态的，细腻，雅致。她没低眉颔首，但是看上去文静极了；她也没戴眼镜，但是她的书卷气扑面而来。这个"出现"使许多男生女生对于赵萌这个"绯闻人物"有了具体的印象，也使乔智勇所做的"女健将"的形容不攻自破。

在不少交头接耳与窃窃私语中，乔智勇又一次看到了她，看到了，先是吃惊于她亭亭玉立的形象，然后就开始脸红起来。他很恼恨自己的脸红，赶快转过身去。

一位女生过来对他说："乔老大，那里有位林妹妹找你。"

"少瞎说，她找我干嘛？"他故作轻松地说着，忍不住扭头看了那边一眼。赵萌的目光盯住了他，坚定不移地，还冲他点了点头。"这就是了。"传话的女生满脸都是丰富内容地笑了笑，走了。乔智勇再不出去就成笑话了。

出人意料的，赵萌只说了一句话，而且面无表情："下午第二节下课，图书馆旁的小花园，我找你有事。"说完扭头就走，根本不给对方回答的机会。对于这个态度乔智勇一直很想不通，凭什么？你找我还那么冲？

小花园在下午二节课后是一个相对合适的去处，这时候人不多，又不像夜晚那样暧昧。乔智勇几乎和赵萌同时到达，他们面对面地站在一起时，赵萌微微把头往上仰了仰。

赵萌冷着脸说："乔智勇，你们班上的人老是造我的谣，把我和你扯在一块儿了，你这个当系学生会主席的也不管管？"

乔智勇疑惑地盯着她说："哦？我倒听说是你们女生寝室传出来的呢。"

"我们？我们才没那么无聊呢！还不是上次我们闯了关，你们怕脸上无光，才编出这些乱七八糟的事情来，挽回你这学生官的面子！这种事情反正是男生占便宜的！"

这样说起来，还真是合乎逻辑，换个人来听，也会对"占便宜"的男生一方产生坚定的怀疑。乔智勇没法说清楚了，面对赵萌一再的逼问——"你看怎么办"——他毫无主张。乔智勇摇着头。

他没有办法消除谣言，赵萌就一次次地找他；越是一次次找他，谣言越是来势汹汹，不断增添着新的内容，以前半信半疑的人都相信了，眼见为实嘛，你乔智勇和赵萌没一点牵扯，人家会隔三岔五地找上门来吗？

每逢系上篮球队训练的时候，赵萌就像一个铁杆球迷一般坐到球场高高的看台上，带着一瓶矿泉水，像是随意的，休闲的，又像是拿定主意一直看下去的。她就这么远远观望着球队里的前锋5号，那个名叫乔智勇的男生，嘴角带着一丝笑意。秋天的太阳光徘徊在看台上，一步一步挪动着优雅的身姿，阳光照在女孩身上，她浑身都发散着一种迷人的光彩，令人眩目。

球队的队员们都会忍不住把目光投向那里，又羡慕地看看乔智勇，他们用眼睛说："嘿，好家伙！"乔智勇无言以对。

他逃不掉了。赵萌出现在他的生活里，像一个影子，跟着他，黏着他。他渐渐悟出她的良苦用心了。她要的不是辟谣，而是更多的谣言——多得足以乱真，足以假戏真做，足以把他毫无防备地拿下，在缺少必要铺垫的情况下牢牢拴住两个无关的人。这个狡猾的小女生，想捕大鱼力气还欠了点儿。

他到底还是有点得意，冲着空气吹了声口哨。

七

霍乱造成了封锁，封锁却又成全了无数原本缘份极薄的校园情侣。虽说天涯何处无芳草，但是你到不了天涯，画地为牢，就只有在切近的眼前寻找，哪怕是草籽也会引人注目。男生女生一时间都失去了广阔天地，在一个狭窄的空间里寂寞着，一个人寂寞总不如两个人一起寂寞，于是将将就就的，闪电般地恋爱起来了。

牛心容也迈开步伐开始大张旗鼓地投入到恋爱的事业中，久未施展拳脚的她小试身手，钓了个三流角色，是管理系绰号叫"酒瓶"的男生，总是在鼻子下留一抹自以为是的茸毛胡子，模仿《乱世佳人》里面男主角白瑞德的扮相。有了这个"底"，牛心容心实一点了，心一实人就飘起来，进进出出都摆出一副拒人千里之外的得意样儿。那天她在小阳台上梳头发，把发丝一根一根地捻成一股，轻轻拎起来晃着，笑眯眯地冲等在楼下的男朋友搭讪："……你不要？咯咯咯……我还不送你呢！"赵萌在屋里，冷冷地说，是狐狸就去不了骚味儿！

牛心容从阳台上进来了。她对着空气说：我骚，总还有人愿意我骚，有人想当狐狸还当不成呢！

但是现在大家都懒得理她们这对老冤家了，谁是不是狐狸谁骚不骚有什么重要呢？还是自己的事紧要。韦静雯最近常有电话，而漂亮的张愫更是同时被几个本系和外系的男生包围着，还听说——仅仅是听说——连年纪长了大家好几岁、面相又老气的屠水英都有人介绍对象呢。爱情的气息笼罩着307。

只有赵萌。在许多男生眼里，她已是乔智勇的女朋友了，很少有人愿意和系学生会主席做情敌的——何况女方还算不上什么尤物。这样，赵萌成了异性社交圈里"小心轻放"的那一类，没人敢招惹了。原本同在一个市的K大学还有几个中学同学，其中一个男生对她早就有点追求倾向的，现在封校了，他们就断了来往。赵萌很孤独。别人上课时她上课，别人吃饭时她吃饭，别人约会时……她就在寝室里发呆。造成这种局面，其中的曲折她是清楚的，也许有些后悔——错了吧？为了自尊或者是虚荣，逞着这点强……但现在，她只有一错再错，没有退路地错下去了。

还是为了自尊，或虚荣。

她在乔智勇面前的姿态已经和最初大大不同了。她不声不响地在乔智勇身边活动着，不大张旗鼓，不直截了当，若有若无，若即若离，好像是与他无关，但却让人更加肯定他们是一对儿。乔智勇没有表态，没有行动，那么她就要暗渡陈仓，在潜移默化中达到理所当然的地步。起初乔智勇没有太在意，随她闹去，只当她是个普通的追求者，但是越往后走，赵萌身上所散发出的绝不罢休、誓死如归的气息笼罩住了他，他越来越感到恐慌，像粘在蜘蛛网上的小虫，脱身不得了。

他去食堂打早饭，赵萌会直接从排着的前排位置自动退位，到他前面站着；他去上课，总是会"凑巧"地遇到同去教室的赵萌；如果他哪天上午没课，赵萌会专门请假甚至逃课去找他，找到了，两个人也没有话说——那时还没有限制女生上男生楼，赵萌总是轻车熟路地找到他的宿舍，别的男生一见她就躲出去了。乔智勇知道她来了，假装不知道，躺在床上使劲看一本教材，头也不抬，赵萌呢，她也不说什么，只是随便地坐到他对面的床位上，半低着头，盯着地板上一只破拖鞋或是纸屑什么的。他们的恋爱就在这古怪的空气里进行，闷闷的，说不出有什么好，也说不出有什么不好。这么静静地待上一段时间，赵萌就起身走了，别的男生只看见她远去的背影，只知道她走了——她走之前呢？在屋里是怎样的情形？谁知道呢？男生们便互相挤一挤眼睛。

乔智勇明白，这样下去，吃亏的就是自己了。他必须反抗。在这个孤岛般的校园里，在这个对恋爱故事"宁可信其有，不可信其无"的世道中，要证明自己与一个女生的清白关系是多么困难的一件事啊！他开始公开与赵萌作对。他在男生堆里把赵萌当成笑料来谈论，当着赵萌的面讨好别的女生，还在碰到赵萌的时候故意转过脸去假装没看见她。直到有一天，他在食堂门口当着众人的面，一掌打翻了赵萌好心好意送到面前来的午餐，五颜六色的饭菜撒了一地，像霎那间绽放出姹紫嫣红的花朵，赵萌脸色就变了。她的脸挤出一丝凄然的笑意，蜿蜒着向上升腾。有点苦，真的有点苦。

牛心容正巧和"酒瓶"打了饭从食堂出来，瞧见了这一幕，她把嘴努力地一撇，晾出看不起的神气来。她对"酒瓶"说："女的追男的追到这个地步，真是够贱的！"但是"酒瓶"说："不管怎么说女的也是弱者，他乔智勇也太做得出来了。我要是老师非治治他不可！"这话点醒了牛心容，她把勺子往饭盒里一放，激动得花枝乱颤，恍然道："对呀，我怎么没想到呢？"

没过多久，系上开了一次"整风会"，是党支部漆书记主持的。漆书记年纪大了，不再担负教学工作，但是他对党的工作非常认真，他的话是有分量的。这一次，漆书记就若有所指地提到："……现在我们有的大学生，原本在学习上、工作上是很有进取心、很有责任感的，但是偏偏遇到感情问题就处理不好，不认真对待，不仅伤害别人，也损害了自身形象……"便有人有意无意地把眼光投射到乔智勇身上，那眼光是漫不经心的，却又是抿着笑、带点嘲讽意味的，乔智勇就有些坐不安稳了。他一直是个标准的好学生，从来只有他嘲笑别人的。他为此很愤怒。

更加愤怒的事情在后面。不久以后的一次系学生会干部调整中，乔智勇忽然被"降职"了，从系学生会主席调整为劳动部部长。调整的过程静悄悄的，仿佛有不愿意让人了解的内幕，同时也显得有些灰溜溜的。乔智勇，这个一米八二的篮球前锋，这个全系瞩目的明星人物，在他学生时代的仕途上终于遭遇到第一次、也是最惨痛的一次滑铁卢。一切意味着他已经在校学生会主席的竞争中提前出局了。

虽然他努力做出不计较的样子，但越是做出这副样子别人就越是看透了他，和他说话时不经意地带了点小心翼翼的同情的口气，这是他最忍受不了的。赵萌倒是照样来找他了。她来的那天是个星期天的上午，是所有人都知道干部调整后的星期天上午，她走到男生寝室门口，轻轻敲敲门，忽然发现门上贴了张纸条：

"赵萌与狗不得入内！！！"

这几个字，每个字的笔迹都不一样，看得出是全宿舍男生的共同杰作。现在男生这边的同情心都偏到乔智勇这边了。男的啊，什么爱江山更爱美人，只要挡了他得江山的道，管你什么美人都不想要了，何况你还不是他的美人。赵萌浑身发颤，门板像要压下来似的，她使劲地抵着，抵着。他们小看她赵萌了。他们像她那个超生的傻瓜弟弟一样小看她了。她是个被扔进水里、沉到水底最后还是能浮出水面的人。

她把门板推开，乔智勇就坐在床沿，等着她似的，脸上带着萧瑟的杀气，像刀剑的刃，白惨惨的，泛着阴冷的光。然而赵萌并不退缩，她就站在那里，平平静静的，用柔情而坚毅的目光注

181

视着他。两个人像武侠片中的高人，不动声色地对峙着，在沉默中刀光剑影，在沉默着消耗内力。

没人能把恋爱谈到这个境界。

八

乔智勇的"官"丢了，这并不意味着他不再优秀了，更不意味着他就退出了人们的视线范围，相反的，他的身姿仍是校篮球队里最帅气的，他的文章仍在院报上占据显要的位置，学院"舆论界"也仍然广泛关注着他。公众就是这样，他们嫉妒强者，却又同情弱者。女生们谈起乔智勇，滔滔不绝，纷纷流露出叹惜之情，简直想上演一出"公子落难，红粉相助"的折子戏。有多少人盯着他啊，这个炙手可热的人物！当然，说来说去的，还是要把他与赵萌联系在一起。大家说，赵萌好阴险啊，都什么年代了，追不到男朋友还去找组织告状，往他的前途上撒石子，这样的女生谁敢要啊？

赵萌背上了恶名，她自己一点都不知道。她几乎是没有知心朋友的，也就没有人告诉她这样那样的是非。只有牛心容，进进出出把一些难听的话挂在嘴上。牛心容说："男追女，隔重山；女追男，隔层纸。没见过还有追男人追得山穷水尽的！"牛心容说："人活一张脸，树活一层皮。"牛心容还说："去听听晚上男生寝室都议论些啥，就知道女生的脸都给丢尽了！"现在她好像是个道德训导师。赵萌就对屠水英、实际上是对牛心容说："至少我没有破罐子破摔，缺乏精品意识，连瓶瓶罐罐废铜烂铁的也稀奇得不得了，整个一捡破烂的！"这句话正击中牛心容痛处，她委实没有结交过上档次的男朋友，大凡都是"酒瓶"一类不上台面的人物。

"精品意识"几个字余音袅袅，而在牛心容心里缓缓浮出水面的，是众人瞩目的才子乔智勇。别看她赵萌下里巴贱的，追男生追成这个样子，可是话说回来，她选中的人，确实是值得一追的。牛心容的斗志被激发了，她要出手了，重重地出手，给赵萌以致命性的打击。

就在那天晚上，乔智勇照例在图书馆看书，不过是上了一趟厕所，回到座位时却发现笔记本里夹了张纸条，用圆珠笔写着几个女性化的字："想甩了赵萌吗？想打败她吗？我能帮助你。十分钟后足球场东面球门等。"太像一个恶作剧了，然而这内容也太有诱惑力了。他环顾四周，没有看到异常举动的人。他决定冒着被捉弄的危险去会一会这个大侠。

远远的，就看见球门边站着一个人，从形体上看，是女的，因为天黑，看不清模样。乔智勇犹豫着，怕又是赵萌的诡计吧？走近了，却是牛心容。乔智勇知道她和赵萌是室友，简直想掉头走了。牛心容开心地说，嘿，你真来啦！听上去更像是恶作剧了。乔智勇冷冷地说，你要干什么？牛心容在黑暗里笑了，她故意停顿了一下，让空气在两个人之间神秘地流动一会儿，然后小声地、郑重地说："帮你。"

爆炸性新闻是第二天一早传开的。那天早上在食堂里，许多人亲眼目睹了乔智勇和牛心容亲亲热热坐在一起吃早餐的情形——绝对是已经进入状态的了，两个人你喂我一勺，我喂你一勺的，饭盒靠饭盒，四目相对，含情脉脉……怎么形容都不过分了。从他们身边来来往往的学生瞪大了眼睛，带着惊奇的神情，好像在说："不会吧？怎么可能？赵萌哪儿去了？"牛心容调整好表情，尽职尽责地微笑着，她又引人注目了，出名了，明星的光环像太阳一样照在头上。

只有一个人不止是惊奇。那就是赵萌。307室的张愫抢先一步回到宿舍，对没去食堂打饭的屠水英、韦静雯通报了这一消息，她真是太天真了，竟然像个老奶奶一样絮絮叨叨地叮嘱："别让赵萌知道了，别让赵萌知道了……"这时门开了。赵萌站在门口，脸上没有任何表情，也没有一丝血色。她的手里居然还端着一个沉沉的饭盒，饭盒里面盛着粥，上面的盒盖倒扣过来，放着两个包子和一撮榨菜。她居然把饭稳稳当当地打回来了，没有像电影里演的那样动不动就"哗"地掉碗掉碟的，那样就夸张了。赵萌走进来，把饭盒小心地放到桌子上，又轻轻把门关上了。然而她的样子还是让屋里的女孩们感到了紧张，她们目不转睛地盯着赵萌，等待着什么。赵萌很想摆出个无所谓的表情，按照她的设想，应该是孤傲地冷冷一笑，说，看得上牛心容那种人的男生根本就配不上我！她应该有这么个表态，她也知道所有人都等着自己表态，可她到底没有忍住，忽然"哇——"一声哭起来，扑到了床上，把脸死死揣进枕头里，让声音与眼泪都吸进去，肩膀却一下一下耸动得触目惊心。

牛心容回来得有点晚，她走到二楼楼梯口的时候碰上了要去上课的韦静雯。静雯手里拿着牛心容的书包，急急地说："对了牛心容，今天要提前半小时上课，听说是老师要提示考试重点哟！我已经帮你把包拿出来了，咱们快走吧！"牛心容感激地一笑，赶紧接过书包跟着韦静雯走了。可是来到教室，里面还空着，没有人，她俩又等了好一会儿才陆续有学生来上课，课还是正点上的，课上老师也没有提示考试重点。当牛心容狐疑地看看韦静雯，静雯便两手一摊："唉，我也是听说的，看来上当啦！"静雯说上当了，脸上却没有上当的气愤神情，倒有着完成了一项任务的轻松。牛心容忽然明白了，这样做，是不让她回宿舍和赵萌碰面，不让她面对赵萌的惨相，也不让赵萌受更大的刺激。赵萌失败了，却引来这么多同盟。

在这些同盟的安排下，赵萌失踪了整整一星期。女孩们帮她请了病假，又让她住进七楼另一个系的女生宿舍，大家每天轮流去看望她，照顾她，给她送饭洗衣，防止她自杀。最初的几天赵萌一直躺在床上，眼看着时间大片大片地流走，她把自己的手伸出去，抓，又抓。这是间陌生的宿舍，只有两个陌生的女孩住在这儿，她们安安静静的，从不过问赵萌的私生活。她也渐渐适应了这里的气氛，安静下来，有时也起身，到阳台上去看看风景。她会在凝望远方的时候蓦然想起，自己竟然已是经历过一场恋爱的人了，多么奇怪啊。几天前的事情回想起来也像过去几辈子了。楼道里有女孩在边走边唱歌，蹦跳，掏钥匙，开门，她的心跟随着这些声音跳动——也像是遥遥的，隔了千山万水一样。

一星期过去了。

尽管心里的痛没有完全消散，但是赵萌只等眼睛的红肿消散以后就搬回去了。她腋下夹着铺盖卷儿，很从容地打开了307宿舍的门。屋里的女孩先是一愣，然后就连笑带叫地扑过去了，这里面多少带着点劫后重逢的欢喜与沧桑，大家说，赵萌，还记得我们啊！赵萌说，我倒是乐不思蜀，可是307不能没有室长啊！大家便大笑起来，说好啊赵萌，你还是一副室长相！大家帮她铺床，和她叽叽喳喳地讲这几天的新闻，闹得跟过节似的。牛心容一个人还是坐在她那个高高在上的床铺上，脸上努力挂出胜利者的得意的喜色，挂久了，有点累，又没有人看着她，那喜色便有些空洞乏味。在307，虽然女孩们对于赵萌追乔智勇的事情是不赞同的，嫌她失体面，但是她一旦成了牛心容阴谋中的牺牲者，大家又万分同情。所以，倒是牛心容的日子越发不好过了，大家眼里好像没这个人似的，拿她当行尸走肉，话也不和她说。

有一天晚上，张愫回来，带回一个消息，原来足球场的某处隐蔽的围栏被人愚公移山样地慢慢弄出个小豁口，常常有人从这里翻出学院去玩呢。这消息立马引起一阵疯狂的尖叫，张愫好容易才制止住了大家，说，听室长的！赵萌便把眼睛一挤："必须赶在院方发现豁口前行动！"越早越好，除了牛心容以外的几个女孩当即带上钱，穿上外套，做出随便的样子手挽手地出发了，遇到熟人打招呼，她们就说，去操场散散步！她们的计划太简单了，就是出去，到一条街外的老福头火锅店大吃一顿。为避免被人看出破绽，她们分成两拨，一前一后，由张愫所在的一拨带路，弯三拐四地来到一段僻静的围栏边，四面八方地观察着，瞅准没人，几个女孩一个一个地从豁口钻出去了。赵萌负责掩护，最后一个才钻出去，她出去前回看了一眼学院，近处黑黑的，冷冷的，空旷的操场没有表情；远处有教学楼，都亮着灯，一盏一盏的，一模一样，在一格一格的窗子里，亮成一小点儿一小点儿……要疯的，再这么关下去要疯的。这是个疯人院，人人都在霍乱。然而赵萌要逃出去了，她在钻出去的过程中感觉到了不同，她真的出去了！这个可恶的霍乱的地方……

九

牛心容住院了。确切地说，是被隔离住院，因为被怀疑得了霍乱。被307女孩们疏远的她不甘寂寞，跟着男生们逃出去玩了几次，就住上院了。医生问她到哪儿去玩了，跟谁一起去玩了，她一直答不上来。旁边的小护士忍不住轻轻笑了声："男朋友多了，不见得是好事。"

住院的初期是在恐怖与紧张中度过的。漫长的夜晚，她坐在陌生的病床上不止一次地想到了死亡。这是个要死人的病哪！在想象中死神像病菌一样慢慢地侵入了自己年轻的身体。中学时曾有一位老师严厉地批评她"不自爱"，其实不对，她是爱自己的，不但自己爱，也非要别人来爱。出于虚空，也出于安全的需要。实在熬不住了就跑去打电话，男生甲乙丙丁，连分手多日的"酒瓶"也想到了，管他三七二十一打过去，哪知昔日的一帮护花使者一见她得了霍乱，个个避之不及，连她的电话也不敢接，或者说两句就匆匆挂断，好像电话也会传染。牛心容那个气啊，这么多年的恋爱事业闹得轰轰烈烈，到头来连个肯接电话的人都没有。

她把电话本拿在手上翻来翻去，一页一页的，翻到一页上写有"乔智勇"三个字，她停住了，想了又想，还是把打电话的念头按捺住了。这一个不能算男朋友。虽然他们曾那么亲密地靠在一起吃饭，走路手挽手的，他们还像模像样地相互深情凝视，可这都是演戏，演给赵萌一个人看。在成功甩掉赵萌以后，乔智勇请她吃了一顿饭——不是单独的，连同他宿舍的全体哥们儿——既是感谢她，也是向大家澄清自己和牛心容之间的关系。男生们都夸牛心容"勇敢"、"讲义气"、"够哥们儿"，没人认为他们应该假戏真做，连这方面的玩笑都没开一个。牛心容真是失望啊。这顿饭吃完以后乔智勇就再没有找过她。明摆着的，她"洪湖水"的名气太大，检点的男生自然不愿沾手。

在市医院没有待多长时间，牛心容的病情控制住了，她被送回学院，暂时还住在学院内部医院的病房里。其实很多人都知道她回来了，可是都装作不知道。系上副主任代表领导来看望了她一次，辅导员老师来过一次，然后就没有人了。她很多时候都在空空的白白的病房里走来走去，或者伏在窗边看看外面的人，她开始真正感觉到孤独。脱离了异性世界的牛心容真的是很平凡。她穿着没有人欣赏的病号服——就是老套的、上面一杠一杠条子花纹的那种，世界上只有病号和犯人这样穿——她把头发胡乱地揪在脑后扎个马尾，她抱住浑圆的胳膊坐在床上发呆……然后眼泪就下来了。要是你这样告诉她的室友，307的女生们会一撇嘴说，她会哭？她也会流真正的眼泪？就好像人家牛心容流的是鳄鱼的眼泪一样。其实，现在住院的牛心容真是很真实、很平凡的，怎么偏偏没有人看见呢？

牛心容不停地安慰自己：得的是霍乱嘛，这个病容易传染，还容易死人的，当然不能怪别人喽！换了我也不敢去看一个霍乱病人……但她趴在窗台上，盯着楼下的路，仍旧希望能够看见一个熟悉的身影。没有。还是没有。她明白了，过去的恋爱她在作戏，别人也在作戏，没有人当真，当然也没有人肯冒生命危险来见她一面——就算已经没有生命危险了也不肯来。她盯着那条路，眼睛仍是湿的，却蒙蒙地看出个人影走过来。她索性闭上眼，恨恨地许了个愿：如果是来看望我的，如果是个男生，我一定和他认认真真地恋爱一场，然后嫁给他。这是一个严重的誓言。嫁，过去她想都不想的，觉得嫁人是件枯燥乏味的事，被一个人拴死了有什么好哇？现在不一样了。原来这世上只要有一个真心待自己的人，就足够了。从前的她总是不够，不够，也许是没有找到真爱吧？

她把眼睛睁开，那个人影已经没有了，像梦了一场。从楼下到她的病房只有一分半钟的路程，她好像听到"哒、哒、哒"时间的声音，这一分半钟在她那里格外漫长。赌徒的心理。忽然门外有了脚步声，一下一下，终于停住了，敲门。牛心容发疯般地跑去开门，连拖鞋也跑掉了一只。

是乔智勇。

牛心容痴痴地盯着他，盯着他的脸，他的眼睛，他的嘴巴……牛心容一气地哭起来了，倒把乔智勇弄得不知所措。牛心容只是哭，只是哭。

乔智勇说："我知道生病住院你一定受了许多委屈……"他小心地打量她的表情，看她实在伤心，他觉得自己不能继续说下去了，说得太深入，有误会就不好了。可牛心容执拗地认定就是他就是他！她的希望也好，她的末日也罢，豁出去了，她抬起满是泪痕的脸往他怀里扑去，乔智勇连连后退，一连串的"别这样，别这样"，退到墙角，无路可逃了，他只有负隅顽抗，忽然大喊了一声："行了！"把两个人都吓了一跳。牛心容只是怔怔地望着他，乔智勇自觉失言，也只有硬着头皮说："说好我们只是逢场作戏的……你的后备军也够多了，不用再加我一个。我已经让赵萌逼烦了，可不想再……"末了，他把一袋水果轻轻放在桌上，预备走出去。牛心容知道再不和他说上一句话，也许这辈子都没有机会了，可她万万没有料到自己说出口的竟是这样一句坦白的话：

"去漆书记那里告你状的，不是赵萌，是我。"

乔智勇万分惊异地瞪圆了眼睛。牛心容伤感地看着他，知道这是真的失去他了，哪怕从来没有得到过他。她从来没在一个人面前揭露自己，只有这个乔智勇。牛心容说："我只想嫁祸于赵萌。只想你恨她。"乔智勇无话可说，心情复杂地拉开了房门。牛心容还是说了最后一句：

"其实，赵萌是真的喜欢你的。"

然后她转过脸，兀自苦笑。千兜万转，到达的却是这样一个终点。只不过，这个终点的她，已不是起点的那个她了。她是真真实实害过一场霍乱的人啊。

两天后，是个阳光闪耀的星期天早上，牛心容从梦中醒来，光线晃得她眼睛发花。在这刺目的晨光里，她看清了立在她床头的一个人，竟然是赵萌。赵萌是女生式的探望，捧一束鲜花，外带一个玩具长耳朵兔子。她站在床边，愣着，不知该说什么好。牛心容却激动地探身上前握住了她的手，温热的手，紧紧地握着，她们一起想起了霍乱来临之初的日夜，大家像亲姐妹一样团结和睦，相亲相爱……霍乱曾使她们亲密无间，也给她们带来隔阂，彼此之间的伤害，谁会知道，霍乱又会让她们重头再来呢？

十

乔智勇临毕业的时候，关于那场霍乱的记忆已经淡去了，那些因霍乱而产生的爱情也随之变得陈旧乏味，很少有人记得当初围绕在三个人之间的是是非非。学院是年轻人的天下，一批去了，又一批来了，永远有新鲜的人，新鲜的事。无论是多么了得的风云人物也都得退出学院的历史舞台。

那天中午，大家都快午睡了，有人来带话："307赵萌，楼下有人找。"

赵萌只走到楼梯口，就透过宿舍楼底的大玻璃门看到了守在那里的一个人，那个人也看到了她。当然是乔智勇。好像——至少在这个时刻——世界上不会有第二个人会来见赵萌了。在慢慢走近的过程里，他们对视着，陌生人般的。

乔智勇的眼光在说：赵萌你还好吗？

赵萌的眼光回答说：我好不好与你有关系吗？

乔智勇的眼光说：赵萌你别这样以前都是我不好。

赵萌的眼光说：谁好谁不好现在又有什么意义？

他们还没开口就完成了相当分量的对话，使气氛变得简单而凝重。

乔智勇说：赵萌你还好吗？

赵萌说：我好不好与你有关系吗？

乔智勇说：赵萌你别这样以前都是我不好。

赵萌说：谁好谁不好现在又有什么意义？

把眼里的话翻译成嘴里的话，也只有这些了，可是乔智勇不甘心，他要的不是这样的气氛，这样的效果。即将毕业的人大多会对以往作些简单的反思，而多日的思考使乔智勇对赵萌有了新的看法，新的发现。他不得不说："赵萌，我现在才知道，这四年里，真正对我好过的人，只有你一个……"

这也许是赵萌早就盼望的一句话，他期待着她的感动。然而赵萌很快地接过话头说："是吗？那一定是你的错觉。别忘了，那时是在闹霍乱呢，谁都不清醒。"

没有等他反应过来，她已经转身走了，毫无留恋的意思。乔智勇一个人站在那里，深深地吸了一口气，咂咂嘴，品着此时的感受。有点苦味。

可不是，霍乱时期已经过了。

通　道

　　别拿我当怪物。我也不是精神病人，或者修炼某种气功到一定级别后忽然开了天眼——通通不是。

　　必须声明这一点，以防有人在看到后面的文字时，会皱着眉头、嘴角一撇就做出对我不负责任的判断。是啊，这再也不是蒙昧无知的时代，迷信的人们渐渐消逝，剩在这个世界上的都是目光犀利的人，他们能预报天气，改良土壤，把各个物种的基因像玩扑克一样重新洗牌，据说还要设计通往月球的公交飞船。科学已经横行霸道了一百年，或者两百年。

　　可惜科学拯救不了我。我有一种违背科学的天赋，是忽然之间被发现的，然后它就像皮肤一般与我紧紧相依、无法剥离了。

　　在此之前，我是一个过着正常生活的中年男人，有一份体面的坐办公室的工作，一个俗话说的"温馨而美满"的家庭，我不是同性恋，也不追求过高的职位，这么马马虎虎过下去，可以太平一辈子。直到那个星期一中午。

　　那个星期一中午。

　　我照例在单位对面的"天天快餐"享受了一份鸡排套餐作午饭，然后漫不经心地踱着碎步回到办公室。出了电梯，我第一眼就发现楼道地面是湿的，刚刚被拖布打扫过——是新来的清洁工干的，她是个一脸愁相的中年妇女，那张愁相后面定然是挣的钱不够花啦、丈夫不争气啦、孩子要读书啦之类的我们谁都懒得去了解的内容，估计她想下午早点回家，所以趁着大家午休时拖地板。而对于清洁工，我们向来都是要求其在下午下班后再进行打扫的。

出于不满，我无视地面的水迹未干，毫不迟疑地迈开步子往前走。我得先去一趟卫生间，释放一下生理废水，然后回到办公室，上上网，或者小眯一会儿。

做完这一切，我站在办公室门口看了看，楼道的地面上留下了一长串凌乱的脚印，像一群黑胖的大蚂蚁笨拙地排列着不整齐的队伍，挤来挤去通往某个曲折、神秘的巢穴——从卫生间出来后有一小段回头路，几只"大蚂蚁"叠罗汉似的重叠了部分身体，像是在打架。

这无意义的映像片段只有淡淡一瞬，很快就被更多的庸常琐事淹没了，如果没有后来、再后来，"大蚂蚁"无论如何也不会成为我生活的噩梦。

二十四小时之后，也就是星期二中午，我出电梯后又面对着湿漉漉的、刚刚拖过的楼道——看来昨天的"大蚂蚁"没有打败清洁工，她执意要在午休时分完成工作。我心里涌起恶作剧的快意，又大摇大摆地踩着湿地板走过去了。从卫生间出来，回办公室，站在办公室门口又欣赏了一下自己的"杰作"：和昨天一样的"大蚂蚁"，排着队，挤来挤去。我心里暗笑了一下，正要进房间，第六感告诉我有什么东西有点怪异。

我又回头看了看脚印组成的"地板画"，感觉这画面非常眼熟——从卫生间出来后有一小段回头路，几只"大蚂蚁"叠罗汉似的重叠了部分身体，像是在打架。今天的脚印和昨天的太过相似了，但我并不确定它们是完全一样的——那是不可能的，是吧？再说脚印和脚印看上去总是相似的。

到了第三天，我再面对自己的脚印时，终于有了一种无法解释的怀疑。我站在办公室门口——与前两天同样的位置、同样的角度，那些脚印图案扑面而来，以完全熟悉的姿态。我从兜里掏出手机，拍下了这个画面。星期四，我又把它拍下来，然后把两张照片倒腾到电脑里，放大，仔细对比——知道我发现了什么吗？

该死的，两张照片几乎一模一样！说"几乎"，是我拿手机的高度有轻微的不同，但拍下来的画面——那些脚印——却是完全相同的，连同数量，连同排列的方式，连同每个脚印向前运动的细节与转弯的弧度，通通是一样的。

坐在电脑前的我愣了好长一阵。难道我的脚有一种记忆功能？它们能在湿地板上留下丝毫不差的脚印，像用模子定做的一样！

我心里有种不愿相信的力量在挣扎，希望这个结论是错误的，但是星期五的照片拍下来后，一切都很确定了。

是的，就是说，从星期一到星期五，每个中午我从电梯里出来，上卫生间，再回办公室，这个过程中我所走的每一步——都是相同的。

刘玉华说这周末会烧我最喜欢的糖醋排骨，她要晚点回来，下班后去超市买周末的食材。

刘玉华是我老婆，我一直就叫她刘玉华，就像她从来就叫我赵国庆一样。我们从认识到建立恋爱关系、结婚生子，每一步都符合生活逻辑与办事程序，在称呼上大家都没有强求，沿用了最初的版本。曾经有一次我当着她同事的面叫她名字，回来她抱怨道："我们同事都说，你怎么不亲热一点，叫个玉华也好呀！"我没法解释，只说老夫老妻的，已经习惯了，要改口也难。

不仅自己改口难，听别人不一样的称呼都难受。每次去收发室，那个挂一脸黏糊糊谄媚笑容的老收发员要跟我套近乎，总是这样开头："我们家小谢说……"说我长得很富态、有官相；说那天看到我走路上班了，看来很注意养生；说哪天请我去家里坐坐……都是"我们家小谢"说的——那是他老伴，她不停地说，说了好多年，好多年了还是"我们家小谢"，头发都白了吧？全然不顾现在我一听到这称呼，胳膊上的皮肤就一阵一阵地麻上来。

糖醋排骨烧得恰到好处，肉嫩，赵媛媛却满不在乎，对盘子里的排骨挑挑拣拣。赵媛媛是我们的独生女，刚上大一，生活对她来说像是突然打开了一个新的通道，通往更加绚烂的未来世界，让她总是兴冲冲地跑呀跑的。还好，她读的大学就在本市，有时她会在周末回来和我们聚一下，"老刘老赵，"她总是这样在电话里通知，"把我的粮食准备好哟！"她喜欢拿自己当宠物——这和刘玉华完全不同，刘玉华这一代的女性都独立强悍得不得了。

趁着赵媛媛终于夹起一块最小的糖醋排骨、漫不经心地开始咬它时，我把这周的"脚印事件"认认真真地讲述了一遍，并且强调说，如果有人不相信我的话，可以来看我拍的照片。刘玉华不耐烦地瞪了我一眼，狠狠吸了吸手里一块骨头最后的汁液，砰地把它扔到桌上的垃圾盘里，她的意见也随之扔出来："你倒是有闲心啊，一天到晚净琢磨些屁用也没有的事！"她的态度是可以预见的，所以我不打算理睬，把脸转向赵媛媛，希望她能有兴趣。可是赵媛媛听完后只是把嘴一噘，几乎是耐着性子跟我说："爸，这有什么奇怪的？你每天不都是做相同的事情吗？当然会走相同的路线。别说办公室里那一小段，你从早到晚，不都走的是一条固定路线吗？你们这代人都这样啊！"

她的话居然让我有了一种毛骨悚然的感觉！第一，她告诉我，我每天走的每一步，都是固定的，不仅仅是办公室那一小段；第二，她认为这很正常，没什么大不了的，因为我们这代人都这样。

我们没有再讨论这个话题，可是吃完饭要离开餐桌时，我特意看了看自己刚刚迈出去的脚——这一步，肯定和从前一样，是每次饭后起身迈的第一步。

有了这个念头之后，更加恐怖的事情发生了：忽然之间，地板像是被施了魔法，冒出密密麻麻的脚印！每个脚印都是半透明的，但那形状和我留在办公室楼道里的一模一样！我的脚印！我留下的！大蚂蚁！

我僵在原地，面对一屋子的凌乱脚印冷汗淋漓，一动也不敢动。刘玉华和赵媛媛问我在做什么时，我结结巴巴地问："你们……看到没有？地板上……"她们的眼光顺着我指的方向往地面上瞧了一瞧，什么也没发现，又转过头好奇地看着我。

我努力想解释，话在嘴里像冰碴子一样硌牙，最后还是把手一挥："没什么，唉。"

有人会相信吗？我能看见自己的脚印！从前走过的每一步居然都记录在案！

从极度诧异的状态中慢慢调整过来后，我决定保持沉默。这是一项特异功能，我相信，但别人（除了我以外的所有人）不会相信，他们会把我当成哗众取宠的骗子、出现幻觉的高烧病人、精神分裂者！在随后的日子里，我不仅成功地保守住了这个秘密，还学会了适应它甚至享受它，慢慢地开发着自己的特异功能并乐在其中。

我看到了在酒柜旁边留恋的脚印，因为我常常打开玻璃柜门，轻轻取出一瓶珍藏的陈年老酒，恋恋不舍地抚摸它、端详它然后原封不动地放回去——我是个克己的人哪！

我看到了在处长办公室门口踌躇的脚印，这来源于每次我找处长汇报工作前，都会小心观察处长的动静——他的脸色、他手头上在做的工作——这习惯没有坏处，真的没有，以我现在的职务就可以说明。

我看到了小会议室外面的一圈饶有意味的脚印。十一二年前我曾暗恋过一个漂亮的女同事，她有个诗意的名字叫兰亭。我平时不敢和她有什么接触，连正眼多看她几眼也不能，只有借着单位开会的休息时间，假装出来吸烟，一边吸一边隔着大落地窗直直地盯着坐在里面的她，如何谈笑风生，如何用手指卷起长发的发梢又放开……她后来辞职走了，我很快也把她忘了，如果不是这些脚印，恐怕我再也想不起这一段难以启齿的精神恋爱。

对脚印的探索到达一定阶段，竟然有了令我沮丧的发现——那些脚印是从前留下来的，通通都是，我并不能制造新的脚印。就是说，我走的每一步，必然会落在以前留下的某个脚印上，有时我故意把脚偏一偏，企图突破这种局限，可是必有一种力量会把我的脚掰正，让它落地时分毫不差地落进脚印的模子里。这可太痛苦了！以前没有意识到这一点倒算了，现在明明白白地看到了真相，日子就变得折磨人了。

那些脚印是什么时候留下的呢？要积累到什么程度才可以变成这样顽固的模具啊！难道前半生就是用来制造模具的吗？后半生只能在固定的模式中生活？

没过多久，上级部门的领导要来我们单位检查工作，我让人去挂一幅长长的标语，要从楼顶挂下来。本来不用我亲自出马监督的，但我心血来潮，想去楼顶看看——说不定我能借此机会创造新的脚印。

没用的，通往楼顶的路上也有我过去留下的脚印，虽然稀疏仍可辨识——当我还是小毛头的时候，挂标语这种事情就是由我做的。我沿着从前的脚印一步步地走过去，接近楼层边缘约一步远的地方，脚印消失了，就是说，从前的我本能地避开了危险，没有走到顶楼的尽头。我决定冒一个险。

"副处长！小心！"

"危险哪！"

几个忙着挂标语的小伙子都警告我，摆出一副救驾的样子向我靠拢。

没有用的——我是说我的努力，我把脚伸向更远的边缘处时，像碰到什么透明的弧形墙壁，很自然地滑了回来，落在最后的那个脚印上。那是我年轻时候离"危险"最近的一步，并止步于此，现在我再也不能超越它——不再有机会冒险，不再有条件冲动，哪怕我厌倦了人生而想用跳楼的方式来结束生命，恐怕也只能把绝望深埋在心底而无法诉诸行动了。

刘玉华这个周末烧了豆瓣鱼。如果不烧豆瓣鱼，她就会做黄焖鸡，或者蒸牛肉，再不济也会炒个回锅肉什么的，以示周末的隆重意义。每个周末都是一样的，只是菜单不同而已。

也有一件不同以往的事。晚上我从浴室出来，发现刘玉华背对着我，正鬼鬼祟祟看什么东西，一见我来了，慌忙要往兜里藏——来不及了，我已经看见，那是我的手机。我的愠怒刚刚挂上脸，自知理亏的她倒抢先朝我嚷起来：

"你这阵子神经兮兮的，谁知道你葫芦里卖的啥药啊！"

面对这番质问，我除了缄默没有别的表达方式。能跟她解释清楚整个离奇事件吗？能够让她明白我内心深处的感受吗？如果我全部说出来，能够获得足够的信任、理解而非讽刺挖苦吗？

这一瞬间，我发现二十二年的婚姻根本是个荒谬的存在物，它以爱情的名义建立，用法律的手段来保护——最浪漫美好的、最冷酷坚固的都用上了，可它的前途是什么？婚姻也有脚印的，我们的婚姻踏着前人婚姻的脚印向前走着，走向琐碎与庸俗，走向自我消磨，最后遁入毫无意义的混沌。看清楚了？太残酷了？没关系，很快就老了，老了，谁还会在乎呢？谁还会去追问这种意义呢？

整个周末我都把手机留给刘玉华，让她慢慢翻看里面留存的一千多条短信和若干通话记录。这是我能与她沟通的唯一方式。我坐在角落里静静地看报纸，偶尔抬头看一眼半躺在床上翻阅手机的刘玉华，她的表情时而迷惑时而释然，有时还跟随着短信内容抿嘴一笑，我的心里只是一片木然。

她也有脚印吗？

这个念头冒出来，令我脑子嗡了一声。我不应该是世界上唯一有脚印的吧？也许别人也有，只是——只是他们看不见。我的天赋若能开发下去，或许我就能看见别人的脚印！

这样想着的时候，我愣愣地、久久地盯着地面，想象自己拥有超强的特异功能，能看到无数的、其他人的脚印，打开每个人的神秘之门，破译其生命密码，看到他们从哪里来，将到哪里去——多么刺激的窥视！

天知道，这种类似"坐禅"的修炼方式我并不是有意为之，可在大约半个小时以后，奇迹再次出现了：地板上我所有的脚印忽然都像沙滩上的图案，在潮水冲洗下瞬间消失了！与此同时，空间里出现了一个淡绿色的、半透明的通道，像一个横躺的巨型玻璃试管，又像一个大大的长条形气球，将我罩在其中。惊异不已的我伸出手去，摸不到通道的弧形"墙壁"，它如空气一般毫无感觉，但那"墙壁"定然是存在的，因为我根本不能突破它，把手伸到"墙壁"外的空间去。我先是用手摸、推、敲、砸，然后抬起腿来踢，最后使出全身力量，用身体去撞——通通没有用！没用！它使我立即明白了一件事：并不仅仅是我的脚，而是我的整个人——整个肉体与灵魂——都被关在一个固定的空间里！是的！只是我从前不知道罢了。

刘玉华已经被我的奇怪行为吓住了，张大嘴朝我瞪眼。可我懒得跟她解释，只管迈开腿，沿着通道走下去，拉开房门，看它通往哪里，它有若干分枝，去往书房、厨房、卫生间、客厅，我毫不犹豫地打开大门，看它如何将我引向外面的世界。它的确悠悠地向楼道外延伸，引我进入电梯、下楼，来到小区的公共绿化带。它是半透明的，可其他人显然看不到它的存在，一名年轻保安和我点了点头，经常和我一起锻炼身体的一个退休老头也遥遥地向我挥了挥手，他们看不到我的通道。而我已顾不上和任何人联系了，现在唯一的、急迫的念头就是要探索这个奇怪通道的终点站。

通道的分支很多，但有一条最粗的，我把它认定为主道，沿着它走下去。无数的路人和我擦肩而过，可他们丝毫没有觉察出我在通道里，他们在我的通道里来来往往、进进出出，我却无可选择地被囚禁于此！愤怒使我的步幅越来越大，后来我干脆跑起来。自打中学代表本班参加学校男子800米短跑比赛项目以来，我还从没有这么急于奔向某个跑道的终点。我跑过了每天买早报的小报亭、会遇上老年太极拳活动队伍的小街心花园、张贴着房屋租售广告与办假证信息的旧围墙，最终看到了我每天步行十七分钟就能到达的单位大门。

收发员把一小叠报纸和两三封无关紧要的信件从窗口递给我，附送一个千年不变的黏笑："我们家小谢说，上个星期天还看见你跑步到单位来着，赵副处长是忙人哪！"

我只是扯扯嘴角，表示领情了。有回答他的必要吗？我跟他有多大交情呢？收发室这个窗口，只是我的通道里必经的一站，我甚至从没进过收发室，而且现在也不可能进去了——通道没有朝这间小屋拐弯。

领了报纸，我继续沿着通道进入大楼门厅，再上电梯，出了电梯，又可明确地看到淡绿色的、半透明的通道伸向我的办公室，有几个小分岔，分别是通往会议室、处长室、几个下属的办公室和厕所。这时候我已经明了，通道是一种积习，多年不变的生活轨迹造就了它，而多年不变的生活方式又让我一直对它毫无觉察。

当一个人看到了自己的人生通道，就像看到了一间囚室，再也无法感受到自由的快乐。

我坐在皮革转椅上，身子陷进去，以一种前所未有的放肆之态把腿抬起来，粗暴地搁到办公桌上。是的，椅子、桌子都在通道里面，无法越界，但至少我可以选择全新的姿势。这念头冒出来后我不能控制自己了，重新站起来，踩到椅子上，再登上了桌子，我在桌面上使劲地跳了几下，把文件盒踢得东倒西歪，一份等我签署的材料被印上了脚印，我不管，仍旧踩得啪啪作响——至少从来没有过吧？啊呸！

啊呸！

整整用了半年时间，我让自己接受了残酷的现实。从表面上看，我什么也没失去，生活有规律地继续下去，没有任何不方便——那些需要我去的地方总是在通道里，而在通道之外，似乎我根本没有必要去。

只是，这相当于我被告知：生活不再有其他可能性了。

半年后我开始用服刑人员的眼光打量世界。超能力一旦获得鼓励，它会开发出更加不可思议的领域。在偶然机会里，我发现自己只要做一个长长的、类似打哈欠的深呼吸，就能在瞬间看到别人的通道——是的，每个人都有，各种颜色的通道，幸好全是透明的，因为人太多了，通道之间产生了无数交叉、纠集，像宇宙间最复杂的管道系统。每次"世界通道图"可以持续十秒钟，如果还想看可以再打个哈欠。

我略感安慰：原来每个人都和我一样，是生活在通道里的，只是他们不知道而已。一群傻子，被囚禁的傻子。

再过了几年，被发现的东西越来越多了。比如同样是通道，通道与通道却又是不一样的。最明显的区别是年轻人与不再年轻的人：前者的通道主干上往往像发芽一般缀着各种各样的小小突起——那定然是命运的可能性，当他们有了新的决定，新的行程，某个突起便慢慢延长，长成通道的支干；而后者则鲜有突起，他们的通道像棵被砍倒的老树，只有主干与枝条，不再有花苞与新芽。

我渐渐有了不同常人的爱好。会在空闲时泡上一杯竹叶青，懒懒地走到窗前，打一个哈欠，俯视着楼下的世界一片密密麻麻的"玻璃试管"，和管道里蚂蚁一样匆匆忙忙奔走的人类。或者在新任领导讲话时悄悄深呼吸，看看这一本正经的家伙有没有继续发展的可能。在家里——不，我一般不在家玩儿这个，因为我看见刘玉华的通道和我的有无数重合的部分、相通的部分，有时感觉是她霸占了我的空间，或者说我就像生活在她的世界里——这太令人沮丧了，婚姻就这样把两个人锁在一起，不得挣脱。

而这奇异的超能力（或者说天赋）我没有告诉任何人。动不动就偷看我手机短信的刘玉华，掌上明珠般的赵媛媛，和我小学就相识的老朋友，天天一起工作的同事……都没能分享到这巨大的发现。起初是怕他们不相信我，后来我想明白了，他们若是相信了，就会躲着我了。

临近年终，各种会议多起来。那天我被分派参加一个行业性的表彰大会，刚到会场坐下，还没来得及喘口气，就看见旁边座位上的人回过了头，冲我明媚地一笑。我说的是"明媚"，类似对美好晴天的形容，这当然是个女性——事实上我从未用这个词形容过另外的女性，只有她。

"兰亭？"

叫出这个名字时我有如电击。在很长的时间里我把她遗忘了，但在见到她的一瞬间，好像昨天我们还在办公室里一起讨论某项活动的草案。

"还以为您叫不出我的名字了呢，"她笑着说，"我一来就看见您的姓名牌了，本来是放在前排的，我悄悄把它换到我旁边了，哈！"

她笑起来的样子和当年一模一样，带着孩子气的。哪怕一晃已过了十余年，哪怕她已将近四十岁，毕竟还是那个兰亭啊！

她把这个枯燥乏味的例会变成了令人兴奋的叙旧。当台上的大小领导轮流发言时，我们躲在底下窃窃私语，聊当年单位上的那些事，追问彼此都认识的人的下落，也谈谈各自现在的生活。说到自己的时候，忽然气氛有了一点敏感的寂然，反倒不像说别人那么自在了。

"老样子。"我迅速而简洁地概括自己，心底涌起一丝羞惭。她不看我，也用三个字匆匆总结——"离婚了，"——是的，她就是这样说的。我觉得这话后面应该是逗号，可她不再多说一个字了。我只好在心里给她改成了省略号。

省略号有六个小点。个个都在跳，像不安分的虫子，个个都拼命扭动着往我心里钻。

我紧张地深吸了一口气。这下意识的动作忽然让我看到了无比奇特的景象——我的通道和她的通道，都长出一个小小的突起，像发芽的花苞，还遥相呼应，随时准备铺建一段新的命运轨道。

我的通道有了象征新选择的突起！像那些年轻人一样！它会

长出新的支干，如果可能，这支干又可以生出新的支干……我的人生能够获得更大的生存范围。

晚上回到家里我还一直发着懵，梦游一般，来来去去都不像走在地板上。刘玉华充满厌恶地瞪我一眼："你一天到晚云里雾里的！"这让我更加确信自己在飞。但当晚饭后，她一把将围裙揉成一团扔到我身上，以提醒我不要忘记洗碗的时候，我记起自己一直是个遵守社会道德规范的好人——有一份体面的坐办公室的工作，一个俗话说的"温馨而美满"的家庭，我不是同性恋，也不追求过高的职位——除此以外的东西都不属于我。不属于！

我把兰亭的名片插进工作记录本最后面的胶皮卡套里，刚放进去又忍不住抽出来，端详片刻，还是塞了进去。

周末赵媛媛回来了。这次回来与往常不一样。她先和往常一样跨进了房间，冲我们眯起眼睛笑了笑，然后朝门外做了个"进来"的手势——这就不一样了。

进来了一个戴眼镜的小伙子。小方脸，小平头，皮肤有点黑，这使他的头部看上去像个楞楞的巧克力盒子——这么不友好的形容可能是出于我的防范心理，我已经预感到他的到来意味着什么了。

刘玉华和我一样吃惊，但她比我更具有适应能力，在对女儿气乎乎地瞪了一眼后，马上面带挑剔而不失礼貌的微笑，请不速之客到客厅就座。她端上周末才会准备的丰盛水果，沏了一壶上好的绿茶，然后继续面带谨慎的微笑，坐在了小伙子的对面。

在随后的一个半小时里，刘玉华展示出卓尔不群的侦探才能，她像一个沉着镇定的女刑警，把"巧克力盒子"层层打开，里面装着的东西一样样呈现出来。这男孩家是开小杂货铺的，那杂货铺在距离我们大约两千公里的一个小县城。这个普通人家的孩子，却有着不同于普通人家的奇异梦想——他计划毕业后去遥远的山区支教一年，然后再背个大背包沿着某条古老的路线去旅行一年，中途如果钱用光了，就在用光钱的地方找份零工挣挣旅费，再走。

"要当城市流浪汉，未必要有大学文凭吧？"刘玉华终于说。

对她来说，已经算是具有最大克制力度的刻薄。说实话，在这个问题上，我毫无悬念地站在了她的一边，十万分地理解她的心情并十二万分地支持她的行动。什么支教啊，背包旅行啊，这能算是成熟男人的想法吗？大学毕业后最关键的两年，最需要奠定事业基础的两年，就让他不切实际的幼稚念头给毁掉了！

然而赵媛媛却听进去了。她面带兴奋的红晕参与着这场对话，不时给小伙子予以补充，看样子他们是早就讨论过这个计划了。她眼里流露出的欣喜而甜蜜的神情狠狠刺了我一下，我不由得倒吸一口凉气。这一来，我看到了两个年轻人的通道，竟然密密麻麻地缀着各种各样的突起，两个人的通道还遥相呼应，大有相互融合之势！

这是我万万没有想到的。他们之间已经如此有默契，有共同的梦想与实现梦想的计划，如果不把这一切扼杀在摇篮中，那么未来的事，谁都说不清楚。也许我的女儿会跟着这个嬉皮士去流浪？想想都可怕！

从那一刻起，我和刘玉华就形成了统一战线，义无反顾地投入到了拆散这对小情侣的活动中去。我们做了所有家长都会做的事——找女儿谈话，晓之以理动之以情；给女儿的朋友打电话，取得他们的支持；刘玉华甚至开始托人给赵媛媛物色一个理想的对象，她列出了一张详单，像量身订做一般写上了各种要求。

苦心总是有回报的。经过艰苦的努力，在女儿毕业前五周，我们成功了。从此以后那个巧克力盒子再也没有出现在我的视线中。赵媛媛按照她妈的建议，毕业后找了一份稳妥的做教师的工作，又和一个在政府要害部门任职的青年才俊认识并开始发展感情。我眼睁睁地看着她渐渐走向美好的未来，但也眼睁睁地看着她通道上的突起一个个地减少，减少。有一天我发现她和她妈妈的通道居然如此相像，差一点就融合到一起了！难怪赵媛媛现在越来越像刘玉华，从脸上的神情、说话的口气到对各种事物的看法，非常有"青年版刘玉华"的感觉了。

"女儿大了，总会理解妈的。"刘玉华很欣慰，也很骄傲。

只有我，这个看透人生的家伙，在这一刻忽然备感痛心。其实我参与了一项谋杀，杀死了人生通道充满无限可能的那个赵媛媛。

我恨自己。也恨赵玉华！

工作记录本被我像抄家的红卫兵一样恶狠狠地从抽屉里翻出来，径直翻到最后面的胶皮卡套，抢出了那张雪藏的名片。

这是我唯一的机会。我还有延伸通道的可能，新的选择，新的路径，是的，新的！

自有记忆以来我似乎都是按照我"应该"的生活模式在活，从来没有真正寻找自己"想要"的人生轨道。现在，我来了。

在拨一个一个电话号码数字时，我分明看到自己通道的额外突起在一点一点延长，长出新的枝丫，通向陌生的世界。

电话接通，当那边刚刚"喂"了一声，我就迫不及待地说："我想见你！"之后是一片尴尬的沉寂。过了不知道几个世纪，那边小声地说了一个地址——是详细到街道、楼盘、单元数与门牌号的，可以让我彻底付诸行动的。

我迅速地挂了电话，什么话也不说，匆匆忙忙抓了挂在门后的方格外套就往外冲。必须冲，头也不回地冲，像战场上得到命令，一定要攻下某个据点，那样的义无反顾，悲壮绝决。我不允许自己有一丝犹豫，不然控制了我数十年的东西就会死死拖拽住我，让我什么也做不了。

在街上拦到一辆出租车，我对司机把地址说出来时既连贯又自然，好像是个熟稔于心的地点。车启动时我快乐得就要叫出来了！她在家里等着我。一个电话过去，就一句话，她就告诉我地址了，可见是一直等着我的。她会用什么眼神来面对我？我们会在第一时间拥吻吗……

被无数热烈的想象激励着，这趟行程出奇地漫长，折磨着我的耐心。当出租车稳稳停在兰亭所住的公寓楼下时，我简直怀疑自己是不是穿越到了另一个平行宇宙。

站在公寓楼下，抬头数数楼层，数到她的那一层，有两个窗户亮着灯，是淡淡的橘红，香甜诱人的颜色。我相信自己在那一刻嘴角牵扯着，幸福地微笑了一下，好像那橘红的光线一直闪烁到我脸上，到我眼中。

不知不觉，我的通道也已经延伸到了这里——完全崭新的分枝，从来没有走过的新路，留下的是新的脚印。

手机响了。我迟疑了两秒钟。确实是我的手机，铃声是独一无二的——赵媛媛小时候唱《小兔子乖乖》的原声，费了很大劲才从录音带转成这种格式的。每当听到小时候的赵媛媛奶声奶气地唱"小兔子乖乖，把门儿开开"时，我的心就像被抽空了，什么都不再有，只剩下她的声音。

当《小兔子乖乖》唱第三遍时我摁了接听键。任何时候，任何一个父亲都不能拒绝自己的小兔子。

"爸——你上哪儿去了？我带男朋友回家了，你得来见见啊！我要把你隆重介绍给他，让他好好向我的模范爸爸学习！真的真的，我希望他跟你一模一样，对老婆又专一又体贴，哈！快点！"

摁掉了手机，我仍然站在原地。很久很久。忽觉颓然。

不行，我做不到。

那种力量果然追上了我，以铁腕手段果断地将我钳制住了。我挣脱不了它。这是我的宿命。再抬头看看那橘红的灯光，已经是别样的伤感神情。脆弱的颜色！我那新的通道就止于此了。它的终点就在一个名叫兰亭的女人的公寓楼——大门口。

这时候，我发现困扰了我数年之久的天赋竟然消失了！我能看见的通道瞬间变得无影无踪，就像我从来不曾看见过一样。一切都如潮水，悄无声息地退去了，隐遁于漫漫的时光之海。

那一分钟我老了十岁。最后我拎着一张霎时爬满皱纹的脸，带着提前衰老的蹒跚步履——转身走了。

我一定衰老得非常厉害，因为后来的日子我都记不清楚了，究竟过了多少年，这些年又发生了什么事，统统不记得了。甚至我在尘世中混到了头，撒手人寰，我也想不起是什么缘故了。

出殡那天风清云淡，看不出与往常有什么不同。灵车里，我被装在一个大理石骨灰盒里，盒子被眼泪汪汪的赵媛媛捧着，她左边是同样眼泪汪汪的刘玉华，右边是不停安慰着她的丈夫——像我一样具有强烈家庭责任感的、有着稳定收入与远大前程的丈夫。

车渐渐开离了预定的路线，悄然走上一条被法国梧桐拥抱的陌生马路。开始的时候没有人注意到这点，直到司机自己都忍不住嚷嚷起来，我的亲人们才茫然地往车窗外看去。

"真奇怪，"司机说，"我好像迷路了，但是开到这里怎么就开不动了。"

灵车停在一幢楼下，一个女人正好从大门走出来，看见这灵车，她清秀的脸上掠过一丝惊异。"那好像是爸爸以前的同事，"车里的赵媛媛抹抹眼泪对刘玉华说，"我记得是叫她兰阿姨。"

刘玉华把红红的眼睛又擦了一遍，然后朝车窗外瞟了一眼：

"不管她。好多年没联系过了，这次也没请她来。"

　　她朝司机说："车没问题吧？路错了，得拐回去。"

　　载着我的骨灰的灵车转了个身，开回去了。

下　连

1

到了连队，就直接称呼连长。这样才亲切，像是自家人了。叫张连长是不行的，见外。没人说过这个问题，但进了连队的门儿，就像被赋予了某种天赋，你会忽然明白这简单却微妙的规矩。

第二个问题是——必须判定连长是否具有幽默细胞。然而在最初的五分钟里谁也不可能轻易下结论，于是王远和肖遥——前来报到的两个实习学员——恰如其分地表现出一无所知者应有的沉默，或者说沉稳。

连长裹了一身塑料围腰走过来，塑料围腰上黏着黄棕色的糊糊，看上去，连长的上半身是个未完成的泥雕作品，还散发着新鲜的粪臭。"我跟通信员交代了，"他一边脱去脏得不成样子的围腰交给一个跟班似的兵，一边神情淡漠地说，"叫你们来了就到猪圈找我，怎么，找不到？我只好把那边的活儿停了来恭迎大驾！"

肖遥听到"来了就到猪圈找我"本想笑，但话里明显的讽刺口吻阻止了这种冲动。他撇了撇嘴，向王远表明，在这种情况下他是不负担谈话责任的。王远忍住不快，极尽礼貌地解释：刚刚才到，把行李放下了，又去做了一番洗漱……

连长嘴角牵扯出一丝嘲讽，显然是不认同这些解释的，一边走一边说，当年我去特种大队参加集训，坐了三天火车，报到时行李一放下，以为可以洗个脸喝口水，人家就说，去，参加第四分队，搞一组五公里！——老子第一次听说五公里越野还有按"组"来算的！一组是四个！四个五公里！每两个五公里中间休息十分钟，就这十分钟也不让人消停，要做一百个俯卧撑，或者手持重物做一百个蹲下起立……

王远、肖遥一声不吭地跟着他，在他碎碎叨叨的荣耀回顾中参观了连队大半景观——无非是毫无特色、堆满器具的仓库，上了岁数、苍白脸色的营房和被青苔小路环绕的日渐破败的食堂。两个年轻学员努力抑制着不断泛上来的阵阵困倦，王远闭着嘴，做了个超级长度的深呼吸，成功地替代了一个哈欠。就在这时——后来他告诉肖遥——就在这时，他确认了连长的幽默感。

正好三个人已走到修理连门岗，连长下巴一抬，在此发布了结束语："以后，只要看见我的半身塑像，就知道是到我的地盘了！"

门岗旁边是一台伤筋动骨、垂头丧气的大型装备车，不知停放了多少时日，轮胎泄气以至浑身瘫软，车身害着皮肤病一般成片脱落绿漆，但那庞大的身形和结实构架隐隐透露着昔日的威严。

其实修理连早已名声在外，实习学员们来之前就知道的。

"那个修理连号称光头连，好端端的娃儿都要被带坏，简直去不得！"泄密者用严肃的姿态告诫王远，"出了名的烂泥潭！"

现在王远就陷在"出了名的烂泥潭"里的一张两铺位行军床上，是下铺。他和肖遥是地方大学毕业生，刚刚结束了初入军营的基础训练，按规定到基层连队实习。原以为基层都跟电视上演的一样，天天英姿飒爽地带兵演武，没想到给分到这么个小、远、散的单位来，倒霉透了。

作为实习排长，他们分别住在不同的班，和战士在一起。其他人都睡着了，鼾声渐起，黑暗的空间里慢慢浮现出各种音符，节拍不一，但多是降调。闭上眼，王远似乎也能看到睡着的兵们白亮亮的脑瓜，像一盏盏大瓦数的白炽灯，晃得眼疼。

光头是修理连的兵们最引人注目的特点，来来去去的都顶着"大灯泡"，没有哪个连敢像他们这样个性而张狂。上午来了不久，王远和肖遥便瞅准机会逮住通信员小何私下里打听全连光头的底细。小何面容清秀，像气质儒雅的少年僧人，用手摸着光滑的脑瓜，轻声说："这都是连长的杰作。"

他们的张连长没有别的爱好，就喜欢给兵理发。天地良心，他真的是"理"而不是"剃"。但理发是个细致活儿——美发店里都是一水儿的温柔型小男生，而他那么粗咧咧的一个汉子，哪能为细如针尖的头发耐烦呢！他的所有理发过程都是一样的：在兵的左边脑门削削头发，短了，又比照着削右脑门，削完一看，右边又短了，赶紧又削左边……反反复复，要不了几次，两边头发就短得失去比赛资格了，可还搁不平，最后只好采用唯一的公平办法：剃光。

全连战士都陷入了瘟疫般的理发恐慌之中。为了躲避对头发的制裁，大家变着方儿地软抵抗：装病、出公差、请假外出，还有，拼命讨好通信员——他是为连长具体物色牺牲品的执行者——当面讨好，背后却又恶意地叫他"太监"。一到周末，连长摆好架势要为战士服务了，小伙子们就往光线暗的地方躲，已经被剃过头的兵故意制造气氛，满楼道乱蹿，边蹿边嚷："河伯娶媳妇啦！"

当光头兵的数量一个一个地增加起来，修理连的名气也在翠鱼梁大山上悄然而起，大家都叫它"光头连"。极有责任感的政治处主任听说此事之后专程拜访了修理连，大家满怀期待这位大领导能够改变现状，不料主任只是折中地说："剪短就行，不用剃光嘛！"张连长就在主任充满人性关怀的目光注视下，当场给一名战士削完了头发，主任克服着一切心理障碍久久凝视着这个艺术成品，觉得它一直在沉重考验自己的审美忍耐度，终于，他长长地叹了口气，以完全投降的口吻说：

"还是剃光吧！"

修理连从此不再有翻身的机会。它几乎是被上级正式命名的"光头连"了。

想到这，王远忍不住笑了一声。只一声，接着便叹了口气。他侧过身，掀掉行军枕，命令自己数到五十必须睡着，可大脑无法完成任务，耳朵只听到硬邦邦的床板传递着心跳的声响，咚，咚，咚，硬邦邦的声响……

连长有句口头禅：我是个粗人。仿佛这就解释了他的一切言行。普通人因为害怕被批评，总是率先给自己定个低标准，拿这做块遮羞布，高高地支起来。支在明处。然后就可以理直气壮地低标准了。

王远不能忍受的倒不是他的粗，而是他对自己的忽视。忽视已经是客气的说法了，凭他来来去去、吆三喝四时眼神的游动方向，连余光散神都没落在王远身上，简直是"无视"！无视一个主动申请来"烂泥潭"实习的胸怀宽广的青年，无视一个已经小有名气、前途无量的优秀学员，无视一个可能给连队带来无限生机的大学生！

但肖遥对此嗤之以鼻。"收起你那套吧，优等生，"他说，"到任何一个新单位都得从头开始，夹起尾巴吧！"他自己倒不用夹尾巴，刚来不久连长听说他是学校里的足球明星，很积极地把

213

他拉到自己房间去，以商谈军机的架势和他讨论了半天"光头连足球队"的建设问题，很快制订出了一个近乎半专业的训练计划。

修理连的指导员碰巧受命到一所军事院校参加政工培训了，家里就连长在。没有指导员的连队就像没有女人的家，少了些温馨气息，线条也粗了些。对于两个学员的到来，连长只在晚点名时提了一下——提的这一下也毫无精彩，像个老农民脱下旧布鞋磕磕磕地在床沿敲几下，掉了点鞋灰而已。没有想象中最起码的欢迎辞，没有哪怕是象征性的掌声，王远有点郁闷——郁闷在于，他自认不是俗人，为什么也要计较这些俗气的形式主义的东西！他甚至有些后悔，或许应该去个更加正规、更加像连队的连队。

在一次足球训练间隙，肖遥给连长递了支烟，有意无意地提起了王远，暗示他在学校是拔尖的人物，大有作为。连长面无表情地深深吸了一口烟，看着长长的烟灰像黯败的尾巴缀在亮丽的烟屁股上，倏地颓然落下。他忽然冷笑一声："尖子？什么算尖子？什么尖子我没见过？"

不过之后连长确实给王远派了些活儿，当一当公差勤务人员的监工，负责组织一些政治学习之类的，算是看在肖遥面子上对"尖子"的器重。

只是他没想到"尖子"的另一重含义——代表锐气与倔强的，充满硬度与力度的，可以予人疼痛的。

2

有关代号"丛林风暴"的联合军演的消息，经历了风声、传闻、秘而不宣到摆上桌面的正常渠道，已经相当确凿了。对于这次军事演习最夸张的说法来自一个老兵，他无视保密规定的存在而声称将有八个国家的将军来现场观摩。谣言很快被攻破，一条

214

更为可靠的信息将其做了修正，事实上是——号称集团军"巴顿将军"的新任军长将坐镇指挥。

和以前的演习一样，在正式动员之前，装甲团就以积极姿态展开了一系列热身运动。周五上午就将有一次拉动。按规定，全体人员要在号声响起时开始进入状态并采取行动，包括立即结束手头工作、迅速按战备要求收拾携行装备、小单位集合、跑步到大操场，全团在大操场集合后登车，统一出发。

吃过早饭后王远回到房间，发现他手下的兵全都提前进入了战备状态，一个个都在收拾东西，把被褥拼命塞进背囊里，脏兮兮的脸盆把水一泼，倒扣在被褥上，再一股脑儿地揉进雨衣、解放鞋……背囊吃力地一口一口吃进形状不同、味道各异的难消化的物品，像笨拙的孕妇一般胖了起来，撑得一身滚圆。兵们都很熟练，互相帮衬着，递递毛巾拉拉袋子，是修理连在足球场以外少有的火热场面。还有个脑子灵活的兵，已经把王远的背囊打开，带着毫不避讳的讨好意图替他们的实习排长收拾着装备。

"干什么？"王远警惕地问。他站在屋子中间，像个红色的大叉，确定地制止与批判着。

八个士兵中的七个都在一刹那间定住了，剩下的一个是姓余的班长，他拿定实习排长犯了健忘症，放出一脸"这不明摆着嘛"的亲切表情，然而已经忍不住掺了些轻蔑的成分。余班长说："待会儿要拉动啊！排长你忘了？"

"号还没响就开始行动了？这是哪条规定的？你把条令翻给我看看？"王远不知不觉学习集训队熊队长的样子皱起了眉头，努力制造出成熟男人的外观，以免被这帮兵油子笑话——虽然修理连的兵们爱沉默，但他们的想法全摆在脸上，一看就透。所以王远看出来，他还是被笑话了。屋里忽然有了放松的气氛，似乎凭空有张嘴要笑要笑的。排长的青涩、稚嫩、经验短缺陡然增添了兵们的虚荣与自信。难怪部队最讲资历，腿脚浅了连底下人都不服的；话说回来，这资历也不是白讲的，至少余班长参加的拉动比实习排长多个几何倍数，如果上战场，说不定王远被打成筛子时，余班长还能全身而退呢。

基于这个理由，余班长认为自己最无私的做法是帮助年轻的排长适应实际情况，他忍住惯有的、对无知者的笑，没有计较王远的唐突与认真，以过来人的老到口吻向他传授通行于基层社会的秘笈："不单我们连，哪个连都是事先准备的，一响号就整队出发，哪有时间收拾背囊？我们连在山上，路远吃亏，去得比别人晚了还挨过批评。"

王远树起一只手掌，做出个潇洒的制止手势，没有说话。沉默片刻，他往屋外走去，到门口又回转身来，说："别的连我管不了，咱们连得按着规定来。"余班长气得一口气上不来，急促呼吸几下才大声说："这是连长布置的任务！"王远从门边一气冲回来，到他面前，一字一顿地说：

"是连长让我布置的！一级对一级，我对连长负责，你们只需服从我的命令！——那个谁，你把我背囊里的东西也腾出来！"

说完甩头他就走。一下子，明亮、干净的屋子忽然像积满灰尘吊子的鬼屋，站了一屋的人都跟影子似的了，没了声音，没了轻重，没了着落。半响，被唤作"那个谁"的兵一脸愤然地挤到余班长身边说："他算老几啊？懂个屁！我们去问连长！"余班长目光低了低，声音也低下去了，然而话里满是突出的生硬——"听他的，一级对一级，我们只管服从就是了，越级反映情况——这罪名我可背不起！"

兵们——哪怕仅仅当了一年的兵——享受到了"经验"所带来的好处，他们完全正确地预测到了事情的发展与结局，甚至幸灾乐祸地偷听了连长对实习排长王远的训斥。转播这个场面的人拥有特别发达的表述能力，惟妙惟肖地模仿着两个不同身份、不同声音的人如何艰难对话——

连长说：我他妈没见过你这号的呆子！班长都跟你说了，都要提前做准备的，人家一到号响就跑步出发了，我们连倒好，号响才收拾东西！再天远地远地跑去集合！没听见团长怎么骂我吗？他说我服了你们光头连，真是样样剃光头啊！他大爷的！我没有要你争个第一啥啥啥的，你也不要让我丢脸行不行？

实习排长说：我们是按正规要求做的，问心无愧！别的连赶到前面了，他们是做假，真打起仗来做得了假吗？如果不按实战要求来，别说一个拉动，就是联合军演又有什么意义！

连长说：你这大道理跟我说什么呀？跟团长说去！

排长说：我会让团长知道的！

连长说：你？你才吃了几天军粮？你他妈以为你是谁呀——

……

不是哪次听壁脚都有这样丰厚的收获，兵们为此津津乐道了好几天，哪怕一个星期过去了，都还有人在茶余饭后的调侃中引用其经典语录。肖遥批评过两个做得明显过分的二年兵，又在班里旁敲侧击地提醒大家必须对上级（哪怕是资历很浅的）具有应有的尊重，但他还是难以完全排除遗留在自己心底的、兵们眼神中顽固的讥讽。

"你疯了？"晚上在僻静处他扭住王远的胳膊，"别做得那么不成熟好不好！来之前我们不是定好原则的吗——入乡随俗，合理变通，外圆内方，不走极端！"

王远抽回胳膊，抱了臂，盯着方寸尽失的死党，哧地笑了。

一周。

肖遥的目光慢慢聚集到白炽灯下王远那根明晃晃的食指上。王远以神秘莫测的笑容配合着这戏剧性的手势。他再一次加强了语气，重复了一遍这个关键的时间数字。

一周。

"我们将用一周时间进行实验，做一个他们观念中的排长——不管是好还是不好，都是他们觉得'应该'的。"说话者把脸庞微微地、骄傲地抬起来，知道这番话不是所有人能都听明白，哪怕是死党肖遥。没有关系，这个理论实践性强，一旦付诸行动，那帮战士每个人都会感到无比熟悉。

"要让他们知道，不是我们做不到，而是不愿意做成那个样子。"

实习排长王远手下的兵们犯糊涂了，他们弄不清他葫芦里卖的什么药，因为他的情绪一点没有受到拉动事件的影响，好像他不是挨了连长批评反倒是戴了大红花，一脸红艳艳的、流光溢彩的生动。

但一切又来得那么自然而然。周五晚上看完《新闻联播》后王远叫住了一直不肯跟他说话的余班长，以熟稔的潇洒动作甩给他一支烟："叫两个娃儿到活动室，打'双抠'，老子犯瘾了。"余班长和周围几个听到这话的兵都在第一秒钟没有反应，第二秒钟余班长略带疑惑地看着王远，嘴上却是习惯性地答应了。在这里，基层干部口语里都把兵叫"娃儿"——带着家长口吻的，充满家庭氛围的，有种别样的亲切。既然让他叫两个"娃儿"打牌，那么，他余班长也是必须参加的，否则四人一桌的"双抠"就凑不齐人数了。

他没想错，王远就是冲他来的，明里是拉"娃儿"们打牌，实际上是"拉"他余班长，拉他入伙，做自己人。明了这层意思的余班长在心里抿嘴一笑：这书生排长在开窍了。人哪，只要是在群体里，总是逃不过这些条条框框的。再小的头头，哪个初来乍到不建立自己的群众基础？建立群众基础就得拉人，以自己为领导核心，周围树起忠心耿耿的人墙。作为排长，不拉班长——尤其是得力干将余班长——你还能拉谁？你还想树立威信么？

周五晚上修理连最热闹的地方，除了电视房就是活动室，一般都是打扑克、下象棋。王远和三个战士组成的牌局在里面并不显眼，只有像余班长那样的略有基层"兵王"脑子的才看得出来，这一桌的牌和那些桌的不一样，至少有战略意思了。大家讲好统一的规矩，拉开架势开战。好几个兵都围过来观战，王远要他们下注，押输了就和打牌的输家一起做俯卧撑。到后来果然热闹非凡，输了牌的余班长一方连同下押在他们这方的几个兵，七八条好汉并做一排，在楼道里做100个俯卧撑，围观者带了恶作剧的心态给他们数数，故意数错，笑闹声像过年的鞭炮不断炸开，修理连好久没有这样开怀的场面了。

肖遥在喧嚣的人群里趁乱和王远对了对眼神，笑了，又有些怅然。自己也不明何故。王远的眼睛里伸出了一只手，带着宽慰与鼓励拍了拍肖遥的肩膀，好像在说，放心，有我在呢！

第二天晚上王远和肖遥凑了钱，请副连长、副指导员和几个班长到团里的小卖部吃饭，所幸连长周末轮休回家了，不然还拿不准是请他好还是不请他好。

社交界的饭局不分档次高低，表演项目都是一样的：彬彬有礼、虚与委蛇的开场白拉开序幕，象征性地吃点东西做个生理上的铺垫与节奏上的过渡，待肚里有点底子了就开始互相轮番敬酒。酒过三巡，参与者面红筋涨了，血压上升了，气氛便在说说笑笑的嘈杂声中达到活跃的顶点，这时人人都被酒精刺激得粗拙豪放、率性热情，肉体凡胎里释放出一个个更自由的"变身"，既能高谈阔论，也可以相互耳语、跳贴面舞似的说着肉麻话，做着清醒时永远不可能做到的极端坚决的表白——反正脸已经红了，正好借酒性盖了脸，说些蒙头蒙脑的话，忽悠别人也骗骗自己，在某个

219

瞬间也会不小心地感动一下，以为自己真的感动了……仿佛把酒一喝，放眼天下皆太平盛世，人山人海里满是暖人肺腑的知音知己。

王远、肖遥在大学里都各自参加过不少类似活动，再怎么胡闹一气，终归是学院派的，到部队还是第一次深入基层酒局一线，到底是长了见识，只看见空啤酒瓶哗啦啦地堆起来，一张张激情四溢的面孔漂浮在空中，和着酒味、掏着心窝的豪言壮语一波又一波涌进耳朵……他俩后来都是被班长叫来的兵背回去的，但王远在沉沉醉态中不忘把钱包塞给余班长，让他帮自己结账。

按通俗的看法，这就算一种表态了，要和基层官兵打成一片的表态。

酒局过后的次日晚上，王远要去洗漱时发现自己的脸盆、漱口杯不见了，一直在旁边察言观色的余班长立马解释："他们帮你拿到洗漱间了。"王远没追究"他们"是谁，到了洗漱间，挤满人的洗漱台不约而同地让出最好的几个位置来，还是那个手脚灵活、曾经替王远收拾过背囊的战士赶忙递过装满水的漱口杯和挤好牙膏的牙刷。杯子里的水兑过开水，温热的；牙膏挤得不长不短，像条丰满的蚕伏在刷毛上。

王远接过杯子和牙刷，打量着，有一片刻的凝神，然后释然一笑。刷牙时那战士一直提着一只暖水瓶静候一旁，关注着他的举动，待王远刷完牙，洗脸水已经准备好了，水温微烫，战士观察着他的反应，不放心地问："烫了么？我想着天冷，你想洗烫些……"

回到宿舍，刚进门便看见床前摆着一只洗脚盆，令人赏心悦目地微微流淌着热气，脚盆两边各放了一只棉拖鞋，十分舒服的样子；床铺做好了睡觉的准备，白天叠得有棱有角的被子打开来，伸展得像个柔顺的女人，被子一角掀起来——标志着睡眠的入口处，留出的地方正好可以坐着洗脚，可以想象洗完脚之后有人递上擦脚巾，擦干后只管脱去衣裤，从那掀开的一角钻进去，其他事情——倒洗脚水啦、整理脱下的衣物啦——自有人去做。不，王远的想象力还不够，他不知道被子里面搁脚的一头还藏了一只热水袋，靠着床的床头柜上小心放着自己惯用的闹钟——正好是他一睁眼就能看见钟面的角度。

裤兜里的手机响声把王远从发怔中拉回了现实。手机里跳出一条短信，来自隔壁的肖遥：

"绝密：我怀疑自己是流落民间的皇子，居然有人打洗脸水倒洗脚水！自打取了尿布后就没人这么细心伺候过洒家了。怎么办？"

王远心里笑话着：你就算皇子也是私生的，还真把自己当个宝了！他摁键回复：

"笑纳。"

3

修理连连长不会不知道王远、肖遥"收买人心"的小动作，但他对此视而不见，或许他把这当作两个大学生试图融入这个集体的表现，以默认的方式予以肯定性表态。不过他那一口气还是没有出——之所以王远坚信这一点，是某一天连长交给他一个近乎玩笑的任务。

"我没办法啦！"连长夸张地扯着粗大嗓门说，"我都算个粗人了，妈的他比老子还粗！指导员在的时候我跟他提过，可他反倒笑眯眯地说，上梁下梁么！你先自我改造好了，我才好做工作！"

他说的是炊事班长，重庆兵，人倒不坏，就是嘴太糙。早先他每说一句话总是这样开头："锤子!"对他来说这是无实义的，不管是高兴还是不高兴、不管是感慨还是发牢骚，都一样。表达的方式太单一了，不仅单一，还很粗俗。有一回管后勤工作的副团长来到连里检查工作，转了转炊事班，对井井有条的操作间给予了充分肯定，然后副团长背了手，带着颇有距离感的和颜悦色，泛泛而谈地问炊事班长"工作累不累"，炊事班长一开口："锤子!"语惊四座! 副团长和陪同人员都被这原生态的粗拙震得没了反应。虽然接下来班长说的是"这点事情算啥子，屁大点力气就搞定了"，但他给上级领导造成的"惊为天人"的第一印象是无法改变了。副团长临走时特意绕到连长跟前，压低嗓门说：

"屁大个连，尽干些锤子事!"

大概这是装甲团建团以来，高级领导干部被基层战士改造的第一例。炊事班长却据此认为——"锤子，副团长以前肯定比我还粗!"不管怎么说都成了笑话。打那以后，大家就叫他"锤子"了，全连上下左一个"锤子"右一个"锤子"，习惯成自然，听着反倒不像粗话了。他自己反抗过多次，却也毫无办法，最后只好把这句口头禅给戒掉了——戒语言风格好比戒烟戒酒戒色，难得奏效，于是他很快又有了新的口头禅：

"我日!"

比原来那句还粗!

指导员和连长打了赌，谁要能让锤子改掉这句口头禅，对方就输一条软云（香烟）。连长对王远说："下个月锤子就要去参加军区后勤保障技能大赛了，不能让他丢人丢到军区去呀，万一哪个首长要问他两句呢?"

尽管在初到修理连的时候就已经明确过，王远、肖遥要担负起政治工作这方面的任务，尽管连长现在也是一本正经的，一脸无辜的样子，王远却分明感觉到他的戏谑与嘲弄。只不过，这一次，"粗人"连长把真实情绪隐藏起来了。他要王远去体验带兵的种种感受，却是从一个近乎无聊的工作任务开始——他隐藏在表层后面的那张脸在得意地说，你不是很崇高么？你不是坚持原则么？让你看看现实的琐碎，很多的琐碎，足够消磨掉你一切锐气！

肖遥听到王远说起这事时还不相信，王远苦笑一下说："有什么不可能？屁大个连，尽干些锤子事！"

周四的政治教育课，按照王远的意思本来是想把一下午的时间耗光的，先讲讲基本理论，十五分钟之后就可以卖弄墨水了。他特意把锤子安排在靠前的位置，这样可以随时置他于自己的余光所及的范围；他对这堂课做了精心的准备，要从国家的政治经济形势谈到军人在此历史条件下的地位与发展，再具体到每一个战士的人生规划与未来前途，最后牵扯出提高自身素质的种种方法。

头天晚上在备课本上写完一长串具体数字、事例与人名之后，王远想象有人深深理解地替他叹口气，批注一条：用心良苦！

可惜不是所有良苦用心都能得到回报。王远的政治教育课虽然已经算是修理连同类课程中的精品，其间也不乏听得入迷的战士报之的笑声与掌声，但对习惯了在灶台前挥舞大铲的锤子来说，似乎没有任何精神触动。他有时也听一听，嘿嘿地傻笑两声，有时用手摸摸自己的光头，用食指试探头顶渐渐长出的小绒毛，还有的时候他干脆呆坐成一尊泥菩萨，一看那眼神就知道这家伙已经灵魂出窍了。

王远感觉到一股怒火在升腾，连自己也清楚那是挫败感所造就的，于是更生气了。他自信可以用"知性魅力"征服粗人，如今不得不承认这是对牛弹琴。更有甚者，课间休息时锤子居然理直气壮地来告假，为了保障连队晚餐的质量，他得赶回班里去监

223

督手下战士工作。说这话的样子是自然而然的、根本没有思想准备被拒绝的，这令上课的教员王远同志无比愤怒，他隐忍再三，用一句貌似泛酸的理由驳回了这个无比正当的请示：

“我觉得——相比之下，精神食粮更重要。”

王远的说话风格是，点到为止。他不管对象的接受程度，转身而去。锤子站在原地愣了足足有两分钟，没有搞懂这个年纪比自己还小、皮肤比自己还嫩的实习排长是吃什么饭长大的。

一周的实验期过去的时候，王远私下召集肖遥开了个碰头会。“事实证明，”他得意地说，“我们可以做到——成为他们所喜欢的那种排长。”他自负至极，噘起嘴夸张地“扑扑扑”吹了几个无形的空气泡泡。肖遥拿眼珠斜里瞟了他一眼，相信这家伙的真实意图掩藏在后面，凭借对他的了解，肖遥苦笑道：“你不会要说，我们偏偏要做他们不喜欢的那种排长吧？”

王远不吭声，却冲肖遥哧地一笑，肖遥被他的笑给烫了一下，几乎跳起来：“爷爷！我叫你爷爷，行不？别折腾了！咱把连长忽悠好点，平安度过实习期行不？!”他的冲动是前所未有的，不待王远回答便恶狠狠地大声宣布：

“别玩儿过火了！”

但他的警告似乎没什么作用。那天晚上王远站在房间中央，让自己正好置于灯光笼罩之下，有类似舞台的感觉。他声音轻缓却语气坚决地向“娃儿们”宣布，从今天起他不再享受让人打洗脸水、倒脚水之类的排长特权，不是他不喜欢，也不是他坚持所谓的原则——“实在是怕把自己养懒了，”他微笑着说，“还没当连长呢就跟连长一样了，以后要当了团长，难不成还一天让人抬着？”众人都笑。趁着笑的宽松气氛，他又做了一个提议——每天晚上搞个游戏，大家按拉动要求整理装备，把东西放进背囊，然后又一一取出来，放回原处。东西要一样不多一样不少，看谁的动作快，背囊收拾得漂亮。用时最少的三个人是赢家，用时最多的三个是输家，输家就得给赢家打洗脚水、倒洗脚水！

因了这有趣的赏罚措施，整理背囊的"游戏"在兵们嘻嘻哈哈的玩笑态度里传播开来。余班长曾有过一丝疑虑，但他的疑虑很快被自己压制下去，何况连长知道了这事以后也只是哼了一声："随他玩！"

只要不玩儿得太疯，连长是懒得管的。他对连队的管理风格总的来说是粗放型。令他吃惊的事发生在一个月后——炊事班长锤子要去军区参加军区后勤保障技能大赛之前，连长忽然发现这家伙不再一口一个"我日"了。他真把这口头禅给改掉了！

连长带了一脸的问号找到王远时，他正和肖遥在连部会议室写政治教育课的教案。两个年轻人听懂了连长对于"如何让粗口兵改变语言习惯"的好奇，他俩对视一下，同时克制住了笑神经冲动。王远向连长表明，这项任务的成功完成，是他们两人通力协作的结果——王远在理论层面晓之以理动之以情，但在实践方面，则是肖遥负责了。

肖遥有事没事去炊事班转转，注意到锤子有一个收音机，每当锤子忽哧忽哧甩起膀子抢起一柄大铲在大铁锅翻炒白菜叶或是萝卜丝的时候，音效欠佳的收音机里总是传来拉拉杂杂的流行歌曲，锅里的菜在响，收音机在响，都是无纪律的嘈杂与放纵，声音打成一片，高密度地充塞了整个空间，但做饭的兵都不说话，包括锤子。他们都和生的、熟的素菜或肉食打交道，习惯了对方的沉默，习惯了对方在锅里的表达方式，轮到他们开口了——却往往不知道怎么开口。

肖遥还注意到锤子工作时常常会脱去迷彩服，里面是一件绝对违反规定的非军品的T恤衫，当胸一个麦当娜的大头像，锤子动来动去做事，麦当娜就摇头晃脑的，十分有派头。肖遥指着锤子

225

胸前日渐污损的歌星头像，问他知不知道这是谁，锤子得意地说："我日！收音机里老放她的歌，我咋会不晓得！"

话题就从他们共同熟悉的麦当娜开始。在肖遥夸张的好奇心的启发下，锤子告诉他炊事班很多的趣事和秘密。比如他曾经在盛夏的傍晚，清洗完大小厨具后，给一口大锅灌上凉水，然后他把自己脱得一丝不挂坐了进去，享受泡"军用浴缸"的特殊乐趣，而第二天他就用同一口锅给全连煮了味道鲜美的西红柿鸡蛋汤；又比他曾经跟着团里生活保障中心的车外出采购，在回来的路上，受不了路边冰糖葫芦的诱惑，居然悄悄拿一大块猪肉跟人家换，那小贩激动得把扎了满满一草帚的冰糖葫芦都撸下来，塞给他们，车上的三个人把一辈子的冰糖葫芦都吃了……

锤子滔滔不绝地说了好多话，都是很少有机会跟人说的。再往后就有点互动了，他说一件事，肖遥也会说一件事——但肖遥的话题不那么单一，他的话比他这个人还跳腾，一会儿说大学里逃课需要技巧，一会儿说美国的太空计划，一会儿又神秘兮兮地公布自己研究多年的泡妞秘笈。锤子的话题给无形中攀比下去了，他隐隐发现了自己的不够，故步自封（是肖遥用的词）在一个小圈子里，难免生出一丝怅然。直到有一次，憋了很久的锤子不好意思地问肖遥现在"外面"流行哪种样式的裤子，肖遥心头才涌起胜利在望的欣喜。

"后来我告诉他，'我日'这种粗话，'外面'早就把它当土得掉渣的黑话了，连街上下力的挑夫、捡垃圾的流浪汉和监狱里的犯人都不说了，怕被人瞧不起。"

肖遥向连长解释，他并非误打误撞，而是运用了恰如其分的心理学原理把握住了锤子渴望与外界沟通、害怕落伍的心理，有针对性地启发了他。

连长若有所思地盯着两个实习排长，点着头，表情与心情同样复杂着。在他即将离开时忽然想了什么：对了，他现在好像又有了新的口头禅……

"我靠！"肖遥抢着说，"是我教他的。他问'外面'的酷哥都怎么表达感叹，我就告诉他了——'我靠'！"

万万没有料到这个结果的连长如果有胡子，就可以完美演绎"吹胡子瞪眼"的卡通表情了，他的复杂感受简直难以陈述，几次想开口都不知要说什么、该怎么说，末了他只有在王远和肖遥表面一本正经、实则吃吃窃笑的敷衍下拂袖而去，只给他的实习排长们留下一个愤慨的背影，他的背影在说：

"我靠！"

4

修理连的周末又到了。无数个周末从这个地盘来了又去了，晃晃悠悠，没人在意，但在这一个周末之后，很多人都会对它记忆犹新。对它充满回味的兴趣与亲切的情感。对它有种发自内心却又难以言说的感激。

通信员小何开始在各个寝室之间穿梭并四处张望的时候，所有人都富有经验地知道是怎么一回事了。王远在宿舍跟一个兵下跳棋，那兵只回头扫了一眼小何从门前匆匆晃过的身影，就把一步棋给看错了。王远催他，他还捏着玻璃珠棋子老落不下来，嘴里念念有词："小李子又在给皇上挑贡品了。"

"小李子"就是小何。通信员天天在连长、指导员鞍前马后忙上忙下，一有事（大多是给屋里点个蚊香、倒杯清茶、擦双皮鞋之类的琐事），全连都能听见领导们雄浑的喊声：何雨林！何雨林！这名字出现的概率之高，如果只论"广播"次数，"何雨林"绝对稳拿排行榜第一名。刚来的新兵总会问，那谁谁谁是谁呀？

为什么连长指导员老叫他？老兵就会颇有醋意地说：不叫他叫谁？他是大内总管呀！

天天在领导身边的，不算红人也算是有机会的人。"小李子"也好，"大内总管"也好，话虽难听，其实人人都还是想去做的。累是累些——比如小何，除了照顾连领导吃喝拉撒，每到连长来了兴致的周末，他就得顶着骂名去抓壮丁，让连长练练剃头手艺——他们已经彻底放弃"理发"这种令人感伤的说法了。

王远房间的兵给挑走了一个——"头发长了"，这是统一的、不容辩解的理由，事实上他的头发还远远不够理一个漂亮的板寸。那倒霉的家伙是二年兵秦骁，虽然不大情愿，但显然知道反抗是无效的，只有自我解嘲地傻笑着跟着小何出去了，其他人也笑，表面上是笑话那个家伙，暗地里却松了一口气，带着点戏谑的幸运感。

对手提醒王远落棋子，王远只顾硬硬地盯着棋盘，好像上面的洞洞眼眼全是他的目光砸出来的。他忽地站起来，跟出了房门。追上秦骁，他像抓住犯罪嫌疑犯一样把他拉到一旁审问：

"说实话，你想不想剃光头？"

秦骁用直勾勾的眼神与他的实习排长交流了半秒钟，他坚信这一课的内容，新来的排长并没有预习。他嘿嘿一笑说："我们修理连就是光头连，都要剃的……"

分明避开了尖锐的问题。王远不肯饶他，紧紧拽住他的胳膊把问题重复了一遍，他用类似"再不懂规矩就挨扁"的恐吓眼神加强了自己严肃的态度，粗壮却拙实的秦骁终于把这个几乎没认真想过的问题过了一遍脑子，然后，他摇了摇头。

"说话！"他的排长命令。

"这个……"秦骁舔舔干燥的嘴唇，"其实谁也不想……"

"直接回答——你! 想不想、剃、光头!"

"不想。"秦骁脱口而出，异常爽快。

王远把他使劲一推，表示松开他了，自己也累了，吐了一口气，轻声说：

"一会儿，你就这样，原原本本地把这两个字给说出来——说给连长听。"

连长不会喜欢听的。关于这一点，哪怕没有基层部队生活经验、没有高等学府的正宗文凭，只要你在这一个连队、这一个部队或者说在任何一个部队——都应该无师自通地明白这点。"不想"是个多么简单的词，它是否定性的、表达主观意愿的；另一方面，"不想"又是一种公然的抗拒，带着摧毁性的力量。但这是军队啊，全世界的军队都被赋予了异于常理的存在逻辑，因了绝对制胜的战场目标而把服从精神根植于每个军人的血液之中。普通一兵的"不想"是微弱的、不堪一击的，因为在他之上的某个指挥层级——"想"。

所以，当连长"想"的时候，当作为临时理发室的盥洗间围满了看客时，当那套刑具一样的剃头工具落在距离秦骁头皮上方一寸半的半空中时，粗拙健硕却严守纪律的秦骁还是紧闭着干裂的嘴唇，"屁都不敢放一个"（用王远的话来说）。他曾经和站在对面的几个嘻嘻哈哈的人目光相碰，用同样嘻嘻哈哈的表情进行自我解嘲，但那目光遇到王远时，光就敛了，羞怯地敛到一种囫囵的自卑里。

连长对"剃刀牺牲品"的细微思想波动是浑然不觉的，奇怪的是，从他的脸上也看不出施虐的快感，如王远想象中的那种——屠夫对肉质加工品的嗜好。连长扁嘴叼着一支烟，皱着眉、不甚耐烦地打理着这个脑瓜，动作粗粗拉拉的，好像是在做一件自己并不喜欢却又必须做的事。这给王远一种心理上的刺激，他觉得这个"屠宰场"的气氛吊诡，没有他预先以为的带有对抗性

229

的紧张，兵们用虚假的轻松迎合着连长，助长他的霸道，兵们已经会用气氛来撒谎了。

那一刻王远想起了路漫漫，想起她刚到集训队时曾为剪头发而与队领导发生了冲突，当时他笑话她太幼稚，现在才感觉到她在幼稚之外还有种更珍贵的东西——勇气。王远现在站在围观者中间，亲眼目睹着披上合理外衣、被人为淡化的暴行，认定自己没有勇气做到"挺身而出"，尽管他曾经鼓动过秦骁。

人与人的相处多么微妙，气场不对的两个人，总能互相感受出来。一直懒懒洋洋打理光头的连长注意到了表情竣然的实习排长，他呸一声吐掉嘴里剩下的一小截烟头，微微眯起眼睛问王排可否喜欢理一个这样富有个性的发型。兵们都把嘻嘻哈哈的表情拿去对准王远，准备看他的尴尬样儿。王远与连长对视片刻，刹那间他明白了这邀请所蕴含的深意，几乎是要他表态，上不上山、入不入伙，这是真正加入"光头连"的关键时刻了。仪式，总是具有仪式以外的实际意义。

"不。我不喜欢。"这样不合群的话，王远却没有把嘻嘻哈哈挂在脸上，如此高调地宣扬着他的不合群。连长的脸色就有些挂不住了，他重复着：不喜欢？不喜欢？王远顿了顿，鼓足勇气说："不仅我不喜欢，他们也不喜欢。"

连长的痛感神经忽地被刺中了，他将眼珠瞪成金刚样，有一分钟说不出话来。一分钟后他缓过劲来，转到给剃了一半头发的秦骁面前，半蹲下来，神经质地瞪着眼问他："你说，你喜不喜欢剃光头？"秦骁被连长的表情吓住了，几乎是条件反射地点着头：

"喜欢，喜欢。"

连长站起来，像受了箭伤的狮子，以威严的姿态环顾他的兵，大声问："你们呢？"

"喜欢——"其余人异口同声地大声应答，像是突然之间接到冲锋陷阵的命令，团结一心、训练有素地统一行动起来。集体的声音制造出强硬厚实的屏障，王远在瞬间被隔离到荒芜的孤岛上，他手下没有任何跟随的起义者，只有他自己。陷于孤独的他明白这处境的凄凉含义，于是不再对峙下去，转身离开，他身旁的兵自动分开，形成两道人墙，人墙一点点往后退，王远好一会儿才发现是自己在默默移动步伐。

"你是打算写关于光头连的实习报告吗？"连长在他身后充满揶揄地说，"欢迎采访!"

5

王远死定了。

所有人都这么想。他们这么想的时候没有说出来，而是把表情摆在脸上。那天晚上王远房间的兵格外地沉默，他们一下子变乖了，内向了，都不打打闹闹惹是生非了，连来来去去的脚步声都放得轻些。但只要有刮过王远的眼神，那眼神里面都是话。

你惹连长干吗呢？不知道光头连的忌讳啊？光头连的伤痛都在这一个个光头上，但连长有本事把它当作一个个光环，你就睁只眼闭只眼认了呗！又没有非让你剃！……

王远违反规定，一屁股坐在铺着雪白床单的行军床上，一边抽烟一边接受着大家目光里的絮叨。一支烟快燃尽了，他抬起头，蓦地看到肖遥倚靠在门外，双手抱在胸前，只拿一双忧郁的眼睛盯着他。不知道盯了多长时间了。

眼睛击中了王远，他有些羞惭地低下头，又一想，凭什么要羞惭呢？他硬着头皮再抬头，肖遥已经转身走了。高高瘦瘦的背影像一声叹息。

在所有人以为实习排长被"拍死"的时候，局势的微妙转折其实从第二天就开始了。下午在走廊上排队等候领取机油、准备装备保养的兵们，无一例外地听到了连长那语气夸张、拿腔拿调的声音：

"老婆大人回来啦——"

就连王远、肖遥都不约而同地把头转向大门岗，想看看"连长夫人"是何等人物，却见一个绝对男性的、戴眼镜的瘦小上尉走进来，后面跟着拎皮箱的通信员何雨林。上尉走向连长时脸上涌起热情、熟稔却矜持的笑容，任由连长在他肩上拍拍打打，他始终没有失去带有距离感的自控力。

兵们隔着老远冲他笑，算是打招呼，连长指着夹在兵里的肖遥、王远说："那两个是来实习的地方大学生。"又指着上尉说："这是指导员，我老婆！"

兵们跟着连长一起哈哈笑起来，指导员却将脸朝着两个大学生停留片刻，下意识地用右手食指顶了顶眼镜——让人想到"定睛"这个词，那么认真地打量。

王远心里某个部位动了一下。

他没有想错，连长虽然不喜欢他，培训归来的"连长老婆"却是对他另眼相看。指导员姓屈，他笑说一听这个姓就不舒展。他的眉间果然是微微皱着的，像新买的衣物总有些若有若无的褶子，不轻易让人看出来的。他又说连队的现状就是这样的，你大概也很失望吧？——听听，"也"，把他自己先包括进去了。这些话都是指导员第一次找王远谈心时说的，很奇怪，这个对连长都保有距离感的谨慎男人，在王远面前却有着近乎透明的真诚。和王远交谈的第一句话令人印象深刻：

"想不到吧？我写过诗。"

他肯定地、甚至是骄傲地微笑起来，丝毫不介意"诗人"如今是个遭人取笑的名号。王远觉得他的笑漾着波浪，闪烁出低调而自信的光芒。

用不了多长时间，这个连队新来的成员——包括结束新训、刚分配来的兵，包括新受命来代职的副连长，包括王远和肖遥这样的实习排长——都会发现一个并不新鲜的事实：不管连长把指导员"老婆""老婆"地叫得多么亲热，也不管为指导员接风洗尘的那顿晚饭吃得多么喜庆，落到现实生活的泥淖里，这对"夫妻"其实貌合神离，私下里各自为政，只是还没有达到剑拔弩张的地步。

是啊，他们凭什么要喜欢对方呢？真正的夫妻还可以建立在自由恋爱的基础上，连队搭档可不一样，上级派你来当连长，派他来当指导员，被派的人都是没得选择的。可以说，当衣着整洁得可以随时参加仪仗表演、戴着文绉绉的眼镜的指导员屈胜武第一次与他的军事搭档见面时，两人就同时决定不喜欢对方了。说不上原因——不喜欢一个人需要原因吗？

之前是怎样的情形不知道，至少就实习排长们看到的，他们的磨合在漫长的"婚姻"生活中像太极拳一样悠然进行下去。星期一指导员半开玩笑地提醒连长，不要在正课时间带一帮家伙去踢足球，星期二连长就会要求办黑板报的几个兵放下粉笔、颜料和半拉子的"欢迎新战友"的黑板报（指导员安排的工作），参加统一的体能训练；连长要是在排长、班长们面前表露出对政治教育空洞乏味的不满，那么很快的，指导员会带给大家几条最新的、传播在其他连队的有关"光头连"的段子；连长感觉修理连这种地方根本就不应该弄个"长一副高级知识分子表情"的家伙来，而指导员则认为修理连之所以成为全团的笑话，根本原因就在于"心理不够健全"的连长。

新兵下连后团里结合当前教育内容，搞了一次题为"我是一

233

个兵"的演讲比赛。连长和指导员在参赛人选上出现了分歧——肖遥私下告诉王远，他俩各自都是推的"自己人"。几经斗争，连长的人占了上风，顺利晋升为比赛种子选手。问题随之而来——演讲比赛是需要事先辅导的，负责这项工作的指导员却几乎没有辅导过选手，用他私下的话来说："像连长那样的粗人，选出来的兵不粗才怪，站在台上只会丢修理连的脸!"连长通过"情报渠道"得知这话后虽然没有暴跳如雷，却也憋了一股子劲，亲自督促着，让肖遥给那个选手"教点耍酷的"，而这个新兵最大的荣幸还在于——没有剃光头，参加正式比赛的前一天，连长派一个班长领着他去了一趟翠鱼镇，理了个极其漂亮的平头，脑门前的几根头发颇得意地冒出来，昂首挺胸的，据说是今年时髦的样式。

演讲比赛的高潮居然就是这个兵创造的：在冗长的、一波接一波的排比句中，年轻的新兵把音量逐步拉高，铺垫着即将到来的重要时刻；当完成所有远远近近的比喻、通感、象征之后，他终于激情澎湃地直抒胸臆了——伸出右手，在距离右耳三十厘米处打了一个极其清脆的响指，大声呐喊：

"不! 我们不是粗人——"

台下上千名观众的神经被这声响指和这句呐喊刺激了，全场忽然爆发出山洪般的掌声与笑声，一浪接一浪的声波在已渐趋破败的礼堂里涌动，许多人笑出了眼泪。

这效果让修理连自己也没有想到，连长无比得意地咧了嘴跟着大笑起来，不停地拍拍肖遥的肩膀。指导员只连连回了回头，嘴角弯起一丝嘲讽，他凑近王远说：

"看吧，鼓掌的就是一帮粗人!"

对于这个高潮的理解，修理连内部分化出两种看法：一是认为群众呼声很高，给修理连长脸了（持这个观点的自然是连长一派，而且是摆在明处予以认同的）；另一种看法么，则认为人家是拿修理连当猴子看呢（指导员多次暗示别的连队把这当作又一经典笑话了）。其实怎么理解并不重要，重要的是，它让大家再次确认了连长、指导员之间的分歧。

在权力场上，再小的据点也是阵地，再小的争斗也是斗争。

连长和指导员之间微妙关系所导致的直接后果，就是修理连的人事复杂起来。哪怕他俩没有任何不睦的传闻，根据习惯，也总会有人在评价某个人时暗示一句：他是谁谁谁的人。新兵下连以后，情形更复杂了，这些初到部队就被扔到一个偏僻连队的兵一般来说是没有什么后台的，等他们中的一些人（往往是有点小聪明、接受力强而又想走捷径的）从垂头丧气的失望中恢复元气、接受现实以后，就会发现一种比扔骰子更惊险的博弈：站队。

你站哪一边的队，就是哪条线上的人了。成者为王，败者为寇，看你有没有足够的眼光与十分的运气，保证你站的那一边是最后的胜利者。

肖遥的眼睛像充足了电，时时将连里的各等人物扫描来扫描去。根据他的情报分析，"大内总管"何雨林是连长的人，没看见连长使唤他的时候那副唯我独尊的表情吗？而负责抄抄写写、收取文件的文书则是指导员的人，没看见指导员对他说话时的和蔼口气吗？另外还有副连长、副指导、几个排长、班长，都已经各自站队，仅凭人数来说，双方势均力敌。不过，又不打群架，人数上的对等并不能说明什么，关键是，你拉拢的人里面有没有"重量级"的。

当肖遥滔滔不绝地念叨这些事的时候，王远感到明显的焦躁不安。他虽然不喜欢连长，但也无意卷入站队的较量中去。但什么叫人在江湖，什么叫身不由己——指导员已经叫过他三次去谈心了，虽然都是些不涉及实质性的、闲散的话题，甚至有一次是专门叫他去下下象棋，但那姿态表明了就是：

你是我的人。

6

每个连队都会有特别麻烦的人，部队把他们叫"重点人"
——乍一听这名称还多光荣似的，仔细一想，到底和"重要人"
是有区别的。这一届新兵下连后，光头连最让人头大的重点人也
随之而来。

简单地归类，新兵王亨是那种"死猪不怕开水烫"的主。天
知道怎么会有这种公子哥儿进入人民军队，他们往往从小就被宠
坏了、乱花钱、乱交朋友、成绩一塌糊涂而脾气还随着年龄见长，
父母拿他没辙了，知道这样下去他就是不进监狱也会成为人渣了，
这才拼了老命通过各种关系把儿子送到部队，不求他有多大发展
前途，只求部队的严格纪律能把他制住管好，不出事。与他同一
品种的兵都有标志性的外观——带着与部队正规化要求截然相反
的浮夸表情，有时对你爱理不理，有时又随时准备与人油嘴滑舌，
叫他立正他就塌着肩膀松松垮垮，叫他坐着他会懒懒洋洋一屁股
坐下并顺势伏在桌子上，人都缩了水似的。他的班长指着他的鼻
子骂："你也就是一块癣！"他呢，居然老着脸回了句："您挠
呀，抠呀，挖呀！"

班长气得没话说。癣是挠不掉抠不了挖不去的，虽然不致命，
但属顽疾，令人痛痒。

据说在新兵连，出身于某资本世家的王亨同志还是尽了最大
努力配合训练的，不出众也不是扫尾的，只是曾在私下场合流露
出"想去轻松的单位"，被新训班长指责"思想落后"，其他也看
不出有什么太大问题。问题是在来到修理连以后，他终于来到这
个"轻松的单位"，同时也意识到这正是成为全团笑料的连。在进

行了一番悲观的思索之后，王亨相信自己是落到屎堆上了。说是来当兵，却连枪都没摸几下，忽一下变成个修车的修仪器的，跟老家对门的"平安修车铺"里穿个油腻腻大围腰的伙计一样！

就是从那个时候开始，修理连才真正见识了什么叫破罐子破摔，什么叫扶不上墙，什么叫以烂为烂。关键还在于，你知道他烂，却拿他没办法。搞思想教育，他油盐不进；要对他动粗，又太冒险。部队以人为本的规定一年严似一年，干部打兵是有严重后果的，现在的兵动不动就要把事情闹大，捅到上面去，集团军处理类似事件，下手越来越重，上次尖刀二连一个排长因为和兵吵了几句，气头上踢飞了一个板凳，板凳落下时砸到兵的脚背上了，这兵不依不饶，打了电话跟家里诉苦，家里当他受了大委屈，居然一状告到军区去了。最后军区责成集团军、集团军责成团里调查处理这事，当组织股股长带着一名小干事与当事双方交谈以后，还没说结果呢，只要双方在调查笔录上签字，那犯错的排长已经手颤得握不住笔，写不了自己的名字了。

"现在的新兵连哪敢动手啊？全他妈拍着哄着过完三个月的，养大爷呢！"军事干部们有怨气。

王亨这种人就是生在这么个尴尬的时代里，活得让所有人难堪。要是在战场上，哪个不服从指挥，完全可以一枪崩掉；可在和平年代，讲安全，讲文明，讲思想工作……他就偏偏成了块癣。

在对这个歪兵的教育过程中，连长有几次都攥紧了拳头，都被指导员及时制止住了；另外也有好几次，指导员一脸苍白地从连部会议室急急冲出来——熟悉他的人都知道那是由于过分克制愤怒情绪而造成的生理现象——随后，一甩一甩、慢悠悠地走出来一个二流子似的王亨。王亨放出话就是："把我退回去，这兵，老子不当了！"

说得轻松，衔都授了，哪能退得回去？已经是部队的人了，只能够除名——如果犯了大错误的话。就算是把他除了名，修理连还不是脸上无光？做不好兵的工作，在团长政委参谋长主任那里又怎么交代？

在对新兵王亨进行了苦口婆心的思想教育、慷慨激昂的精神煽动、开宗明义的法律阐释之后，连一级首长充分领略到了"无知者无畏"、"无欲则刚"等等曾经令人费解的玄妙语句，同时也宣告，这场不屈不挠的斗争悄然告一段落。

"还有个法子，"连长假装有口无心地对指导员说，"可以让那个王远试试，他鬼点子多。"连长说"那个王远"，却是很明显的表明——"你那个王远"。

指导员用沉默替代了马上回答，吸了一口烟，借着烟雾缓缓散去制造的模糊气氛，也有口无心似的说："好，让王远试试，大学生么。"听上去就是——"我那个王远"。

"他那个王远"从内心深处来说并不愿意接受这个任务，在去做王亨工作之前，肖遥先给王远做了思想工作。听着王远抱怨这个连队老给他派些鸡零狗碎的活儿，简直让人难以忍受这种庸俗与琐碎，等等等等，肖遥却表现出难得的冷静，没有长篇大论，只是尽量用客观的口吻告诉他，听说江成龙在标兵一连表现不错，连里给他记了一笔，到时候会加分。

话就到这儿了，是聪明人的做派。那意思是：我当你是聪明人，响鼓不用重槌。王远明白他的意思，基层部队谁不琐碎？琐碎和琐碎又是不一样的，就像过去的肖遥和现在的肖遥不一样。王远望着肖遥，想说什么，忽然又觉得什么也说不上来。

周末前的一场昼夜拉练像暴风雨似的，虽有预告，临到头了，还是觉得突如其来。王远在出发前就指着王亨说："你！跟着我！"跟在领导身边本来是一种特权，一种荣誉，但王亨用自己惯有的自以为是把这种特权与荣誉都践踏了。还没走出五公里他就开始哼哼唧唧，一会儿抱怨脚磨出泡了，一会儿又嫌背的东西太沉了，等他发现这些不满情绪都没人搭理时，他开始威胁要放弃拉练，一个人回撤，与千军万马的队伍背道而驰。

"烂人才会那么做。"王远气喘吁吁地停住步伐，瞪着这个计划中的逃兵。

"我他妈就是一烂人！"王亨毫不示弱地说，汗水黏着他肉滚滚的脸，显得表情比平时更为激动，"好铁不打钉，好男不当兵！我要读书读得好、考得上大学会来当兵啊？你要大学毕业找得到好工作，会来部队啊？"

如果不是余班长不顾劳累，迅速从后面抱住了王远，这个实习排长手里捏的一条三指宽的外腰带肯定就以坚定的态度狠狠落到王亨身上了。王远被抱住后，还挥舞着手里那条鞭子似的外腰带，虚空地左挥一下右挥一下，拿空气里某个替代品出气。一时间乱作一团。远远看到这一幕的指导员皱了眉头急急地赶过去处理，远远看到这一幕的连长却站在原地，从兜里掏出一盒皱巴巴的烟，用嘴叼出一支，斜着嘴一笑，有些幸灾乐祸。

拉练结束后的一个下午，王远带着一脸赖皮相的王亨到离连队不远的土坡上，面对着一段低矮的围墙坐下来。他开始了絮絮叨叨的讲话——老掉牙的话了，他并不在乎自己在王亨心中的形象，哪怕他把自己当个老古董呢，该说的话还是得说到。王亨因为今天不用端端立正地受训，心情不错，懒洋洋地两手撑着地面，头斜斜靠在肩膀上，有一搭没一搭地听着。

"王亨你看好了，"王远用揭露重大秘密的语气，遥遥指着前面说，"那儿，由于地势的原因，是全团的所有围墙中最矮的一段。我试过的，不必有超凡身手，两手撑在墙头轻轻一跃——就上去了！"他的两眼泛出狡黠的晶亮，十足像个外国电影里一肚子坏水的教唆犯。被他煽动的兵忽地屏住了呼吸，在充满警惕的思

239

索里听着自己的怦怦心跳。他的实习排长就像魔鬼代言人，虽然煽风点火，刚刚有了火苗子他又加了个大盖子——

"关键在于，所有人都知道，那是全团最矮的一段围墙，想当逃兵的纵身一跃就可以翻过去。以前还真有新兵打过这段矮墙的主意，从这儿翻了出去，逃掉后又被抓回来，这种情况出了好几次。后来，不少人都建议把这段墙修高一些，断了那些逃兵的念头，可是政委没有同意。"

王远说到这里停下来，微笑着问，你说他为什么不同意呢？王亨没有说话，硬着头皮使劲地想了想，想不出所以然——也许他根本就没打算用自己的头脑找到答案——摇了摇头。

"政委说，关键问题是筑牢思想上的围墙，如果不解决思想的问题，光是修墙，这么大的团，哪儿把人关得住呢？真想跑，不是一段围墙可以拦得住的……"

天色急遽暗了下去，像凭空有个大罩子，轰地捂下来。王亨后来再也没有见到过这样的天象奇观，他来不及想清楚刚刚听到的、刚刚看到的，他的排长又像变了个人似的，充满诱惑地说："今晚轮着你们班站岗，你那一班岗，正是午夜……"

为把自己从迷糊中解救出来，王亨终于挣扎了，他直截了当地问王远，排长是在暗示我逃出去吗？我留在连队是不是就是死路一条？王远听了，仰头哈哈大笑，笑得眼泪都出来了。王远说："我逗你玩儿呢！"没等王亨把"一点也不好笑"的不满表情及时挂出来，他那热爱耍酷的排长又一次使出了魔术师般的手腕，凑到他跟前，把呼出的气息喷到他脸上：

"你要是逃了，就逃得远远的，千万别让我们抓住——逃避兵役，抓回来是要劳动教养的。你骑在墙上的时候好好想一想，人这一辈子，关键就那几步。决定了，跳到那一头，就跟现在的命运完全不同了，你就那么跑啊跑，别走大路，专拣没人走的荒草小路，黑天摸地的也不容易，别踩到农民的粪池里了……等天快亮了，你也快到县里了，身上要有几块钱，就搭第一班客车，随便它到哪儿，四个轮子总比两条腿快，等车到了终点站，你还不能停，部队肯定已经派人在追你了，他们四处打听，准会问到你搭过这趟车。你呀，如果还有点钱，就去买身衣服把军装给换了，再给你过去的狐朋狗友打个电话，告诉他们你的下落，让他们给你寄钱——不行，寄钱你也没法取，你用证件一办银行卡就露馅了，除非有哥们特别仗义，亲自千里迢迢地赶来救你于水火之中，不然你再待两天非要饭不可！找工作？开玩笑！你身上只有士兵证，没有身份证，谁肯雇你？现在身份证也不好搞假了，全国联着网呢。你要和家里联系？放心，部队第一时间就会通知你家人，让他们做你的工作，所以你联系家里只能自投罗网。就算你爹娘心软，悄悄把你接回去了，可老天爷，你加入了军籍，地方上的户口就没了！一辈子当黑户，还得提防部队抓你回去，提防地方武装部知道你行踪，提防左邻右舍的指指点点，你找对象都困难，人家一调查，是个当逃兵的！光彩吗？你爹娘攒了一辈子的脸面，叫你一秒钟、那一跳就给丢尽了！是不是？你这辈子也再别想舒坦，听到别人一说部队啊当兵啊军事啊你就会变脸，当人家是含沙射影讽刺你呢！你爹娘若肯不惜血本替你找个媳妇，总要生儿育女吧？你要有了儿子、女儿，你敢跟他（她）提老子当年勇吗？没准儿你娃娃在学校里就听人说了，说你爹老子当年当兵，还没上战场呢，就吓得屁滚尿流了，半夜翻墙逃出来的，多荣耀啊！我敢说你的后代都会打心眼儿里瞧不起你，他们口上不说心里鄙视，那比打你骂你还难受！……还有你孙子、孙子的儿子、孙子的孙子……"

滔滔不绝的王远长这么大，头一次预支了未来若干年的口才，到后来他已经感觉不到嘴唇的存在了，上下两片一张一翕，语言就流淌出来——不，是砸出来，堆成山，把新兵王亨从脚到头地压住了，终于在某个临界点，不堪重负的王亨狂躁地大吼出来："啊——啊——啊啊——"

长篇大论的思想教育工作戛然而止。戏剧性的空白与停顿之后，王远从地上一跃而起：

"回撤。"

王亨一定想不到，回撤到连队约半个钟头以后，两个实习排长为了他王亨爆发了一场情绪激烈的争吵，而这场争吵的后果是直接作用于新兵王亨身上的。悄悄目睹了争吵场面的人都说肖遥气得脸都变形了，像卡通人物一样夸张地冲王远吼叫，内容无非是说，不应该用"逃跑"去刺激一个完全没有纪律概念的屌兵，他今天晚上要站岗，万一真的跑了怎么办？他一跑，两个实习排长都脱不了干系（王亨和肖遥住在同一间宿舍）！责任一追究下来，谁承担得了？而王远则成竹在胸地告诉他，这叫以毒攻毒，把话说到极致，你比他还狠，他反倒没办法了。两人谁也说不服谁，到后来肖遥说得去报告连长指导员，王远则反唇相讥说报告时别忘记提醒他们给肖排记功……真是乱了套了。

7

王远并没受打击，他还玩在兴头上。由他开展起来的"看谁收得快"的游戏已经席卷全连，难度不断加大，每个周末都有一场比赛，新兵和老兵比，班与班比，排长与战士比。最令人瞩目的当数炊事班，他们的班长锤子同志受收音机音乐启发，不仅在厨房操作间推出了摇滚版"锅碗瓢盆交响曲"，还让班里几个娃儿听着迪厅音乐玩"收得快"。这周末全修理连都领略到了一场极富节奏感的"战备秀"，在强劲的音乐声中，这些平时只和碗勺打交道的帅哥简直魅力四射，他们像摇滚明星般随着音乐节奏飞快地把被子、褥子、大衣之类的叠得井井有条，又随着节奏一下一下把它们塞进大背囊，塞得紧紧实实。当炊事班最后一名小兵完成任务后，他得意地在原地转了个利索的圈儿，潇洒地抛向观众一个飞吻——漂亮的谢幕动作把全场气氛给点着了，尖厉的哨声、兴奋的喊叫、连成一片的笑声掌声，把修理连的顶棚都掀了似的，毫不亚于热门歌唱组合的演唱会现场。一向受到轻视的炊事班一夜成名，不仅成为那场比赛当之无愧的冠军，还忽然之间拥有了众多粉丝，做饭的几个战士被粉丝们抬起来，沿着二楼走廊游行一圈，这些颇有明星范儿的家伙们高高在上地向热烈的群众挥手致意，而他们的班长还私下里获得了实习排长王远的特别嘉奖（或者说是馈赠）——一条风格入时的男裤，是王远上次外出到市里，用自己的钱买的。锤子接过裤子时乐得嘴都歪了，王远少不了打击他：

"要买到一条能包下你这肥屁股的裤子可真不容易，我靠！"

唯一没有适应这场热闹的居然是连长，他在团部生活中心赴了一场小宴回来，还没走到修理连的大门，就听见山响海响的集体呼喊：

"锤子！锤子！锤子！"

据连长后来的自我陈述，他第一个反应是心脏猛地收缩，冒出一个念头：打群架了！他像消防员一样冲进连队大门，又听到第二波口号：

"锤子锤子我爱你，就像老鼠爱大米——"

完全失去判断力的连长慌不择路地冲到最近的连值日岗哨前，追问出了什么事，他得到一个完全合乎规范的答复：

"在搞战备技能竞赛。"

不能说王远就真的融入了修理连的琐碎生活，但至少，他开

243

始在意这种生活，并受着它的种种琐碎的影响，而他的情绪也随之起起落落。比如，他很快注意到一个不可思议的奇妙现象，王亨像换了个人似的，变得老实起来，渐渐不和排长、班长顶嘴了，再往后参加出操、专业训练也不再抗拒，再后来居然可以像其他新兵一样接受各项工作任务了。指导员有两次抓住机会当着连长的面表扬了王远，但王远在和肖遥说起这事时脸上带着疑惑。"真是奇了怪了，"他说，"我给他做思想工作的时候他不听话，不做思想工作了反倒听话了。"

肖遥平淡地解释说那家伙可能想通了，一笔带过之后他把话题引向别处，很快转向即将到来的足球比赛——太不像肖遥了，他应该是热心地参与探讨、提出几种论据充足的可能性思路，以此证明他肖遥是个"伟大的思想家、革命家、战略家"。今天他什么"家"都不做了，低调得令人生疑。

王远长了个心眼，回头把王亨叫到跟前来谈心，学大领导的样子笑眯眯地表扬了他一番，又像大领导一样泛泛地问他怎么想通了，不要求被退回地方了？王亨就有些不好意思，只说现在也挺好的。这样问是问不出所以然的，王远又说，现在有什么想法没？以后学个专业？考学？转士官？王亨认真想了想，说："现在……就想少站点岗就好了。"

岗哨是各个班轮流站的，王远去查了岗哨记录，王亨的岗并不比别人多，轮到了才站，只是他那一班往往在午夜，是个很难起床的时段，仅此而已。另外，部队为防止意外，按惯例新兵都是站双岗，王亨的搭档是个名叫邵杰的新兵。邵杰也没有特别之处，表情总是冷峻严肃着，完成任务干脆利落、不打折扣，一来就主动去找连长剃光头，表示"入伙"了，是块当班长的料。除此以外就没什么了。王远总觉得缺少某些关键的信息，或者说可以形成证据链的间接证据，能够把这自己从一团迷雾般的困惑中解脱出来。

另一个兵——通信员小何又遇到问题了。拿着老家发来的"爷爷病重速归"的电报好几天了，却迟迟得不到回家的批准，他的休假申请在第一关就被卡住了。连长告诉他："我可以同意，指导员可以同意，工作上我们最多从班里抽个娃儿临时顶替你一下，可这假条报到机关军务股，那是绝对批不了的，都在准备演习呢，人家一句话就给你打回来了。"

虽然和军务股长没有任何交情，但王远还是主动揽下差事，替何雨林递交假条——当面给军务股长说说好话，总要好点吧？他找肖遥商量时，后者明显表示不理解——"帮个兵的忙，有必要吗？弄不好得罪连长又得罪机关，切！"

但王远坚定的眼神阻止了他进一步的牢骚。肖遥白了他一眼，明白除了帮忙别无他法，只好叹口气：

"算老子这辈子欠你的！"

兵是很难请假的。这一点都不难理解。打仗的时候，都请假了，谁去扛枪打炮？当然现在没有打仗，可部队的逻辑是，必须生活在有关打仗的假设之下，专业地说，叫贴近实战。

事先王远和肖遥仔细打听了军务股长的生平简历、个人资料，像情报人员一样认真研究，看能不能找到一个突破口，好和他拉上点关系。比如籍贯，如果军务股长和王远、肖遥或是何雨林来自同一个地方多好啊，敬支烟，叫上几声"老乡"就亲热多了，部队兴这个。可惜，除非是到外国当兵（那样全中国人都是老乡了），他们没法把自己的老家拆迁了搬到股长家隔壁。再比如毕业院校，如果能攀上学长学弟什么的也是一条不错的路子，可股长毕业于一所军事院校，这样就和地方大学生们当不成校友了。实在没辙的时候，王远勉强找了个可以挂上点边儿的生硬理由：

"我和军务股长——都姓王。"

245

肖遥在第一时间仰天大笑，把眼泪与唾沫溅射到半空中。王远只有恨恨地瞪他一眼，却拿他一点办法也没有。这是有典故的。以前有个学员讨好同姓氏的领导，总说："同一个姓嘛，五百年前是一家啊！"把大家恶心得不行。

王远忍不住给他发挥了一下：

"五百年前是一家，五百万年前是一棵树上的！"

这话由于过于经典而广为流传，也不知那学员听到以后有没有气得从树上掉下来。现在王远自己也拿这一条去拉关系了，难怪被肖遥笑话。

去军务股以前，在离修理连不远的一棵樱桃树下，肖遥应邀扮演了军务股长，让王远一次又一次地给他敬烟、说好话，肖遥像个挑剔的导演，动不动就挥手喊"咔"，皱着眉责怪王远敬了烟又没主动点火，或者脸上的笑容太僵硬了——"像在亲冷冻的鸡屁股"。这番拉关系演练没能起到锻炼作用，反而让王远的心理负担更重了，当他们走进军务股办公室看到股长的第一眼，王远就觉得自己会搞砸。

王股长长得浑身紧凑，又练就了一副随时批评人的表情，一来就把气氛搞得郑重其事。他显然对修理连印象不佳（天晓得，全团都会对这个连印象不佳），因为在他接过请假条进行审视的时候自言自语：修理连，修理连……肖遥使个眼色，王远忙把烟拿出来，股长一只手摆动着拒绝了他的热情。这不是个好兆头。果然，军务股长开始强调最近的工作重心，批评了修理连前段时间的兵员管理工作，字字句句都像是奔着某个否定性结论而去的。王远不遗余力地大谈这个兵平时工作表现如何好、他和爷爷的感情有多深——对于王股长来说肯定都听得耳朵起茧了，每个要请假的人都是这一套。看着股长无动于衷的表情，在绝望的边缘的王远终于拿出了唯一的"关系"线索，有点肉麻地说自己也姓王，

"五百年前是一家嘛!"他一边说一边偷看了一眼已经在努力撑住不笑的肖遥。

"哼,是一家?"军务股长冷笑一声,"这团里姓王的集合起来,能凑个加强连!"

最后两个学员走出办公室的时候,得到的是王股长老气横秋的一句劝诫:

"年轻轻的,刚进部队就不学点好的,偏偏来拉关系!跟你们连长说,莫去整些弯弯拐拐的事情,把连队建设搞上去才是真的!"

灰溜溜地出了机关大楼,忍俊不禁的肖遥不顾王远难看的脸色,兀自幽默道:

"一个加强连?那么多同姓的猴子,再大的一棵树还不给压垮啰?"

更大的风波还是在回到连队以后,当连长听说两个学员居然到军务股替何雨林请假后大发雷霆,认为他们无视连领导的意见自作主张。王远辩解说他从连长给何雨林的回话中推断连领导是同意的,"推断?谁让你他妈的推断了?"连长的狂怒久久不能平息,"那我也来推断一下,那该死的姓王的是不是对你们、对修理连、对我张某人冷嘲热讽来着了?"王远和肖遥木着脸没有回答,可是没用,答案已经在脸上了。

那天晚上连长接连训斥了三个犯了小错的战士,抽了大半包烟,踢飞了猪圈旁边一个不合时宜的空桶。指导员抽时间在自己的房间里接见了王远,以洞穿世事的口吻安抚他,并告诉他一个全团人人皆知的内幕:王股长和张连长有过节。如果张连长不出事,现在军务股长就该姓张了。

张连长还不是张连长的时候,当过作训参谋、军务参谋,他的军事素质好,人很勤奋又有头脑,是军事首长相当器重的人物。

那时他和王参谋（现在的王股长）是铁哥们，两个人下班后动不动就凑在一起，打牌，聊天，喝酒。事情出在一个平静的傍晚，张参谋（连长）到镇上参加一个朋友聚会——应该说是酒会，喝高兴了，一时想起"有福同享"的老话，就给哥们王参谋打电话，邀他过来一起热闹。王参谋正好带着一辆北京吉普去外地办完事，在回来的路上，接到电话，便直接带车去赴宴了。要说，两个人确实也喝得高兴，但喝着喝着就斗起酒来，张参谋说他就算喝一斤也照样走路不扶墙，王参谋指着酒店门口的吉普车说就算喝一斤他也能把车开回去，张参谋说，不就开个车么，多大回事，老子也能开，绕镇子开十圈！王参谋说你开呀，那你开呀！张参谋趁着酒兴，大踏步走过去开了车门，一把将不知所措的驾驶员拉出来，自己坐了上去，在呜呜的引擎声中他还炫耀地大喊一声："酒神来也！"那差点成为他的遗言，因为仅仅五分钟之后，镇上一条偏僻的坡路上发生了车祸，等大家赶到现场时，只看到一辆军车狼狈不堪地斜躺在坡路下的大坑里，车里的人拖出来时浑身是血，酒气弥漫，已经昏迷不醒了。

　　如果张参谋不去参加那个酒会，或者参加酒会不打电话邀约王参谋，或者邀约王参谋后两人不赌酒，或者赌酒也不拿车来赌，肯定就没有这回事了；如果王参谋接了邀约电话不去（明知道是喝酒），或者不带车去，或者不提到酒后开车，或者在张连长要开车时阻拦一下，事情也肯定不会发生了。人生是最怕假设的，因为它制造出无数虚拟的可能性，源源不断地滋养你的后悔。张参谋和王参谋在后来的日子里各自与这些假设纠缠不清，都难以摆脱酒后失态带来的严重后果，斤斤计较着彼此的责任大小，终于，两个最好的朋友反目成仇。

　　王参谋受了处分，在职务晋升上受了轻微影响，但张参谋就不一样了，所有去医院看过他的人回来都是一副怜悯之态，摇摇头说："废了。"他再也不是全团军事领域的风云人物了，再也不是未来参谋长的一号种子选手了，看他的样子，能够恢复部分正常人的生理功能就算不错了。但张参谋再次以顽强的毅力打破了大家对他悲观的推断，半年以后他就出现在团里，剃着光头、挂着双拐，又过了半年，可以去掉拐杖走路了。但他在进行生理康复的同时还得接受精神的创伤——他已经不是参谋了，受了处分以后他被调往"小、远、散"单位之一的修理连，先是副连长，然后是连长。

"所以你看，他觉得自己反正提升无望了，干脆养成一副天不怕地不怕的脾气，把连队都搞成什么样了？说得好听点是自暴自弃，说得难听就是破罐子破摔！"指导员不满意地评价着，"上级知道他在耗时间等转业，也睁只眼闭只眼，随他闹去，反正修理连也不是什么重要单位。只是苦了我呀——"

从指导员房间里出来，王远感觉浑身都不踏实，他哪里想到大大咧咧一个粗人似的连长会有这样的经历，凭空地觉得怅然。在走廊上碰到了急着到处找他的何雨林，王远正要向他抱歉事情没办好，小何已经噙着眼泪感谢他了：

"刚刚接到军务股电话，我的假批了。"

8

每一个环境都是容易融入的，只要你打定主意融入。王亨现在又开始油嘴滑舌了，但和原来那种油嘴滑舌有本质的区别，以前是和班长、和干部顶嘴，针锋相对，现在却是继承了修理连风趣幽默、自我解嘲的光荣传统，斗斗嘴，也逗逗乐，非常讨人喜欢了。

王远现在跟他说话也变得不客气，却是亲昵的表现，王亨也服他。某个傍晚这娃儿又来找王远，说自己很想参加连队足球队，可惜无人慧眼识珠，他自己又"举目无亲，投靠无门"，思来想去只有找王远，谁叫他们都姓王呢，"一笔写不出两个王字"，他甚至堆出讨好的肉麻笑脸说：

"咱五百年前可是一家人哪！"

不说这话还好，一说王远就来气："一家人？这团里姓王的集合起来，能凑个加强连！年轻轻的，刚进部队就不学点好的，偏偏来拉关系！跟你们排长说，莫去整些弯弯拐拐的事情，把排里工作搞上去才是真的！"

忍不住原原本本地搬来了军务股长的金玉良言，连口气都一模一样。王远忽然觉得自己还有点当官的潜质，起码玩得起模仿秀。

"你们排长"是肖遥，王亨是他手下的兵。王远想到这层，便问为什么不找肖遥，足球队又正好是他在负责。王亨开始打哈哈，说排长觉得他是"重点人"，肯定看不起他，又说自己已经改邪归正了，排长还把他盯得紧。一个谜团在空气里显现，王远盯着自称已经改邪归正的娃儿说："我可以帮你争取参加足球队，但你要告诉我一个事实。"

交易总是相互富有诱惑力的，也会付出代价。王亨虽然再三推脱，最后还是败在地方大学生强大的心理攻势之下。得到绝对保密的许诺后，王亨陈述的事实简直令王远匪夷所思——所有的秘密都在每隔五天的半夜站岗，和他站同一班岗的邵杰虽然是个新兵，却是个深藏不露的高手。"你不知道，他会武功，进部队以前曾跟着一个杂耍班子闯江湖卖过艺呢，他师傅现在还给他写信，我见过，是用毛笔写的，竖着写的。"会武功的邵杰有着江湖中人最高尚的气质——义气，他很快成了肖遥的心腹（王亨用的这个词），自然也会为肖遥两肋插刀。威胁就是从第一次与邵杰站岗开始的，邵杰带着一贯冷酷如打手的表情命令王亨靠墙立正，受胁迫的王亨那时还嘴硬，刚问"凭什么"，邵杰就用他那坚硬如铁的大手一把握住了王亨软弱无力的手腕，伴随着后者一连串"唉哟唉哟"的痛苦呻吟。走廊上空无一人，僻静的修理连的夜晚显得冷漠而无助。王亨说："你要干吗？打人？我要喊了！我告你！让你受处分！"邵杰凑近他说："我好怕哦！你喊哪，谁会帮你？连长还是指导员？他们都恨不得把你屁股打开花！但是他们不能打你，因为干部不能打战士，班长不能打你，因为他们想立功受奖入党考学，都不想被你连累！但我不怕，我是新兵，打了你，连队只会批评我教育我，但你也没有好果子吃，因为全连的人都想打你！你要告状，只会讨来一次比一次厉害的打！"

一口一个"打"，每个"打"字都是实心的、重重下手的感觉。两分钟的沉默不语后，明白自身处境的王亨移动了步子，走到了邵杰指定的那面墙，缓缓立正。"挺胸抬头！"邵杰像新兵连班长一样严格要求，王亨恨恨地瞪着他，努力达到了标准。说不清那是他的噩梦还是他的救赎之路，总之是一种不同以往的生活模式展开了。邵杰把他的错误一条接一条地列举出来，并不指出错在哪里，只指出它的后果——"只有再一再二，没有再三再四，下次我就动粗了！"据说这是他师傅的规矩，徒弟犯了事，第一次轻饶，第二次自罚，第三次师傅亲自动手——到哪种程度？自己想吧！邵杰说他会一种秘传的武功，可以使人造成内伤而外表却丝毫看不出来，让受伤者连最起码的起诉证据都没有。但是有一次他失了手，用功力度太大，把一个人给活活打死了，他被迫结束追随师傅浪迹天涯的日子，回老家当兵了。这番可怕的告白令经历简单的王亨两股战战，几欲晕倒，裤裆里忽然一股湿热的液体失禁了。

打那以后邵杰总盯着王亨，但凡王亨做出与连队不合作的

(像邵杰说的"老子看不惯"的)举动,轮到他们站岗的晚上就有他好看了。他被命令站军姿,有时也转过身去面壁思过,有两回他要反抗,邵杰立即摊开双手,从下到上运气,做出发功的准备姿势——王亨吓得连连告饶。识时务者为俊杰啊!

哪里都是大吃小、强欺弱,监狱里的犯人是这样,学校里的小孩是这样,军队里的娃儿还是这样!王亨渐渐把敌意集中在邵杰身上,反倒发现了别人的好处:以前总觉得战友都是一群剃光头的傻瓜,现在认真一体会,觉得他们还不错,说说笑笑的挺容易相处;以前觉得连里的干部从连长指导员到实习排长都废话连篇,现在觉得他们肯在自己身上下工夫做思想工作也挺难得。变化就是这样开始了,起初是被迫,后来是真的放弃了最初的偏执。他想到过逃跑,但像王排说的,他能逃到哪里去呢?又能逃多久呢?一辈子吗?"逃"的日子必是可怖的,不然一个天不怕地不怕的邵杰何以会逃到部队里来?好几次他路过连长或指导员的房间,都想推门进去举报,甚至吃饭时他很想站起来大喊一声:"我们中间有逃犯!"最终还是抑制住了这股激情。他把自己想象成一个忍辱负重的修行者,一个怀揣利器却要韬光养晦的江湖高人,一个承受着重大秘密的地下党员……

听到这里,王远已经坐不住,一下子站起来,腮帮子的一块肌肉收缩表明他正咬了咬牙。意识到他想法的王亨连忙说:"那都是以前!以前!现在我和邵杰是哥们儿,真的,我已经不怕站岗了,我们站岗都一起聊天,他还教我武功呢……"

他的话音未散,实习排长王远已经走远了,他径直去找到肖遥,把他拖到不影响两人自由进行语言表达的地方。还是在那棵樱桃树下,肖遥拖着有气无力的声调——"听我说,是这样的……"

他们都知道如果不治住王亨,指不定这家伙会出什么乱子,而王远在领导那里也无法交代。肖遥也知道凭王远那一身傲气，要动点歪点子肯定是行不通的，他只有悄悄找几个有经验的老兵，讨了个主意——找个厉害点的新兵治治不听话的人（武功高手、杀人犯什么的当然出自肖遥的想象，也只能骗骗王亨，本科毕业的王远当然不会上当）。

"我知道你是不会同意拿邵杰去吓唬王亨，"肖遥说，"但是你看这样不是效果很好吗？我们是在基层连队，切切实实的部队，它有它的现实逻辑！"

由于王远一直沉默不语，肖遥自作聪明地以为终于说服了这个倔强的死党，至少触动了他的基本观念，为了乘胜追击，他继续宣扬：理想主义者都是不利于生存的种族，哪怕再有梦想的翅膀，一撞上现实的墙壁他就头破血流了，飞不了了。王亨的转变也告诉我们，识时务者为俊杰，你还跟着指导员混什么混啊？他也就是一空谈家！

听到"指导员"三个字，王远敏感地追问肖遥是什么意思，肖遥涨红了脸索性把话挑明："你不是指导员的人吗？全连都知道！"王远恶狠狠地逼近肖遥问："那你是谁的人？连长吗？"被逼问的人只梗着脖子、紧咬牙关不作回答，王远冷冷哼一声："你要拉帮结派就忙乎去吧，我他妈谁的人都不是！"

9

全连都当他王远是指导员的人了。也难怪连长后来对他反倒小心一些了，尽量对他的工作不做否定性评价——以免指导员多心。但王远知道他和指导员并没有走到很铁的一步，最多也就是谈得到一起而已。世俗之人到一个新地方总是急着找靠山，但他王远不是俗人，至少自认为不是。

接下来的日子，王远多多少少有些故意疏远指导员，但指导员却热情地找上他，一进房门王远就发现对方面若桃花，"春天来了"的感觉。满面春风的指导员确实迎来了他的春天——"我要离开这儿了，到政治处当保卫股股长，命令刚刚宣布。"

那天晚上唯一没去参加指导员饯行酒宴的就是连长。他没去参加酒宴，并不意味着他没喝酒。从酒宴回来的人经过连长房门时都蹑手蹑脚，只有王远"借着酒兴"在那个门前停下了脚步，抬手敲门。门里传出粗哑的询问声，回答说我是王远，里面又问干什么，回答是："找酒喝。"

门打开时，一股浓重酒味像夏季气浪一样直冲过来，气味裹挟中的连长从来没有像今天这样颓唐，他一脸粗壮的胡茬，皮肤过早松弛，目光里弥漫着寻找不到出路的迷茫。他把王远瞅了瞅，转身走了，这是允许来客进屋的表示。王远进去后关上了门，把不良影响减少到最小，同时一眼扫到桌上两个竖立的空啤酒瓶，椅子旁边放着一箱啤酒，空了两格。

连长解释自己的酒量远不止两瓶，只是没人陪，喝闷酒太没意思，现在王远来得正好。王远抓住话头问他为什么不去和大家一起喝，连长脸上闪烁出了苦笑，说像自己这种粗人去了会破坏气氛。"自当了连长，陪了三个指导员，现在第三个都走了，老子还在这里！烂在这里！"随话音落下的是说话人随手抓起的一个空酒瓶，它脱离主人大手之后没能来得及划个漂亮的抛物线就重重撞在对面的墙上，哗啦一下粉身碎骨。沉寂片刻，王远麻利地从箱子里提出两瓶啤酒，用牙咯啦一下咬开一瓶递给连长，又咯啦一瓶归了自己。

酒是男人最好的沟通良药。重新握着酒瓶的连长面对比自己年轻一大截的实习学员，哭的心都有了。

"多大了，今年?"

"二十三。"

连长啪啪地拍打着自己胸膛，悲怆地说："我，马上三十了！三十了！"

一个带着审视意味的年龄。一个逼着你回望来路并规划未来的年龄。一个对中国人而言具有宿命色彩的年龄。大多数人从"而立"二字中感觉到安身立命的紧迫感，但对穿了军装的人来说，安身、立命都是不可预期的。连长海灌一口啤酒，泡沫被他生生咽下又从胃里泛出个畅快的嗝，他用潮湿的语气问王远知道自己过去的故事吗，王远点点头说知道个大概。

"他们叫我们光头连，嘿嘿，"连长笑得带出了眼泪，像搞了个成功的恶作剧，"他们都晓得我喜欢给人剃光头，可他们晓得我为啥喜欢吗？"

完全是上次指导员所讲故事的续集。张参谋从毫无知觉的漫长混沌中逐渐恢复意识，第一个感觉是来自头皮。一种木木的、切肤的触动——细腻、轻柔的刀片刮过，头上一点点失去保护与伪装，一点点地裸露与发凉，透过皮肤传来恐怕只有自己才听得见的嚓嚓嚓的声音。再细腻轻柔，那也总是刀片啊，他刚试着挣扎了一下，头部上方响起一声甜美的普通话："别动！在剃头发呢！看你的头伤得……"素色的环境、浓烈的药水味儿、人的话音和器械触碰产生的低微却清晰的声响，通通围绕着他，使他明白这是医院了。锋利的刀片剃着受伤的头脑上阻碍治疗的毛发，也许握刀片的女护士年轻且美丽，笑起来唇红齿白，她听上去轻松愉快，熟门熟路地进行着日常工作——给伤员剃一个完美的光头。

恢复意识后难以避免的是：思想启动了。这悲剧性的大脑内部活动正是伴随着女护士手下单薄却锐利的刀片、伴随着无情剃发的外部活动同时展开的。从那以后他再也没能摆脱这个噩梦般的场景，赌酒、开车、出车祸都因为酒精参与而包裹着一层模糊，唯有醒来后的第一感觉清晰得可怕，那么冷静而冰凉的刀片。

基本伤愈后他回到部队，接受了团里的处分，也接受了被"发配"到修理连的命令。刚到这个"鸟不拉屎"的地方，他的目光一一触及浸淫在暮色中的颜色黯败的营房、弃置在路边无法修理也无法拉走的报废车辆、散发着墓地一般幽冷气息的连属菜地以及大门口等候着迎他进门的表情木讷的兵，医院里带回的恶劣感觉又幽灵般出现了，他的头皮一阵阵地发凉、发紧、发麻。他曾经怀揣的雄心壮志、为理想所付出的种种努力、对曼妙青春寄寓过的奢求与幻想，都被那个说一口甜美普通话的小护士一点点地剃掉了，现在他一无所有，狰狞不堪。

剃。

他迷上了这个动作。他让自己保持着硕大的光头走来走去，别人因为他受过伤，不便指责他的特殊发型，更增强了他自由的个性。渐渐的他不再满足于此，开始在权力所及的范围内把这一个性扩大化了。

一个周末的晚上，他右手握着一把理发专用推子，左手抚摸着一块毛发旺盛的头皮，心里缓缓滋长起一丝战栗。他把左边的头发削了削，右边的显得太长了；又把右边的削了削，左边的又太长了……反复多次之后，两边的头发都短得失去了比赛资格，却依然参差不齐，于是他给自己找到了一个合理借口——剃。让这块头皮寸草不留。剃。他就这样让手下的娃儿们一个个变成了光头。剃的时候有种摧毁的痛快，像把什么东西打翻了打垮了，压倒一切又砸得稀烂……他不可以助长心里的恶念去破坏任何一个人的命运，但他可以剃光他的头发。怪异的癖好纠缠着他，心情不好的时候，剃两个光头会让他发泄怨气，当修整出一个光滑亮洁的光头时，他会长长舒一口气，疲劳不堪，心境则在蓦然间恢复平静。

先前的确是生手，只会剃光头，但事实上，几年的积累，已经让他完全可以成为一个准专业的理发师了，他早就会几款不算落伍的基本男式发型了，分头、平头、大背、三面光，都不错，回到家里，儿子和邻里的老人都是找他理发的。但一到连队，面对同样穿军装的"娃儿"，他就像瘾君子见了毒品似的，控制不住自己的手了，推子一递过来，非要把它用到极致，除了剃光，还是剃光、剃光！

全团的人都拿剃光头的修理连当笑话，"我他妈就是一笑话！"他又拍得胸膛啪啪响，"从翻车起我就再也没有翻过身来，从翻车起我他妈就变成笑话了！"他知道接连三个指导员都看不起他，嫌他胡为恶搞，不上进，可三个指导员，哪一个真正理解他？没有去参加第三个指导员的饯行告别会，他也表示失礼，要王远把自己的祝福之意转达给指导员。

实习生把酒瓶往桌上一放，又从连长手里夺过瓶子往桌上一放，"两瓶半，"他说，"还没达到你的真实水平。走吧！"说着就拉连长站起来，后者一脸茫然地问他去哪儿，王远说："换个地方喝。"张连长拿已经喷红的眼睛瞪着他，还没被酒精烧坏的脑子有些猜到是换到哪里喝了，他不确定该不该去。

王远说："到底'老婆''老婆'地叫了这么长时间，一日夫妻还百日恩呢，明天'老婆'就离队了，你连个照面也不打吗？说得过去吗？就算两口子闹离婚，也还要吃顿分手饭呢！再说指导员虽然和你有矛盾，但人还是个好人哪！上次你出去跟朋友吃饭，说好一个小时就回来，可你吃完了又小搓了两把牌，正好干部股长来检查干部在位情况，指导员咬着牙替你瞒下来，说带兵出公差还没归队，回头给你打手机催你，你还冲人家发火！换个恨死你的搭档，不趁机在干部股长那里参你一本才怪！私自外出、逾期不归、违规打麻将……罪名多得够你受的！这种'擦屁股'的事，你的三个指导员都替你干过不少吧？你想到过他们的不容易吗？就你自己不幸、倒霉，以前是自找的，现在翻不了身，还是自找的！"

一番话竟毫不磕巴地倾倒而出，全然不顾连长一直呆呆站着，像犯错的小孩般乖乖听着。出事以后，除了参谋长骂过他一顿，没有人再跟他用这种口气说话了，当他是不可再造之材，以至连长听完之后忘记了对方的"犯上之罪"，由衷地赞叹道，"你他妈的口才太好了！可以当'老婆'了！"

王远做出懒得废话的样子，径直走过去拉开房门：

"走不走？"

连长用手抹了一把脸，提提裤腰，算是简单整理了精神面貌，这才挪动了步子。

再次打开的门，门里的灯光是橙子般又甜又酸的暖黄色，指导员微微笑着的脸迎他们进来，屋子深处坐着一个低头拼命吸烟的人，当他抬头与连长对视时，两人的表情都由惊愕变得尴尬而复杂。是军务股的王股长。

王远轻轻退出来，用几乎没有声响的动作掩上了房门。

10

连长在"老婆"走后的一段时日里曾陷入了不同以往的沉默状态。他虽然照样动不动就摸摸光头、撇撇嘴巴做出"天塌不下来"的无所谓的样子，照样穿件旧不啦叽的迷彩服去修破了N次的猪圈，照样让肖遥带领足球队定期训练并汇报最新进展，但他的神情变了。一个外表粗粝的男人，一旦放弃喧哗与浮躁，便会忽然之间平添一种沧桑的气质，深沉了，有内涵了。还有一个随之而来的变化是他和王远的相处方式与亲密度，全然打破了大家事先对王远"指导员走了可就有他好瞧"的预言。

演习的脚步一步比一步紧，星期三一大早，王远期待已久的一次号声终于拉响了。这是没有提前通知、毫无风声的一次紧急拉动，机关用了最大努力封锁消息以保证贴近实战的意义。提前起床的王远正在洗漱间刷牙，号令响起后他敏感地把牙刷一扔，带着一嘴泡沫在楼道里敲着各班的宿舍门，大声喊："拉动——拉动——战备比赛了！计时开始!"

文书第一个跑出来打开储藏室的门，便于各班的人来取背囊。连长还在房间手忙脚乱地把自己的东西勉强往背囊里装，听见窗外传来战士集合的脚步声——只有他没有参加过王远组织的战备比赛游戏，兵们现在轻车熟路，动作都比他快。连长拉开窗，冲值班的王远喊："带走！别等我了!"王远心领神会，立马下令集合完毕的队伍向右转，跑步——走!

全连只有当天的连值日可以不参加拉动，连值日是个瘦小的新兵，非常麻利地帮助连长把最后的"家当"装塞停当，他的熟练程度让连长心里都暗暗称奇。连长背上背囊，像个负重的棕熊，就这么笨拙不堪地追出门去。修理连地处偏僻，山路有一大截，虽然现在是下坡，但负重奔跑着感觉那是登天的路。连长跑了一小会儿就气喘吁吁了，汗湿了背，把与身体相贴的背囊表层都浸透了，他还没看见自己队伍的影子。如果一支队伍到了阵地，指挥官却还没到达，那是多么可笑的事情！连长咬牙跑下去，努力加快步伐，奔跑中他吼吼地出气，发泄一般想起了自己曾经威勇的过去，作为军事尖子他在军区军事技能比武中拿过两项第一，前后立过三个三等功，大家给他取了个威风凛凛的绰号"豹子"，他一脸英气指挥训练的照片上过《解放军报》！那都是不能忘怀、他却偏偏害怕提起的昔日辉煌，在辉煌之后，他被时代抛弃了，他落下来了，就像现在……连长快要崩溃了，他像皮球一样充满怨气，就快要炸了！快达到某个临界点时，幸亏他用理智把自己拉回来，有个声音像在对他说：起码不能被你的兵抛下。

快到大操场的时候，亡命奔跑的连长终于追上了队伍，从而避免了这个连队成为没有长官指挥的真正的"光头连"。最最奇妙的是，大操场上除了团级首长和负责组织拉动的司令部的参谋，部队集合的地方空无一人。不仅修理连自己不敢相信眼睛，连站在最前面的首长们都面呈惊愕，团长忍不住说了声："居然是狗日的光头连！"

经常拿第一的一连赶过来时，修理连早已在操场上站得笔直，那些平时被人看不起的、只会修点破铜烂铁的兵这会儿个个都骄傲地挺起了胸、微微扬着头。王远也以标准军姿站立着，没有扭头，但他能够想象到众人惊异的目光。

待所有连队到齐，团长开始讲评，自然表扬了地理位置最偏远、行动却最迅速的修理连，这个保障单位居然超过了战斗单位！简直匪夷所思！

在此之后按程序是要检查或抽查各单位所带的物品是否合乎要求。团长沉吟片刻说，今天修理连第一个到达，就从修理连开始检查吧。作训参谋立即下达命令，接受命令的连队值班员王远跑到队伍最前面，下令队伍调整，拉开相当的距离，每个人都把背囊放在面前。

"全体注意！——开始！"表情严峻的王远在"开始"之后，发布了一个谁也想不到的口令——"三十、二九、二八、二七、二六……"他在倒计时，而修理连所有的兵似乎都懂得速度与节奏的关系，他们干脆利落、有条不紊地从背囊里取出来，每一样几乎都在一个节拍点上，每一样的摆放位置都是统一的。"……五、四、三、二、一！停！"三十秒结束时，只见所有人的东西都已整齐摆好，来检查的团长、政委、参谋长、作训股长、作训参谋等人根本不需要翻翻拣拣，站在队伍前面，他们像欣赏行为艺术一样目睹了让人惊叹的全过程，所有物品也一目了然。当团长点点头示意可以结束时，得到作训参谋命令的值班员王远又一次进行倒计时，这次是一分钟。一分钟之内，修理连的兵把鼓鼓囊囊的背囊收拾得结结实实，一点儿不打磕巴，包括炊事班做饭的兵，也是训练有素。这一条，至少在装甲团，没有别的连可以做到。

简直像一个奇迹。

团长走到王远面前，赞赏地问他是谁想到把连队训练成这样的，王远目不斜视地回答：

"是连长。"

除了王远以外的人又一次陷入惊异之中，包括连长自己。团长是以前的参谋长，连长曾是他最器重的参谋。团长移动步子，走到连长面前，凑近他，欣慰而感慨地说："豹子又回来了！"又把声音低下一些说："我听王股长和你的老搭档说起你的处境和想法，现在我也看出来了，你已经振作起来，把修理连那个小单位都能搞成这样，你小子还是有股不服输的劲儿！要的就是这股劲儿！"随后团长故意轻飘飘地告诉他，演习导演组还缺人手——缺懂行又有那么股狠劲儿的人。

那天下午王远很不自在，因为连长坐在他对面的木椅子上，对着他瞅了又瞅，一句话也不说，只是抽烟。有时候连长眯起眼睛，紧皱眉头，使劲想着什么，却什么也想不出来。他说："我在想，你这红牌小毛孩，是哪儿来的？你是神仙啊？怎么打个背囊都能打出这么多花样！"

王远忍住笑，由着他说。连长深吸一口烟，又说："我咋就没想到呢？"王远道："你是粗人呗！"两人一起大笑。

就在同一个下午，连里接到了通知，由于演习需要，全体地

261

方大学生学员结束连队实习，于当天晚上九点以前回到大学生集训队集合。连长拿着电话通知稿看了半天，叹了口气，忽然有种失去知音的感觉。他是个粗人，粗人能做到的便是弄了一顿丰盛的晚餐，给每个娃儿发了一瓶啤酒，让他们轮流给两个即将离队的实习排长敬酒。连长有心想醉，可他酒量太好，居然把自己弄不翻，持久保持清醒的状态令他无比恼火，不停地埋怨着："这怎么行呢？不喝倒像什么样子呢？哪像个告别仪式？"

直到走出食堂，他也没达成"几兄弟醉成一团不分你我"的豪迈愿望，至多是微醺而已。存着遗憾的连长穿过长长的营房走廊，想看看实习学员们的行李收拾好没有，却看见兵们围聚在盥洗室门口，向着自己这边张望，待他走近，大家自动地给他让出了通道。

盥洗室中央，和很多个周末一样放着一把椅子，正对着洗漱台的大镜子；椅子上搭着一张白布——用来当围裙的；刚刚休假归来的通信员何雨林于旁边站着，端着一个大盘子，上面整齐摆放着推子、梳子之类的理发工具；不远处的洗漱台上则放着一盆温水，配搭了毛巾和一块淡绿色的香皂，那是理完发后洗头用的。

连长用那"粗人的头脑"打死也想不出这么漂亮而富有意义的告别仪式，他像没睡醒似的，怔怔地看着两个面带微笑立在一旁的红牌学员。王远走出来，向着大家宣布，他们要求以最高规格的待遇举行离队仪式。说完他坐在了椅子上，让何雨林给他围上那块白布，向连长面露鼓励的微笑：

"我要理个平头。漂亮点的。"

262

此去遥远

一

　　长生的爷爷是在去县城卖菜的路上出事的。长生的奶奶为这事一辈子也不能原谅自己，几十年里一遇到点磕磕碰碰的事她就会无端地牵扯上关于他爷爷的满腹伤感，干瘪瘪皱巴巴的嘴唇吧唧吧唧地开开合合，像翻着一册发黄的账本，用含混不清的语言咒自己早死。

　　每到这时候，家里其他人都装着什么也没听懂的样子各做各的事情。长生娘总会拿食指关节在儿子头上敲一下，提个醒，不让他去烦奶奶。许多年前的长生奶奶也是这样一个既懂事又干练的媳妇，做活利索，疼丈夫疼孩子，深明勤俭持家的道理。那年冬天临近过年时，听一个回乡探亲的远房亲戚说，这些天城里菜市可旺呢，白菜卖成肉价钱——过年嘛，谁不想多攒点年货？这话谁听了谁动心。庄户人家，一年到头余不下几个钱，过年松一松不要紧，翻了年的生活还在牙缝里挤呢。于是，长生爷爷就在长生奶奶的催促下挑了一担菜进城了。这一去，就再也没有回来。

　　去城里可以走大路，但长生爷爷为了节省时间，走上了树林里的小路。他迷路了。他在林子里转了好多圈，没有找到出路，却"找"到一只饿得发慌的狼。人们发现他的时候年都过完了，他早已身首不完全，甩在一旁的年菜却丝毫未损。那畜牲把长生爷爷当了年货了。

此后的每一个新年，长生一家都要去村西头上坟，长生奶奶每每哭诉着："他不认得路的呀，我咋这么糊涂……"风把哭声拉扯得稀薄绵长，大家的视线也追随着，村子里那条有着深深车辙的土路在漠漠冷风中扬着尘土沿向远方，它去向哪里呢？谁又认得路呢？村子里有多少人出去过呢？

由于这段惨痛的历史，长生家的孩子长到十来岁，几乎都没出过以村子为中心的方圆十来里的范围。父母对爷爷的事讳莫如深，把总结出来的经验都放到孩子身上去实现。但是奶奶却正好相反。

长生奶奶老了，也没有什么文化，她只是基于一个老年妇人辛酸一生的痛苦体验，一直坚持着一个颇为进步的观点——

"都给我出去。"

出去，能到哪里去呢？又去干什么呢？

有人在这时候做出了榜样。是村里第一批外出打工的壮劳力，他们过年带回大把血汗钱的同时也带回来许多新鲜的见闻逸事，一个个都是一副见了大世面的得意模样。长生已经十九岁了，高中勉强毕业，还没有个确定的打算，他看到那些人就想起爷爷走过的那条路——有多远呢？——还没有想通透，机会却来了，在他十九岁那年的冬天。

他当了兵。

军装领回来，穿上，硬硬的，让人觉着腼腆。他娘笑眯眯的硬要拉他去门外站站，多半也是带了点炫耀的意思。他磨磨蹭蹭地低着头走到门口，太阳正对着他照呀照的，他觉得有好多人在看自己，更抬不起头来，脸热得烫人；然而斗胆抬起头，却只看到自家奶奶坐在院落当中晒太阳，她正用老花的昏浊的眼光打量着孙子，上上下下，仔仔细细，像用眼神把他新军装上的灰尘拍打了一遍，动作是轻的，细的。

奶奶把脸转向长生娘，问当兵要到多远的地方，娘想了想，实在是个想象不出的距离，她便安慰奶奶说："放心，部队说了，管接过去还管送回来，丢不了。"奶奶沉默了半晌，瞅准了长生，嘴唇又开始动了。隔了几步来远，长生居然听到了，听得清清楚楚，她说——

"出去——认个路。认准了，再远也回得来。"

相比之下，同村的来贵就有抱负多了。他们分在同一个部队，上了同一辆军列。在轰轰隆隆的单调的火车摇晃声中，最初的兴奋感消磨去了大半，新兵们互相攀谈起各自家乡的情形来。来贵坐在长生旁边，车里光线不好，他的脸总是隐在阴影里似的，偶尔车外晃过的灯光把他的侧影镶上毛亮的一层边。他个子小小的——不过坐着看不出来；又不多说话，显得异常沉默。他不知道对面就有不相识的战友在咬耳朵：看见那个人没有？刚穿上军服就装出一副将军样儿！

长生想，他一定在惦记家里人了。来贵家穷。为了他当兵，来贵爹把家里生蛋的两只母鸡都送了村支书，谁都知道那两只鸡是他们家救急的宝贝，支书还是没打一个磕儿就收下了。他大约还在念着那两只已经进了支书家笼子里的鸡，一只白的，一只花的……没想到来贵开口了，他的嗓子哑哑的："长生，你当兵究竟是干啥呢？"

长生有点糊涂了，他使劲想了想，最后挑了个感觉切近点的来说："我想……就是出来认认路，以后打工什么的方便，不至于没见过世面。"

来贵吃惊了："就这？认个路，当三年兵？"

长生便问："那你呢？"

"你猜。"

长生想起来贵家七八口人，不怕下田，只怕上桌，便试着问："混口饭吃吧？"

来贵生气了，他努力做出不与长生计较的不屑的神气来，心底的秘密是他那个世界里辉煌的理想，他小声地然而是自负地向长生宣布：

"我要入党，退伍回村里去挤垮赵书记——我当村支书！"

二

新兵营在一座大山背后的开阔平地上，离团部远了点，就像一个隔离的世界。新兵们只知道营长和教导员是最大的官，偶尔团领导来看望或检查，从队列里远远望去也只是巴掌大的人影。领导们走后来贵总爱问长生，扛什么衔儿的军官是什么级别，谁管得住谁。长生心不在焉地说，操这份心干什么，反正村支书谁也管不着。

新兵多半来自农村，在家做惯活的，吃苦耐劳是主流品质。站军姿，叠军被，打背包，长生都不怕，苦恼的却是齐步走——"一二一"，他常把节奏打乱，脚步错了又纠正不过来，有时还是"同边手"，活活给人看笑话。只要一出操，班长总是瞪着眼留意长生有没有出错。班长本来年纪也不大，可是长着一张大干部的脸，表情极其严肃，说话也挺能唬住人，常常带有针对性地旁敲侧击："有的同志进步太慢……"每听到这话，大家就拿眼梢去瞟长生，他便难堪地低下头去。

266

还有一个常受班长批评的兵，是长生的下铺——重庆兵小白，他倒不是"同边手"，人挺聪明的，就是吃不了苦，又调皮好动，爱捉弄人。夜里长生睡眼惺忪地去上厕所，小白就翻身起来爬到上铺去躺着，长生回来，一摸铺位——有人，他想坏了，进错房间了，忙退出来，在走廊上转悠了几圈，进了好几个班的门，没找到上铺空着的，吓得觉都醒了。终于又回到最初的房间，一摸那张铺，又空了。天亮后他说起这桩怪事，小白一本正经地说，你这孩子，方位感不强，上个厕所也要走丢。

　　没等长生悟过来拆穿小白的鬼把戏，小白自己熬不住招认了。训练一天天加强，跑步的距离越拉越长，腿上还绑沙袋，身上背枪；俯卧撑一气要做50个，不然不让休息；还有单杠、双杠、木马……小白说，我看到那些东西就像是刑具。小白受不了了，他不止一次地哭诉："长生，我活不久了，这样子下去我等不到新训结束就得累死，长这么大还从没受过这样的刑……长生，你是好样的，你是好兄弟，是我不好，老捉弄你……"

　　这样长生知道了夜里找不着铺的缘由，他还特高兴，原来不是方位感的问题！但是小白这样子太像是交代临终遗言了，让人不放心。长生安慰他说："你死不了，人家说，当兵的只要不上战场，都命大。"可是那个时候的小白觉得活着也难受。有一天体能训练回来，他眼睛鬼灵精怪地使劲眨了眨，长生便把耳朵凑过去，听见他仿佛有重大发现似的神秘地说："大礼堂后面的围墙有个缺口。"

　　长生太没有经验了，他没听出里面的潜台词。他从没想过像他这样堂堂正正被神气的大军车接进军营大门的士兵会打一个缺口的主意。

　　小白是一星期后失踪的。筹划了一星期，也算他沉得住气——也可能是他一直犹豫着，下不了真正的决心——直到出事那天。

　　那天他们练习投手榴弹，这是小白的强项，他可以轻松投过良好线，不必担心班长的批评，就有些盲目乐观。大家排队的时候他还挺牛皮地小声对长生说："这么多项目也就投弹带点技术性，不用使蛮劲儿——这才对我胃口！"轮到他投的时候他故意做出满不在乎的样子来，大摇大摆走出队列，一边走一边两手交扣做做伸展运动——这就分明是在"显摆"了，用一种游戏人生的态度嘲笑别人的正经八百，小白真是做得太过、太满了，他简直不给自己留个可以下来的台阶。就在他松松垮垮拾起手榴弹用潇洒的姿势一扬时——手榴弹从他手里滑了出来，直直地向他身后的战友们飞去——虽然是个不会爆炸的教练弹，可也把大伙儿吓坏了，新兵们像受惊的鸟忽地四下里散开，那个倒霉的教练弹正好落在他们中间。也就是说，如果这枚手榴弹会爆炸的话，以它的杀伤范围正好可以把他们班的战士消灭得干干净净。

　　小白回过头，看到了惊心动魄的一幕，自己也不敢相信似的，人都傻了。冬天的风像剃胡刀片一样生硬地刮过他苍白的面容，血都凝起来了。好半天，他才听到班长的怒吼声压过了北风的呼啸——

　　"你他妈要杀人哪——"

　　好些人都以为是事后班长对小白的惩罚导致了跑兵事件，班长觉得委屈，因为他不过是把小白拉出队列来狠批了一顿，然后罚他做了50个俯卧撑而已。只有长生知道，其实是这件事彻底毁了小白的自信心，他连最拿手的投弹也成了笑柄，还有什么能出人头地的？他在部队上还有什么混头？他还有什么当兵的资本？说起来是特可笑特幼稚的想法，可那一会儿却真真切切地萦绕在重庆兵小白那初涉世事的头脑里，他平时挺机灵的一个人，一出事就成了一根筋。

半夜里小白装着上厕所，绕开站岗的哨兵的视线跑掉了，早上出操时班长才发现少了一个人。他可真有本事，全营都知道了他的名字，营长、教导员都为他紧张起来。就在营里派出人马不着边际地四处盘查时，长生想起了那个缺口。

<h2 align="center">三</h2>

长生的第一个念头是报告班长。班长在士兵们的概念中是有着绝对权威的上级，何况他还长着大干部一样的脸。但是班长挨了排长的批评，脸涨得通红，气乎乎的样子就显得很孩子气了，明显不够成熟了。他带着激动的情绪检查小白留下的东西，希望能找到一些线索，班里的新兵不知不觉在他身边围成了一圈，他脸面上有些过不去了，便硬生生地说："干什么！有本事你们也把他找回来呀！"事实证明上级的任何一句话都有着不可估算的分量。长生的第二个念头就在这个时候，像开水吐出的气泡，"扑"一下冒出来了。

吃早饭时长生有意吃得慢了许多，等大家都走了，他便溜到大蒸笼前抓了几个剩馒头，四下一瞅没人，迅速地藏进迷彩服里。回到宿舍，人多嘴杂的，他几次想和来贵说话，终于没开口。想来想去，他躲到一旁写了张纸条塞进来贵的军被里："来贵：我去找小白了，我一定要把他找回来。长生。"

长生找班长请假去卫生队看病，这种假是一请就中的，这样他争取了时间，悄悄来到了礼堂后面，这儿的围墙顺顺的一溜，看不出有什么缺口。但是长生现在长了心眼了，他仔细用目光搜查了几遍，发现有几捆干枯的枝条靠墙摆着，有一捆明显是新动过的。摞开那捆枝条，一个墙洞就露了出来。这也算缺口！长生心里直骂：小白你这没出息的，立着从大门进来倒要爬着从狗洞出去！

　　在墙洞面前，他轻轻地吐了一口气，原地沉默了半晌。他现在开始明白自己所要干的是一件非常重要又非常麻烦的事情了。他不停地自问自答："我到底要做什么呢？找小白。我认识路吗？不认识。我找得到他吗？"问到这一句，他的眼光漠漠地向远处延伸，望着前面望不见的地方，那里是空的，白的，散发着烟尘般的迷蒙气息。忽然他脑子里听到一种声音：

　　"一定要找到!"

　　长生猛地惊醒，才明白他已跳出自身卑微的现实身份，俨然是个大将军，严肃认真地给原来的自己下了这样一个命令。他深深吸了一口气，深深的，气沉到了丹田，所有关于失败后果的杂念都像不溶物质沉下去了，轻的，浅的，理想化的东西浮了上来，他还"油然"升起了一种自豪感。这是一件大事，一个在他心底里沉睡已久关于寻找与探险的梦想，一个考验勇气的实践机会。他心里默诵着一个词：勇往无前。这是最令他激动的一个具有煽动性的字眼，是他行动的口号。趁着激情的余热未减，他果断地趴下来，埋着头小心地从墙洞钻出去，这个过程并不长，身体却像被什么东西一点一点地掏空。待他站直身子，抬起头，第一个感觉便是无边无际的眩晕与恐惧。这墙外的世界，每一寸都是陌生的，脚下是他从未踩过的土，眼前是他从未看过的景，连呼吸的空气也是异样的。前面就是一座山，一条荒僻的勉强算得上是"路"的小径颇有诱惑性地通入那里，好像有谁在路的前方招手：来吧，带你去找小白。要上一座山，这样陌生的一座山……去吗？去了，还回得来吗？他想起中学时一个女同学讲给他听的一个故事，说是有一团白线，把它往地上一抛，它就自动地展开，往你要去的目的地滚去，只要沿着白线走，你就永远不会迷路。他没有那团白线。风把一些秋天剩下的落叶剐得脆薄作响。在风里徘徜着，他忽然看到了爷爷。

多少年来他印象中的爷爷是个久远的淡去的影子，虽然知道他曾经是真实的，鲜活的，可是太久太久，他在奶奶日益衰老的叙述中变得越来越单薄，最后成了一个传说里的人物。现在长生亲眼看到了他。他是个瘦瘦的有点佝偻的中年人，穿着几十年前庄稼人的短土布棉衣，挑着一担菜，站在不远处和颜悦色地瞅着他。爷爷什么也没说，可是爷爷的眼睛在说：走吧，认个路。

中午时分，这边还没有找到小白，忽然班长哭丧着脸来报告，又跑了一个兵。排长是个扛红肩牌的学员，干部生涯才刚开头呢，遇到这种倒霉事，气得差点跟那班长动粗。他脸色发白，眼睛直瞪着对方，两手的拳头一下一下"喀喀喀"地攥紧了，自知失职的班长闭紧了双眼，咬住了下嘴唇，准备结实地挨上这一拳——正巧连长听到消息赶来了，气冲冲的，还没进屋就一路风风火火地喝喊："——给我好好查查，是不是班长把兵打跑的！——都是怎么爱护士兵的！"

教导员亲自把这个班剩下的六个兵召集起来，挨个盘问，一方面查找线索，一方面对其他人进行思想教育。问到来贵的时候，班长说："他和柳长生是老乡。"教导员就把眼瞪大了，充满希望地问："他和你透露过什么没有？怎么会选择这个时候跑？冒这么大风险，是不是在头一个兵跑掉之后才突然决定的？"

来贵一直摇头，摇头，摇得教导员都失去信心了，来贵忽然又说："长生要认路。"教导员很奇怪地看着他，显然没弄明白是怎么回事。

来贵说："长生想为打工认路线。"

教导员生气地叹道："思想问题呀！"

来贵看着眼前这个大领导，无端地有些紧张，喉咙干涩了，

271

手心里却出汗。他的手不自觉地贴近裤兜，兜里像装了颗糖似的微微鼓了出来——那是一张揉成团的留言条。

四

鲁迅先生说过，世上本没有路，走的人多了，便成了路。这是多么富有哲理的一句话啊。长生在走向陌生世界的时候，真真切切地感觉到自己是在"走"一条"路"，他的每一步每一个脚印，仿佛都对这个世界有着非同寻常的意义，他有一种创造性的神圣感。

他在家乡的时候也常常到村后的龙王山上玩耍，但那是他所熟悉的山，哪怕没有别的人，哪怕是漆黑的夜里，他闭着眼睛都能找到下山的路。而现在，他必须学会用一种冒险家的勇气去探索一座新的山，摸清它的秉性与脾气，试着与它打交道，因为他已经将自己命运的一部分与它紧紧关联在一起了。他常常走过一段路以后再回头看一看，看到的总是很陌生的景象，然而他已经走过来了——所以，陌生是不可怕的，陌生是可以征服的。

冬天的山像老人。树木大多掉干了叶子，像除去一切修饰的人一样，表情肃穆得惊人。许多蔓生植物牵了丝丝缕缕的线，沿着泥地裸露的表面与狭小的石缝缓慢地爬行，也许它们真的是爬得太慢了，不等到达终点，就落尽了绿叶，只剩下枯枯的蔓藤，像老人手上枯皮下的青筋。长生走在苍老的山上，踏着它密密麻麻的毛细血管，每走一段就在显眼的地方作上记号，以防万一走不出山，还可以走走回头路。

太阳升起来，山上开始变得暖洋洋的，是个好天气。像有个大炉子在烘烤着草甸，山上弥漫着草类发酵的香甜味，那味道由底下向上面抒发，嗅着，都有一些飘飘然的感觉。长生饿了。从饿了这一点判断，已经快到正午了。

他从怀里掏出馒头。是早上从食堂拿的，炊事班手艺不好，做出的馒头又黄又硬，战友们常笑说这是"军用馒头"，军用的嘛，带点军黄色，有棱角的。长生的饿使"军用馒头"的一切缺点都被忽略，他的牙齿舌头与馒头碎屑充分地接触，嚼得很慢很慢，把又冷又干的食物吃出了温热与潮湿，还有淡淡的甜味，这是艺术，如果把这一类的艺术发挥到极致，也许人可以做成任何事情。

馒头还没吃完，他发现自己竟然已经在走下山的路了。原来这山不大！这倒是没想到的，他一心想的就是爷爷走的那座山，走也走不完，有着无数艰险挫折在前面埋伏着，哪会这样顺利呢？长生开始失望了，这座山不过如此，小白一定也就在不远处，一逮就着。

下到半山腰，已经可见山下的小村落了。稀稀拉拉的房屋东一个西一个，就像小孩子亲手造的玩具盒子，盒面上若隐若现地飘浮着一层淡蓝的炊烟，农家饭菜那朴实的香味裹挟在炊烟里漫天游荡。长生的鼻子循着那香味一翕一翕的，竟有些酸了。他第一次感到自己离家已经很远很远。他怕是走不回去了。

正当午时，家家在做饭，村里人少，长生像走进一座凭空冒出来的空城里，极不自在地一边走一边东瞅西看。到了一棵大槐树下，有个小杂货铺子，倒有两三个闲汉赖在女掌柜的窗口前说着笑话，一见到他，全都把脸转过来，奇怪地打量他，却谁也不说话。那窗口里烫了卷发的女掌柜总有三十七八岁，很是有些见识一般，大大方方地冲长生喊："当兵那个——你干啥？"她这样主动反倒让长生显得拘束了，他走近几步，隔着前面三个汉子硬生生的目光屏障对女掌柜答应道："我找一个人。"

"找哪个?"

长生比划着说:"他……比我矮一点儿……穿和我一样的军装……"

女掌柜惊异地说:"穿军装的?……倒是有一个……"她把嘴抿紧,似乎触碰到了一个易爆物品般小心起来,紧张地问:"你找他干啥?"这一反问把长生也弄紧张了,他涨红了脸一时对答不上来,窗口前的几个闲汉却是来劲了,一个一脸木渣渣胡茬的猛地把嘴里咬的烟嘴夺下来,惊喜地大声说:"我就晓得要来找他!部队早晚要来找他!"他为自己预言的成功而激动不已,站起身来冲长生嚷嚷:"——就是前面那个拐角,门口有块大石头的那家!"其他人一听,都说:"是咧是咧,那家有一个!"脸上都露出兴奋的笑容来,有点等着看好戏的样子。长生谨慎地问道:"他……走了没有?"他们又异口同声说:"没咧没咧!就在屋里!"

大胡茬看来是个闲人中的热心人,他主动担负起为长生引路的任务,另外两个也不辞辛苦地跟了上来,明摆着就是看热闹了。乡村生活里一年到头难得有那么一两件刺激点的事,错过就很不划算了。长生被前呼后拥着,不知不觉额上沁出了汗。除了当兵走的那一天,他还没有做过众人瞩目的焦点人物,众星捧月,那月亮一定是经得起捧的,他突然对自己没有信心了。对于小白,他该是哪一种姿态?当了这么些人的面,也许该严厉些——为着这一层想法,他已提前板起了面孔。

在他们轻车熟路的带领下,那一户人家的门像是突然从天而降地立在前面。长生陡然感到一阵轻松与快慰,关于以后都不重要了,小白是他胜利的旗帜,是他奔波的终点路标,是他在这个地方唯一的亲人,如果没有别的人在场,他几乎想冲进去拥抱小白了。这时候,他身后另两个闲汉停住了步子,站在离着门有一丈来远的地方耐心地等待着，那架势是很能打持久战的模样，眼里净是期盼的欣喜。长生看出来，他们有好奇心却没有胆量。只有大胡茬倚仗着带路人的身份大摇大摆地上前拍门：啪啪啪！啪啪啪！一边喝喊："军爷！军爷！找你的人来啦!"

那门怕有好些年月了，油漆掉得看不出颜色了，斑驳的木头上净是阡陌纵横的印迹，长生盯着门正看得仔细，冷不防门板哑着嗓子拉开了，立在门后的是一张和门板一样陈旧多痕的脸，散发着阴雨天气木头深处渗出来的腥腐味，神情阴沉地打量着门外的人。他是个老人，瘦而硬朗，头发显眼地花白了，对于整个生活却有着相当多的不肯原宥的理由，因而是愤懑的，不平的，老死不服输的样子。当他的眼光触及到长生这身军装时，眼睛忽然像原本奄奄一息的油灯，给谁一拨灯芯，亮了。他盯着长生，说：

"请进来吧。"

他超出农民身份的彬彬有礼的举止震住了长生——请——教导员也不会这么说！但是他"请"得很有限，很有针对性，所以在长生愣愣地跨进门槛时，门板就端端正正地在带路的大胡茬面前关上了，又是低哑地叫了一声。不过从那门板微微抖动的态势看，外面的人又不屈不挠地把眼睛紧贴到门缝上来了。

院子很小，但是围墙厚而敦实，密不透风，就有些壁垒森严的模样。老人请长生在院里的一张竹椅上坐下，自己另去搬了竹椅和方凳，方凳上很快放上了茶水和一碟自家炒的干货。这老人看样子是不善与人接触的，但他对待客的程序非常熟络，好像他是一直等着这个客人的。长生有些消受不起了，他的城府仅限于十九岁这个年龄的正常水平，所以迟钝地开了口：

"我……"

老人神情严肃地抢过话头说："你先听我说行不行？"虽然是征询意见，却是不容否定的坚定口气。他面色黝黑，目光深不可

275

测地看着长生道："我也是当过兵的……"这才使长生注意到，他居然也穿着一件军装，旧式的，早已洗得发白了，领口、袖边都磨破了，有几处还小心地用颜色尽量相仿的绿线缝起来——再旧也是军装啊。他见长生开始盯着自己的军装，便欣慰地微笑了，又为自己能与他平起平坐感到由衷的得意。他说：

"我穿这身军装有三十年了。"

这只是个引子，但是像一声长长的叹气，有着太多欲诉还休的味道；他把"三十年"这样沉重的字眼说得轻飘飘的，裹挟在空气中一带而过。长生真的是太年轻了，他这个年纪是听不出弦外之音的，他一心想的还是小白、小白、小白……老人对他的心理有着相当稳妥的把握，所以不给他留下可以插嘴的空间。老人说："我早你三十年当兵。刚当兵时村里像出了个大人物一样兴奋，大伙都不喊我乳名学名了，叫我军娃；后来，年纪大了，叫我军叔，现在么……"长生脑子里就浮现出刚才带路人拍着门板喊"军爷"的样子来。

三十年前，也有一个像长生这样的愣头小伙子，从这个山村里横跨大半个中国被接到部队去了。在同样憋闷而黑暗的军列军厢里，车外同样的灯光也一晃而逝地刮过他稚嫩的面容——他也没有很明确的目标，只是遥远而坚定地认为自己就是去保卫祖国，保卫毛主席。然而他的军旅生涯只有两个月——不是逃跑的，是祖国和毛主席不要他保卫了。那天他的指导员神色相当沉重地叫他去谈话，是个天色冻青的上午，他走过连部长长的走廊时，一步步走得很艰难，觉得天在往下塌似的，是个极其不祥的预感。到了连部会议室，才知道找他谈话的还不只是指导员，从教导员、营长到政委都来了。有封揭发信寄到部队，说他的成份有问题，他不是贫农是富农。部队调查的结果是，他家里不久前被揭露，在分土地时就有十块大银圆隐情不报。那十块银圆，按当地的生活水准，划个地主也是没人反对的。尽管他父母一再解释，是一位远房亲戚寄放在家里的，却没有人相信。

因为那十块大银圆，因为隐情不报，因为成分的质疑，在这个冻青的冬日上午，他的远大理想变成了巨大的重金属物件，沉沉地下坠，他能听到它落地后轰然而起的杂音与回声。两个月，他从家乡到部队，又从部队回原籍，像是谁开的一个不伤大雅的玩笑，又像是完成了一次免费旅游，然而不管怎样他也做不到一笑而过，他很清楚自己的命运发生了怎样不合情理的变故，他的人生也从此有了清晰具体的目标。

谁也没有想到他回乡后强硬的态度，他拒绝承认自己的富农成份，坚信组织上终有一天会调查清楚的。他不断地写信给上级部门反映情况；他每天都穿着部队带回来的军装，配好毛主席像章，并私下里把帽徽和红领章精心收藏好；他用军人的标准要求自己，克己奉公，正直为人，认真阅读《人民日报》，三十年如一日；他每天出门劳动前都把待客的一套用具备好，调查情况的人来了随时可以用到；他相信等到真相大白的那一天，他的政委会热泪盈眶地迎接他回去，拉住他的手对他说："你是一个好战士!"……村里人很早就知道，那个"军娃"已经"反映"了，迟早会解决问题重回部队的。但是一天天，一月月，一年年地过去了，没有人来调查过，旁观者的信心是很容易崩溃的，他们看出重回部队只是他单方面的想法，渐渐的，看他的眼神就像是看个有病的人。他岁数大起来，就有人教小辈们喊他"军叔"、"军爷"，分明是嘲笑的口吻。由于担心部队不收结过婚的人，他迟迟不谈婚事，终于在三十九岁那年和一个大他八岁的寡妇结了婚，对方带来两个女儿，都不太亲近他，一到婚龄都赶紧嫁走了。直到他老伴去逝了，他根本就没有续弦的念头，人们便相信他会就这样等到死。

三十年的时间其实也很单纯，就在这样的等待中，每天都怀着一样的心情活下去。三十年，军装都换了好几种样式了，他还穿着那身过时的旧军装，把自己套在过去的时光牢笼中。他倒是很散漫地叙述着，不甚上心似的，品咂着已经泡开的浓茶，眯起眼睛回忆当年他的连长、指导员和班长，还掏出一张发黄的照片给长生看，上面是个壮实的年轻战士，眼睛睁得大大的，很憧憬未来的样子——很像老人的小儿子或者大孙子，当然长生知道那就是他本人。

　　长生有点明白了，这里面隐藏着一个巨大的误会，这个误会的澄清会使双方都感觉到深深的失落。但他还是说了：

　　"但是……我不是……来调查你的人……"

　　"军爷"却十分宽容地说："我知道，我知道。你一站在我面前，我就知道了。"他叹了口气，接着说："早就没人管几十年前的成分不成分了，我是瞅准了你这身军装，想和你说说话呢。"这样一来，长生倒没有话了。

　　走的时候，长生的一条腿都跨出门槛了，又回过头来，喃喃地安慰道："说不定……"老人的头像风铃样来回摇晃，截断他的话头强硬地说："没可能啦——"

　　"我的老政委——两年前，去了。"

五

　　这个下午长生有说不出的沉重与茫然。他所预期的人和事都不像他想象的那样存在着，他还得去寻找。原以为是一座山的问题，看来并不是，或者不完全是，找一个人和找一条路，都是带有未知性的探险。在"军爷"悲壮的故事里踏上新的找寻之路，对长生而言又添上了一种莫可名状的复杂心情。

太阳淡下了许多颜色，看上去简直灰不溜秋惨不忍睹。他低着头走在凹凸不平的乡村小路上，每走一步，后面的世界就消失了一尺，他所经过的、刚刚熟悉起来的世界，一点点地消失了。留给他去走的，永远是最艰难与陌生的。小路很快到尽头了，前面一百多米的地方横着灰白的一条线，一辆辆奇形怪状的大客车、货车、三轮车在线上来来回回地穿梭疯跑，他知道，这条线是村外的公路。这条线成了他前一段行程的终点线，长生再是穷山沟里出来的孩子，也清楚地明白，有公路，那路就是走不完的。全国有多少地方啊，城市，乡村，它们就像一粒粒珠子，由公路这条线串连着，比蜘蛛网还繁密、细琐的公路线。

车鸣声越来越清晰地迎面扑来，长生感到脚下越来越酸软无力，走得都有些期期艾艾、磕磕碰碰了。在看到公路的那一刻，他终于悲哀地相信，小白去了更远的地方。长生原本计划今天之内就把小白找到带回去的——找个人嘛，多大回事？在家时他常把逃学的弟弟从各种旮旯缝里揪出来——他甚至想好了晚上参加体能训练前一定要把训练服的一颗扣子钉上。关键是，小白不是他弟弟，他的逃也不是逃学的逃，是永远不回来的那种逃。

一辆大客车从远处驰来，不知什么时候开始减速，在长生根本没有回过神的时候稳稳当当地停在了他面前。车窗里横着晃出一个一头乱发的男人脑袋，他费劲地喊：

"当兵的——走不走？"

长生懵懵地问："去哪里？"那男人又扯着嗓子快活地喊："去城里！瞧大姑娘去！"车里一定有不少人笑了，本来笑得很淳朴，很老实，但是声音在车里受到了约束，听起来就有些瓮声瓮气的，像不怀好意。不过长生什么也没理会，他像第一次看见汽车一样惊恐地盯着这个铁皮庞然大物——他从来没想到坐车，坐车是件严重的事情，至少它有种距离上的不可估量的意味。他也从没想过到城里，城市在他头脑中只有入伍时在火车站转车时所看到的闹嚷嚷的景象——难道要到那个人山人海的地方去找小白吗？长生被这个想象吓住了。

不管怎么样，那个好说笑话的三十岁的卖车票的男人改写了长生这一阶段的人生。三分钟后长生已经坐在一个靠背稀脏却格外合体的位置上，把头扭向车窗外，那些田园风景贴着他的面颊一闪而逝，变化多快啊，每一秒钟都是不同的新世界。他的身体正在飞，飞向自己也不知道的地方。豁出去了——他恶狠狠地闭上眼——豁出去了……

长生猛地睁眼，他能清晰地感觉到一只手，一只绝对不是自己的手从旁边伸了过来。他扭过头，看到两根孔武有力的粗胖的拇指与食指正捏起了他袖子上的一层布，使劲磨娑着，衣服在这野蛮的磨娑下沙沙作响。他旁边是位不知道该叫姨还是叫姐的四十岁左右的女乘客，满头烫了小翻卷，脸上吊着两个沉重的眼袋，眨巴着眼睛仿佛很好奇地问：

"啥料子？"

然而长生从她眼里觉出了，她可不是对军装的衣料感兴趣，倒是找了由头和他说话来着。他重新闭上眼，决定不说话。女乘客继续热情地说："小兄弟，当过兵吧？"她穿着黑绒呢大衣，一张脸费劲地从毛乎乎的厚领子里挣出来，重心往他这边移。长生又往里面让了让，把身体硬硬地贴在车厢上。女人偏偏还要说："那些还在部队的，肩膀上都有两块小牌牌……"拿眼斜睨他一下，确定他是听见的，"你是刚退伍的吧？"

长生因为还在新训中，没有受衔，很不喜欢人家提这一茬，心里厌烦她爱管闲事，却听那女人幽幽地叹了一口气："我儿子也在当兵呢。"这一口气，绵长细腻地吹进长生耳朵里，把他吹回到几千里外的家，妈妈是不是也坐在村口的大树丫下，纳着鞋底和姨婶们闲聊？"我儿子也在当兵呢"，兵的妈妈们都是一样的。心一软下来，感觉就不一样了。他轻轻转过了头：

"在哪儿当兵？"

事情往往就是这样的。你总会在陌生的旅途上遇到陌生的人，但是从陌生变成不陌生也是那一刹那的事。长生有生以来结识了第一个行旅中的陌生人，叫她"沙姨"，和她谈起自己的妈妈，家乡的水塘，当兵那天的太阳，班长，还有……他没有提小白，没有提却想到了，光是想，心里已是一股隐隐的酸痛。这个名字变成了一种痛，他怎么也想不到会这样，他想，也许自己已开始怨恨小白了，恨他带累了自己。他为此羞惭起来，其实，在不愿承认的内心深处，他——柳长生——原来也有英雄气短的时候！失败是个巨大的砑砣，他太羸弱与渺小，压也压不下那一头。

"我找人。"

他就这么简单地解释了出这一趟远门的原因。沙姨一直散漫地听着，似乎并不在乎他的过去他的现在，也不在乎他要去找谁，但她却是个非常有远见的谋士，她说：你知道他的地址吗？不知道又怎么找他呢？当然最好是到电视台到报社登广告，一登全城人就看见了，谁见了谁就会告诉你——可是登广告要钱呢，你有那么多钱吗？没有钱怎么办呢？一个大小伙子总不能去当强盗小偷吧？你当然就得找一份工作，干了工作挣了钱，就可以登广告找人了。工作当然也是不好找的了，可是你碰上我就太运气了，我正好在一家职业介绍所上班。什么是职业介绍所呢？就是一种中介机构，它把用人单位和要找工作的人联系起来，双向选择，懂了吗？我在那里上班，就知道哪些单位要用人，要用哪种工作的人，我可以把你优先推荐到单位去……

长生好不容易找到个插嘴的空隙说："可是，我要找人，也不能在城里待太久。"沙姨有些鄙夷地说："看你说话的样儿也不像个明白人！不登广告，这么大个城市你上哪儿找人去？你就是满城里挨家挨户地问，不吃不喝不睡也得花半年！"想了想又说，"你不知道城里有一种钟点工吧？就是按小时计费的，干一小时就拿一小时的钱，干完走人，你倒可以试试这个。"

长生没有说话。但是沙姨一直注视着他的表情，知道他在考虑。他身上只有三十块钱，还是碰巧昨天一个战友还他的，他随手揣进了裤兜里——平时在部队，除了买点香皂洗衣粉之类的，几乎不用花钱，他头脑里关于经济的敏感度大大降低，听沙姨这么一说他才吓住了，三十块钱要在一个城市里找人！他也真敢哪！他眼前又浮现出村里那些外出打工的人，他们得意洋洋的醉态，他们带回来的沾满泥巴的假牛仔旅行包，他们引来的无数羡幕与惊叹并存的眼光……也许曾经是长生的一种理想人生的必经之路。钱，挣钱，也许可以挣好多钱……当兵有军装，但没有钱……来贵回去要当村支书，而长生呢？回去就回去了，带着一身军装……他想起了火车上的对话，他好像跟来贵说过，自己当兵是认路来的，终有一天他也会踏上打工之路，为什么不预习一下呢？打零工，钟点工，几个小时的钱够不够去打广告？

车窗外的世界还在飞速地变，什么都来不及地涌过来，涌过来，新的路，新的人，长生像坐在一个旋转的木马上，头晕，眼花，他所感知的一切却仍然是辉煌闪亮的，哪怕不清晰，也定然是好的。

六

公共汽车站竟然有那么多人，这些人都没有经过最起码的军事训练，所以没有纪律与秩序的观念，拥挤，混乱，嘈杂，拖着脏兮兮的蛇皮口袋，大声斥责小孩，把苹果皮和方便面盒子扔到遍布烟头与浓痰的地上。空气里酝酿着沉闷而深厚的酸腐味，像久病的人恹恹的肉体的气息。沙姨带着长生轻车熟路地穿行在候车室，绕过扛大包的挑夫和成堆的人群，她像是生就在这种环境里似的，对一切都很适应，满意，甚至还透着一股子兴奋劲儿，脸红扑扑的。这南来北往的流动大军是对她工作潜在的支持，长生当然没有想到过这一层。

走到一面贴满大大小小各式各样纸片的墙跟前，沙姨指着贴在边儿上的一张粉红色大纸说："喏，这就是我们所！"那自豪的口气好像是家研究所。长生刚把脑袋伸过去，沙姨又说："你在这儿等着，我去打电话，不然去晚了他们就要下班了！"一边走一边回头，反反复复地叮嘱："等着我！别乱跑！"分明拿他当小孩子看。

长生转过脸去看海报。接连有好几个"所"的，但是沙姨他们那张用的是粉红色纸张，显得就很抢眼。原来这面墙是专门用来贴字的，卖杀虫剂，卖农肥，"爱侣婚介"，"想最快致富吗"，"宋大强出站口左侧有人接"……印刷体，手写体，白纸，红纸，包装纸的背面，拆开展平的烟盒……巨大的信息洪流五颜六色扑天盖地冲撞而来，在这洪流中每张纸片的命运都很脆弱与微薄，战战兢兢，今天贴上去，明天又被别的覆盖了，不甘心的又重来，贴了又贴，总有露脸的时候。像沙姨他们"所"的海报，看得出来贴过好多次了，大多被压在别的"所"下面，这儿露一角，那儿透一点。

那边过来一个人，小青年，头发梳得油光水滑的，一只耳廓上架了支香烟，瘦小身架上套了件明显肥大的劣质西装，一手提了用油漆罐子装的糨糊，腋下夹了一大卷白纸神气活现地过来了，活像一只满不在乎的小公鸡。他一甩一甩的身体终于松松垮垮地在墙边站定，上上下下打量了一遍，确定上次贴的又给盖住了，在意料之中似的，毫不气馁，吹了声口哨，放下油漆罐子，伸手将那墙上积累得厚厚的"纸贴纸"大块大块地撕下来，很快打扫出一块可见墙壁原质的地方。他继续吹着小调，用糨糊把那块阵地三下两下刷了个通场的，大白纸一铺，漂漂亮亮的一张新海报便诞生了。旁边已有几个等车等得不耐烦的人聚过去看热闹——原来是家新开的电器行，卖电视机洗衣机的，虽然也兼着收售二手货的生意，但毕竟是电器行呀！一来就把那些种子农药跌打损伤秘方之类的给比下去了，多洋派呀！难怪那"小公鸡"骄傲呢，是有资本的。他自己也明了这一点，贴完了并不急着走，不慌不忙地退后几步，直着脖子把脑袋东偏一下西歪一下，确定没有较大弧度的偏斜，方才满意地卷起剩下的海报来，一边卷一边带点傲气地宣传说："开业三天大酬宾呢！过了这三天……"他的眼珠警惕地凝住了——不远处又过来一个人，腋下也夹着卷白纸，到墙边来打量了。

　　这男人有三十多岁，神色极沉默极倦怠，头发是风吹雨打过的样子，像走了很远的路，很长的时间，身上却只有肩上挂的又瘪又破的帆布挎包，颜色已辨不出来了；身边拖拖拉拉地跟着个三岁左右的女孩子，扎着不规整的羊角辫，正睁大了眼睛仰视着四周，一手攥紧了男人的衣角，一手提着个小塑料桶——里面也是糨糊。

　　"小公鸡"对这男人的来头作了个大概的估计后，便大摇大摆上前，用食指点着他说："喂！贴远点儿！我这可是刚贴上去的，别挡住了！"又指了个偏僻的位置分配给他。那男人没弄明白似的，愣愣地看着"小公鸡"，说不出话来。周围的人注意到了，都盯着那男子，长生看他一点反应都没有，血都冒上来了，他感觉到军装的颜色在这灰色的人群里异常夺目，他必须对得起这种夺

284

目。他走上前，学着"小公鸡"的样儿，在墙上紧挨着"电器行"撕出一大块地方，夺过男人的纸和孩子的桶，刷刷刷几下给贴好了，位置正正中中，和"电器行"并排着展开了一张……却是一张"寻人启事"，上面用毛笔写着：

"张惠兰，女，28岁，短发，灰底红花外衣，下穿深蓝色裤子，左耳垂有棵（颗）黑痣，于10月7日从吴家镇宝山村二组家中出走，至今未归，家人急盼。望见此告示速归，若有知情者，望打电话至×××××××，定有酬谢。"

众人都围过去看，倒把那对父女挤到圈外去了。同时有好几个声音念叨起来："张惠兰"，"张惠兰"……是个熟悉亲近的名字，仿佛很多人都认识她似的，能感觉到她围裙上呛人的油烟味和麦田劳作时散发的汗气，她也许喜欢天蓝色的衣服，也许会做一种风味独特的泡菜，也许还有点任性，和公婆小姑拌拌嘴，使点小脾气……总之她是真的，热的，有很多过去可供怀念的——然而她现在只是一张白纸上的"张惠兰"。

"小公鸡"遭到了两个围观者嘲笑的一瞥，自觉晦气，嘟囔了一句："当兵有啥了不起啊……"长生回头去瞪了一眼，他立马收好东西飞快地往出站口跑去了。

中年男人一直留意着众人的表情，可是没有谁作出知情者的姿态来。看完了，也不再有新鲜感，人群三三两两地散了。男人迟钝地往前走了几步，从上衣口袋里掏出一支圆珠笔，弓着背，在那启事下方的空白处抖抖缩缩地写下几个字："你快回来吧！"写完了，又瞅着那几个字，戚戚哀哀地瞅着。这句他能写出的最富于情感的话是给他妻子一个人看的，"张惠兰"应该是看得懂的。

长生在一旁也陪着沉重起来。他又想，原来这就是找人的广告啊。他考虑片刻，向那男子借了圆珠笔，在那张粉红的职介所广告的空白处写上："小白：我是长生，我到处找你，你跑到哪里去了?"好像还缺点什么。他又在职介所地址下方打上波浪线，写上："我在这里!"光看这几个字，谁也看不出长生四处奔波的辛苦经历，倒像捉迷藏的小朋友欢快地招唤同伴："我在这里!我在这里!"

七

城市原来是有着另一张面孔的。外乡人只愿意想着它的好，它的美，它的高楼大厦，它的车流人海，它的一切绚丽外观所代表的繁华生活。可是如果你和长生这个十九岁的新兵一起，在天色擦黑的时候跟着一个叫沙姨的中年妇女走进弯弯拐拐的巷子深处，你不会相信这也是你看到过的那个城市。

巷子是老式的，两边的房屋也上了年岁，用各种材料勉强修补过，看上去奇形怪状的。这里也有着实实在在的老一代人的生活，门口蹲着炭炉子，不远处有小孩子边唱儿歌边打闹的说笑声，一个悍然有力的妇女端了一锅洗锅水从屋里走出来，"哗"地将水倾倒在路中央，路面像蚀去了一大块。沙姨不断地提醒长生注意，别踩到脏水了，别碰着头了，别撞到人家凉在屋檐下的药罐子了，仿佛这里有着无穷的机关。沙姨口上说"快到了，快到了"的时候，长生发现这里的环境已经有了很大改变，巷子两边多是发廊的门面，早早地亮起了灯，全是彩色的小灯泡，粉红、蔚蓝、苹果绿，亮多少灯那厅里的光线也是黯淡的，不过真正照人的是门口或站或坐的发廊妹，她们脸上涂着夸张的色彩，在这个寒冷的季节里也穿着裙子，皮裙，有的还特别短，倚在贴着"暖气开放"字样的玻璃门上，拿亮汪汪的眼睛朝来往的人们睃来睃去。长生想，这么曲折深远的巷子里开这么多发廊也会有生意吗？这么晚了还会有人理发吗？像证明给他看似的，不远处就有三个一伙的小伙子进了一家发廊，想是老相识了，做头发的女孩声音娇嗔地和他们笑骂起来。沙姨回过头去，轻蔑地哼了一声，对长生耳语道："那都是些卖的！"这话听着像是不完整——卖的，卖什么的？然而长生脸红了，他意识到一些东西，一些不甚健康与清洁的东西，像洗澡水里泛着的泡沫污垢，一晃一晃地在眼前浮着，他难以形容这种感受，只有脸红。

职介所差不多在巷子尽头，还要上楼。楼梯口没有路灯却老有磕着脚的砖头，拐角处散发着一股尿味。在走廊上看出去，天已经黑了，楼下有孩子哭闹，大人哄着哄着，不耐烦地吓唬一句："再哭，绿眼老狼来了！"——天更黑了。

沙姨把长生热情招呼进一间小屋，屋里陈设很简单，掉漆的办公桌后有个三十岁上下的男的，仰面半躺在藤椅里，脚高高翘起搁在桌沿上，已经睡着了，上半身还盖着一张当天的晚报。沙姨把桌面拍得啪啪直响，扯着嗓门叫着："三娃！三娃！睡啥睡呀，来客人啦！"

叫三娃的惊醒过来，不好意思地揉揉眼角，懒懒站起身说："等你们半天了。"还没有完全清醒的样子，却已抖开一个香烟盒，抽出一支烟来熟练地递到长生面前，长生忙说不会不会，那男人笑笑说学呗，哪个不抽烟的男人敢在世上混？

沙姨斜睨着长生，微微地笑着，说："这样，我看长生也怪生嫩的，我替他说个话。"把他要做钟点工挣钱的事简略地叙述了一遍，三娃一边听，一边用手抓挠着后脖，眉头也越来越往一块儿攒。他把烟雾长长地吐了一口，说："这有点难办了，现在这个时间不好，快过年了，一般的单位要作总结收尾工作，雇主都愿意用熟练工，长期用着的才知道程序；再说，年终经济事务多，怕钟点工之类的不知底细，出个什么岔子……"看长生不言不语

287

瞪过来一眼，他赶紧说："当然，我们是绝对信任人民解放军的。"

　　长生直截了当地问："现在到底有没有钟点工可以做？"三娃拿眼瞟了沙姨一眼，做出为难的表情，沙姨撇着嘴说："喂！看清楚，这可是我的小兄弟，你还想藏着掖着呀？"三娃无奈地叹口气，从抽屉里拿出一叠表格出来说："好好好，这里倒是正好有个合适的工作，有家公司想在年终加强警戒，要增加两个临时看守值夜班，本来我已经介绍了两个人去了，但是你么，是沙大姐的朋友，又是当过兵的，条件强过他们多了，我给说说，肯定把你录用了！"长生想了想，说："那不是要挤下一个人来？算了算了，我不去争这个事情，本来也不靠这吃饭的！"沙姨冷笑道："倒是好大口气！你以为好工作在大街上随处捡呀？你不挤人下来，没人感恩你，你到了吃不起饭那一天，也没人可怜你！看你怎么去找人！"

　　最后一句话让长生心里又牵绊得厉害起来。对了，他差点忘记，他是有责任而来的，他要寻找一个叫小白的家伙。屋里的气氛一时陷入了僵局，沙姨和三娃一对眼色，三娃立马打算另外给他介绍一个工作岗位了，长生却说："好吧，我去。"顿时又是皆大欢喜，沙姨语重心长地对长生说："一会儿和公司联系上了，他们会来人考察，合适了就当场录用，说不定今晚的住宿都可以解决。出门在外的，要小心些，上了工可得仔细……"又腾出眼睛来看看表催着三娃说："快点，把事儿办完了去吃饭。"

　　三娃把一张表格递给长生让他填写，长生坐在一只有点摇晃的椅子上仔细辨认表格的内容时，他听到对面的三娃用轻描淡写的口气说："既是沙姨的朋友，登记费、介绍费就折半吧，交150块就行了。"长生就把眼睛从表格移到了三娃的脸上，一点看不出开玩笑的意思，是理所当然的表情。长生问得小心翼翼的："还要……交钱?"三娃说:"是呀!我们为你办了一件大事,应当有报酬呀。不然我们吃什么喝什么,那么多中介机构吃什么喝什么?大家都来当雷锋,早饿死了!"长生忙说:"可不可以不要那么多?"三娃把一份价目表递到长生面前:"你看看你看看,这是我们的定价,你都打五折了,还嫌多!不是看在沙大姐面上……哼!"

沙姨一直关注着两个人的动静,这时忙出来圆场,说:"哎,三娃,三娃,别生气嘛,啊?长生不懂行情,你体谅着点儿。"又转向长生:"我说小兄弟,你怎么这么笨!交点钱找个挣几百块钱的工作有啥不划算?这真是优惠价了,不骗你!听沙姨的准没错!"长生可怜巴巴地说:"我没那么多钱……"沙姨把脸沉了沉,转向三娃:"你就再便宜点算了,我的关系户嘛……要不在我的工资里头扣!"长生惊异地一抬头,三娃板着脸说:"好吧,120块,最低价了。"

长生羞愧得直想哭!他对沙姨说:"沙姨,我……对不起你,我……真的没钱,工作……不要了。"说着便站起身要往外走,沙姨几乎是跳起来,一跃跃到门口,把整个胖身子压在门板上,激动地嚷起来:"你这人怎么这样不讲理!我可怜你,看你离家在外又没去处,辛辛苦苦带你到这里来,晚饭也没吃,给你介绍工作,还拉下脸皮和朋友讲价钱,给你最优惠的条件,你可好,不乐意了,一拍屁股就走了!"说着说着,又伤感起来:"我这人,一辈子就是做好事太多,到头来啥也捞不着!娃呀,你看我都这把年纪了,混这么口饭吃,容易吗?别看我开着这职介所,来来往往这么多工作,有几个是四十岁女人干得了的?我这人好强,自爱,不像楼下那帮小不要脸的,图个干净,图个踏实!我就是这样的……"

她的声音在一连串的喷发式的叙述中渐渐低黯下去,她那乐观、自信的嗓音竟然脆弱到不堪一击的地步，像慢慢下着长长的幽冥的楼梯，一步一步，深深浅浅，没有落脚点地往下落着，让人提着心放不下来，鬼魂样游走着。她兀自沉浸在一个有艺术化背景的表演空间里，她是那花落叶残的戏子，舞台上只有一个小小的圆圆的追光，那是她全部活动的范围，她倾尽了心力在这小世界里把前生后世所有的纠葛都细致入微地演示出来。她一口一个"四十岁了呀"，使长生明白这个年龄对女人来说绝对是灾难性的，然后眼泪出来了，被多年的失败刺激着，她的哭也是一败涂地的哭，哭她被耽误的青春，哭不争气的丈夫，哭老人，哭孩子——长生感起许多毫不相干的人都变相地参与了这起事件，一个个默不作声地从空气中的角落走了出来，站到他面前，用冷冷的敌意的眼光瞪着他，丈夫、老人、孩子……逼迫着他。

长生把头低垂着，他唯一可以表示的就是自己的羞惭。手伸到裤兜里，摸到买完车票后仅存的两张纸币，两张，再摸再捏也还是两张。那年在乡场上看到过一个玩戏法的人，一双手就像是一百双手，灵活得要命，在空气里一抓，在胸口上一摸，就有纸牌源源不断地从手心里冒出来，挤着看热闹的人笑着大声喊："换成钞票试试！"长生现在多希望自己也有那样一双手啊，虽然他也知道戏法是假的。

屋里没有挂时钟，时间的分分秒秒在人脑子里有着夸张的长度，长得揪心。周围的静谧潮水样一浪一浪拍打着长生的面颊。沙姨的抽泣声不知什么时候停止了，屋里只有三个沉默的人，一动不动的，各自负担着自己份内的苦恼。长生把揉摸了半天的两张纸币拿出来，像交一份庄严的申请书一样，郑重其事地把它们理得平平展展放到三娃的桌上。长生对着那两张钞票说："我只有这点钱。工作不要了。"尽管是平铺直叙，尽管是打了句号的完整的交待，他仍能感觉到气氛骤然紧张了几分。让他们紧张去吧，长生已是精疲力尽了，走到门边，略略使了点劲，把门掀开一点，沙姨的背明显地挺了挺——挺了就好了，长生过得去了。他出门的一刻，好像听到沙姨又抽泣了一声。

八

长生站在职介所的楼下。他只有站着。如果有路过的人说不定会把他的表现与那些发廊联系起来。没有人会想到这个小伙子长久地站在这里，吹着冬天的冷风，正在头脑里给自己开着一个"遵义会议"，决定着自己的去向。多么艰难的抉择啊，是回是留，都让长生没有把握。留自然很难，但是回也并不容易——也许还是小白没找到的问题，就这样回去太没有成就感；就算是不要成就感，空手而归，他也没有归的本钱了。

正对着他是一个做着夜生意的发廊，亮着一屋暖暖的红灯泡，酒红色，有点醉，也有点危险。玻璃门里有三个闲聊的小姐，面对大街坐在矮矮的沙发上，一条条腿细细高高地支楞着，像排木栅栏。生意似乎不太好，她们偶尔会打开玻璃门，探个头出来左右扫视一下，看有无过路的客人。轮到一个短发女孩出来探头时发现了长生，她注意到他一动不动的姿势，似乎没有下定什么决心，女孩便冲他喊了一声："哎——大哥——洗头不？"

长生把眼睛转向她时，感觉却是遥遥的，遥遥的紧张。对于女性他有着非常谨慎的看法了，何况是一个职业身份很可疑的女性。她的脸背光，正面是黑乎乎的一团，只有打得蓬松的头发轮廓，但那声音真是烫人，流着蜜，从耳朵直灌进人心里去。长生知道作为正人君子应当马上走开，带着"霓虹灯下的哨兵"式的庄重神圣的表情——他也没想到，自己竟下意识地伸出手去摸了摸头发。女孩撑不住笑了，又尽力忍着笑，言语就有些散漫了：

291

"乡下来的吧？没关系，我们这儿便宜！"

发廊里另外两个女孩也挤过来，把玻璃门推开了一大半，探出身去看究竟。内中一个大约年纪大些，声音格外有成熟女人的磁性，十分老练地判断道："是个当兵的。"在那样一种模糊的光线下根本看不出军装的颜色，她居然像侦察兵一样无误地确认了对方的身份。长生想，她真该是当兵的料。

"当兵的，进来吧！"短发女孩喊着。

年纪大的那个又说："算了，当兵的都穷！"仿佛她对当兵的有着相当的了解。

短发女孩打趣道："大姐是怕我们把当兵的带坏了吧？"转过头去向另一个女孩宣传："人家可是立志要当军嫂呢。"引得那个女孩闹喳喳地惊叫："真的？真的？不怕受穷了？"

那个叫大姐的，虽然也是背光的黑面孔，却好像在那里用深幽的眼光盯着长生，慢慢地、用吐烟圈一般的悠长口吻说："可不是！我老早就计划着，等到哪一天，钱挣够了，我就去嫁个穷当兵的。"想想又说："当兵的可靠。"

"这里倒是有一个，嫩了点，不知道可靠不可靠，大姐要不要去看一看？"短发女孩说笑着，伙同另一个把大姐往那门外推——"去呀，去呀！"几闪几躲的，她还真被推了出来，差点绊一跤。她面朝长生站直了身子，又立马抱住肩膀缩成一团，一头又长又卷的头发迎风披散着，像个冷艳的女鬼。也许她很漂亮，有魅力，但她走向这个年轻的士兵的时候，长生满心里涌起的只有恐惧。女人觉得了，她柔声地问："出啥事了，小兄弟？"

长生看看她——不知该看哪里，只有黑黑一片——说："我找人。"

黑影用洞悉世事的口气推论道："找不着路了吧？"她真是聪明过人，长生害怕聪明人，他不吭声，黑影又说："你打电话呗。"看这男孩没有答应的意思，她继续自己的猜测："没钱打电话吧?"什么都给她说中了，长生只有死不开口，以此来维护自尊。那边"暖气开放"的屋里在催了："大姐! 笑话归笑话，玩够了快进来，外面冷死了!"大姐一边应着，一边不知从哪里掏出一样东西，抓起长生的手往他手心里一塞："那边有个IC卡电话。"指了个方向，转身便走了。长生始终没能看清她的面目。留在手心里的居然是张IC卡! 长生想也没想到，那个他不曾看清面目、也许再不会看见的发廊妹会这样细心——卡不是钱，不算是施舍; 但又胜似钱，在这样关键的时候。卡还带着微暖的体温，是女子的温润的身体捂过的热度。长生脸又烫了。刚烫上来，他立马克制住，就事论事地想，原来还有这条路! 这张卡简直是张通行证。

他想起连部门外的墙上就有一部IC卡电话，就在岗哨旁边。刚去的时候他只觉得它的外形挺好玩，跟人说电话还有竖着放的呢。一到晚上体能训练结束后那里竖着"放"的人更多，自觉地排着队，谁抓着话筒都不愿放手似的，叽里哇啦，赶在熄灯前把话说完。长生也就知道了它的好处，跟着排起了队。他家里没有电话，常打给镇里工作的表哥让带话，表哥用的是传呼，打过去要等一会儿才能回过来，为这长生老要跟后面的人作解释，有时还得吵两句。亏得这样，他把那部电话的号码都背下来了。如果现在那里有人，如果谁接上的话，他也就和"组织"联系上了。

长生没有错，他真的联系上了。但是他又弄错了一件事，和某个人的联系并不等于和"组织"的联系。这要等到事情完全过去以后他再回头去总结了。他一定会记得那天晚上的寒气，没有大风大雪，却跟冰库里一样，冰库里就没风没雪，十分干脆地冻。声音也冻住了，"嘟——嘟——"，长生想着这声音在这冷天里也千山万水地走到老远，心里更像塞满了冰碴子。但是心到底是活

293

的，动的，贮满希望，再冷也冷不到底。

"喂？找谁？"

接通后这一声差点把长生呛住！他浑身着火一样烧起来，喉咙里咳咳咳满是话，给冻在嗓子眼儿了。他要哭了，他真的要哭了，他才不要英雄形像呢，这个声音他再熟悉不过了，打穿开裆裤的时候就开始听了，真是他遇着了。长生忍了又忍，千斤的重担压在声带上，他嘶哑地喊着："来贵呀！来贵！"

那边像是迎面挨了一拳，打懵了，自己姓什么也不知道了，语无伦次地支吾："我不是来贵，不是来贵，错了，你找错了长生……"最末一句是个醒目的标签，谁是谁，都心知肚明了。长生并不十分敏感，在那样走投无路的境况下也不允许他敏感，他只当是来贵头昏了，不停地喊："来贵是我呀，我是长生呀我是长生！我在城里，你帮我给班长请个假，小白还没找到……"来贵紧张地压低嗓门说："轻点！轻点！我在站岗呢，已经熄灯了，别吵醒别人。"叹下一口气，长长的，很抒发感情一般，又说："你何苦呢长生！你——你别回来了，全团都晓得我们班跑了两个兵，你回来咋做人？"他的口气是语重心长的，实实在在为对方着想的，但是长生搞糊涂了："啥跑两个兵？还算上我了？我是来找小白的，你是晓得的，要帮我把这事说清楚呀来贵……那张纸条呢？给班长看了没？"

来贵眼泪出来了，他心里那个难受啊，像把肠子腔子全翻了出来，恨不能一样一样拣给长生看，到后来啥都不像是自己的了，长生没哭，来贵倒哭了，他拖着哽咽的调子一字一个坑儿地说："纸条我烧了，没给他们看……何苦呢长生！我们是兄弟，是兄弟呀你咋这样？你主动去找小白，那么有把握的，一准就找着——你成英雄了——你为啥要去要当这个英雄？我俩一个村的，又是一个班的，入党先入谁？评功评奖先评谁？……回村里了，谁先进村支委呢？选支书又选哪个？你当英雄……你为啥和我争嘛？你还说你出来只是认个路，这么快就会铺路了！我没法子，你别怨我长生，我不能帮你的忙……你别回来了，打工算了，我当了村支书一定照顾你们家……"

像出了故障的唱片机，来来回回都是那几句了，长生一遍一遍地听，听是听明白了，就是不愿意相信耳朵。天是太冷了，冷到底了，一个人站在那里，往电话听筒的小眼儿里钻，没了耳朵，没了眼睛，没了四肢，黑麻麻，静沉沉的。长生最后只说了一句，喘着气似的，一钉一钉砸进话筒里：

"我奶奶说了——出去，认个路，再远也得回来。"

他挂了电话居然也没忘记取出电话卡。长生没有表情。他这个年龄的人急于成熟，很容易没有表情，可是这一回不是那么一回事。他为什么要装出没有表情的样子来呢？又没有人看见他。那么黑的夜，那么偏的地方。许多的人，许多的事都萦绕在脑子里，回过头想一想，真是可怕的！他居然独自一人走过了那么远的路，遇到那么多人。他是来找一个人的，没找到，找来找去他现在才明白，一开始他要找到的根本就是别的，什么人，或者什么路。不管怎么样，早上的长生和现在的长生已经不一样了，连来贵都妒忌他了——尽管拦在前面不许他回去，也不得不承认，是妒忌了——当他是英雄！

啊，英雄。

那一排发廊依旧彩光四溢，像一支花红柳绿的彩船队，摇摇荡荡，连绵不断。广大的世界都睡着了，还有这样一条窄小肮脏的巷子睁着眼睛，抹着七色幻彩的眼影，看什么什么就媚人，柔嫩。它是城市不真实的梦，做一天算一天——可是谁的梦又真实长久呢？发廊妹的梦是嫁个当兵的！谁会想得到啊。

他的嘴咂巴了一下，干涩，寡淡，难以形容的滋味。走过的路在他眼前展开了一条线，他仿佛看到了一团白线所抛出的轨迹。长生想，他的这个梦也做到头了，无论如何他该回去了。他坚信只要照来路走，合着来时的脚印，他怎么也会回到起点。

巷子那头晃动着一个人影，像个不熟悉路段的行人，又像是急于在午夜来临之前找一个落脚点的外乡人。如果是小白该多好啊，小白……那个被当作小白替身的人叫起来：

"柳长生——"

长生定住了。那个人影在一点一点地放大，放大，在他面前停住了。停住了倒没说话了，像是耐心等着听对方说；一旁的发廊里的光把他一半脸照得恍惚不定，但在长生眼里那一半脸是他有生以来见过的最英俊的面孔。是指导员。到底是指导员，那才叫从容不迫，那才叫贴心贴肺，那才叫无声胜有声。他手里捏着一张从墙上撕下的广告单，静静地展开，在长生眼前晃动。他很冷静地说："我都知道。"

都知道吗？能够都知道吗？长生满心里都是话，可是戏剧化的，说不出口，亲人哪，亲人哪——他在心底里哭了又哭，五脏六腑都翻了几遍了，只挤出一句：

"回去……"